Bodo Lehwald

Echo des Verborgenen

Lena Berg ermittelt, Band 2

Widmung

Dieses Buch widme ich meinem Sohn Robin, dessen Unterstützung, Rat und Vertrauen in meine Fähigkeiten mir geholfen haben, diesen Traum zu verwirklichen. Du bist nicht nur ein großartiger Sohn, sondern auch eine Quelle der Inspiration.

Mein Dank gilt ebenso Lea, deiner wunderbaren Frau, die mit Verständnis und Geduld meinen Weg begleitet hat, und meiner Familie, die mir stets Kraft und Rückhalt gibt. Ohne euch alle wäre dieses Buch nicht möglich gewesen.

Mit viel Liebe und Dankbarkeit,
Bodo

Bodo Lehwald

Echo des Verborgenen

Lena Berg ermittelt Band 2

Kriminalroman / Thriller

Bibliografische Information der Deutschen Nationalbibliothek: Die Deutsche Nationalbibliothek verzeichnet diese Publikation in der Deutschen Nationalbibliografie; detaillierte bibliografische Daten sind im Internet über http://dnb.dnb.de abrufbar.
Die automatisierte Analyse des Werkes, um daraus Informationen insbesondere über Muster, Trends und Korrelationen gemäß §44b UrhG („Text und Data Mining") zu gewinnen, ist untersagt.

Umschlaggestaltung: © Bodo Lehwald

Verlag: BoD · Books on Demand GmbH,

Überseering 33, 22297 Hamburg, bod@bod.de

Druck: Libri Plureos GmbH, Friedensallee 273,

22763 Hamburg

ISBN: 978-3-7693-5498-0

Kapitel 1

2003

Am Zungenkai, wo die graue See und die Stadt Emden aufeinandertreffen, ragten die Kräne der Broder-Werften wie stählerne Wächter in den Himmel. Ihre massiven Gestalten spiegelten sich im trüben Wasser, das vom stetigen Regen aufgeraut war. Der salzige Geruch des Meeres vermischte sich mit dem scharfen, metallischen Aroma von Maschinenöl und den schwachen Ausdünstungen von Rost. Über dem Kai lag ein Klangteppich aus rhythmischem Ächzen und dem dumpfen Hämmern schwerer Maschinen – ein industrielles Orchester, das den Herzschlag der Stadt verkörperte.

Heinrich Broder stand in seinem Büro und blickte hinaus. Die Fensterfront, fleckig vom Regen, zeigte ihm eine vertraute Szene, die in den letzten Wochen eine bedrückende Schwere angenommen hatte. Früher hatte ihn dieser Ausblick mit Stolz erfüllt: die mächtigen Kräne, die Schiffe, die hier vom Stapel liefen und in die Welt hinauszogen, als Zeugnis seiner Vision. Doch heute schienen die Kräne weniger wie triumphale Symbole und mehr wie düstere Mahnmale einer Zeit, die im Begriff war, zu vergehen.

Er fuhr sich mit einer zittrigen Hand über das Gesicht, seine Haut spannte sich unter der rauen Berührung. Der Kaffee in seiner Tasse war längst kalt, doch er hielt sie fest umklammert, als könnte das Porzellan ihm Stabilität geben. Die Nachricht, die ihn an diesem Morgen erreicht hatte, lastete schwer auf seinen Schultern: Ein Großauftrag aus Skandinavien – seit Jahren eine verlässliche Einnahmequelle – war an die Konkurrenz aus Südkorea gegangen. „Sie haben den Preis gedrückt," hatte Karl Niemeyer, sein Chefingenieur, gesagt, als er ihm die Nachricht überbrachte. Heinrich hatte ihn nur stumm angesehen, unfähig, die Worte zu finden. Es war nicht nur ein Auftrag – es war ein Warnsignal, ein Riss in der Fassade seines Lebenswerks.

Er wandte sich vom Fenster ab und ging zum schweren Schreibtisch aus dunklem Holz, dessen Platte von unzähligen Kratzern und Wasserflecken gezeichnet war. Auf der linken Seite lag eine schwarze Mappe, unscheinbar, aber bedrohlich in ihrer Präsenz. Sie war vor einer Woche von Andreas Falk überreicht worden, einem alten Bekannten, der für seine unorthodoxen Methoden bekannt war. Der Name auf dem Deckblatt hatte sich in Heinrichs Gedanken eingebrannt: Dmitri Sorokin.

Das Klopfen an der Tür ließ ihn zusammenzucken. Er atmete tief ein, bevor er mit ruhiger Stimme rief:

„Herein."

Karl Niemeyer trat ein, sein Gesicht ebenso angespannt wie die Falten auf seiner Stirn. „Heinrich, wir müssen reden. Die Männer in der Halle... Sie haben Fragen."

Heinrich nickte knapp. „Sag ihnen, ich komme gleich."

Doch als die Tür hinter Niemeyer ins Schloss fiel, blieb Heinrich sitzen. Sein Blick wanderte wieder zur Mappe.

Der Name schien ihn herauszufordern. Dmitri Sorokin. Ein Mann mit Ressourcen, wie sie Heinrich dringend benötigte – aber auch ein Mann, der für seine erbarmungslose Geschäftstaktik bekannt war. Heinrichs Hand zitterte, als er nach der Mappe griff.

Die Entscheidung, die vor ihm lag, würde nicht nur die Zukunft seiner Werft bestimmen. Sie könnte das Schicksal seiner Familie und der Stadt unwiderruflich verändern.

Die Mappe lag schwer in Heinrichs Händen, als er sie langsam öffnete. Das Papier im Inneren war makellos, der Text darauf in präzisem Schwarz gedruckt. Aber es war nicht der Inhalt, der ihm den Atem raubte – es war der Name. **Dmitri Sorokin.**

Ein leises Klicken ließ Heinrich zusammenfahren. Die Tür zu seinem Büro war erneut geöffnet worden, und Andreas Falk trat ein. Der Mann wirkte, als sei er direkt aus einem Werbeprospekt für Erfolg geschnitzt: maßgeschneiderter Anzug, teures Parfüm, ein Lächeln, das sowohl Vertrauen als auch Vorsicht auslöste.

„Du hast die Mappe also noch nicht weggeworfen", sagte Falk und schloss die Tür hinter sich. „Das ist ein gutes Zeichen." Heinrich schnaubte und lehnte sich in seinem schweren Ledersessel zurück. „Ein gutes Zeichen, sagst du? Sieht für mich eher aus wie das letzte Aufgebot."

Falk setzte sich ihm gegenüber, das Lächeln unverändert. „Du bist in einer schwierigen Lage, Heinrich.

Das wissen wir beide. Aber Dmitri Sorokin ist nicht irgendein Investor. Er ist eine Lösung."

„Eine Lösung, die ihre eigenen Probleme mitbringt." Heinrichs Stimme war ruhig, aber die Härte darin ließ Falk kurz innehalten.

„Er ist... effizient", erwiderte Falk schließlich und zog ein goldenes Feuerzeug hervor, das im Licht aufblitzte. „Er bietet dir genau das, was du brauchst: Kapital, Modernisierung, Zugang zu neuen Märkten. Und er erwartet im Gegenzug nur... sagen wir, eine Partnerschaft."

„Partnerschaft", wiederholte Heinrich und ließ das Wort auf der Zunge zergehen, als schmecke es bitter. „Eine Partnerschaft, die mich meine Unabhängigkeit kosten könnte. Weißt du, was diese Werft für mich bedeutet? Für diese Stadt?"

Falk lehnte sich vor, das Lächeln verschwand. „Ich weiß, was sie für dich bedeutet, Heinrich. Aber ich weiß auch, was passiert, wenn du nichts tust. Ohne diesen Deal wirst du in ein paar Jahren nichts mehr haben – keine Werft, keine Arbeiter, keine Stadt, die stolz auf dich ist."

Die Worte trafen Heinrich wie ein Schlag. Er schwieg, sein Blick starr auf die Mappe gerichtet. Die Namen und Zahlen darauf verschwammen vor seinen Augen. Die Wahrheit war, dass Falk recht hatte.

Ohne Modernisierung war die Werft dem Untergang geweiht. Aber war er bereit, sich Sorokin auszuliefern?

„Er will mehr als Geld", murmelte Heinrich schließlich. „Ich kenne diese Art von Männern. Sie geben dir, was du brauchst, aber am Ende nehmen sie dir alles."

„Vielleicht", gab Falk zu. „Aber manchmal ist alles, was wir brauchen, eine Chance. Ein kleiner Schritt, um etwas Großes zu bewahren." Er erhob sich und zog seine Manschetten glatt. „Denk darüber nach, Heinrich. Sorokin ist morgen Abend in Hamburg. Er erwartet dich im Hotel Atlantic."

Heinrich sah Falk nach, wie er den Raum verließ, ohne auf eine Antwort zu warten. Der Regen trommelte gegen die Fenster, und das monotone Ticken der Standuhr füllte die Stille. Er fühlte sich wie ein Mann, der auf der Kante eines Abgrunds balancierte – gezwungen, einen Schritt zu machen, ohne zu wissen, ob er fallen oder fliegen würde.

Er griff nach der Mappe und schlug sie zu. Morgen würde er in Hamburg sein. Aber nicht, um zu kapitulieren. Wenn Dmitri Sorokin ein Angebot machen wollte, dann würde Heinrich sicherstellen, dass die Bedingungen seinen Prinzipien entsprachen. Zumindest redete er sich das ein.

Der nächste Morgen begann mit einer kühlen, regennassen Stille. Heinrich hatte kaum geschlafen. Die Nacht war ein unruhiges Auf und Ab aus Gedanken, Plänen und

Zweifeln gewesen. Als die ersten Sonnenstrahlen durch das Fenster krochen, saß er bereits an seinem Schreibtisch und starrte auf eine leere Notizkarte vor sich. Er hatte geplant, seine Gedanken zu ordnen, seine Argumente für das Treffen mit Sorokin zu strukturieren. Aber der Stift in seiner Hand bewegte sich nicht.

Die Tür öffnete sich leise, und Marie Hoffmann, die langjährige Haushälterin, trat ein. Ihre Schritte waren gewohnt ruhig, und sie trug eine dampfende Tasse Kaffee in der Hand. „Herr Broder, Sie haben kaum geschlafen", sagte sie, ihre Stimme besorgt, aber zurückhaltend.

Heinrich antwortete nicht sofort. Stattdessen nahm er die Tasse entgegen und sah sie kurz an. „Marie, wenn du ein Problem hättest... eines, das alles zerstören könnte, wofür du gearbeitet hast – würdest du es alleine lösen? Oder würdest du jemanden um Hilfe bitten, dem du vielleicht nicht ganz traust?"

Marie hielt inne, ihre Hände fest um das Tablett gelegt, das sie vor sich hielt. Sie schien die Worte sorgfältig abzuwägen, bevor sie antwortete. „Es kommt darauf an, Herr Broder. Manchmal ist es klüger, Hilfe anzunehmen. Aber man muss wissen, was der Preis dafür ist."

Heinrich nickte langsam. Der Preis. Genau das war es, was ihn in der Nacht wachgehalten hatte. Was wäre der Preis dafür, Sorokins Hilfe anzunehmen? Und könnte er ihn bezahlen, ohne sich selbst und alles, was ihm wichtig war, zu verlieren?

Später am Vormittag saß er in seinem Büro, die schwere Tür hinter sich geschlossen, und ging die Unterlagen durch, die Falk ihm hinterlassen hatte. Sorokin war kein gewöhnlicher Geschäftsmann. Die wenigen Informationen, die verfügbar waren, malten ein Bild von jemandem, der ebenso charmant wie rücksichtslos war. Ein Mann, der sich durch die Geschäfte der europäischen Industrie zog wie ein Sturm – und selten etwas unberührt ließ.

Ein Klopfen an der Tür unterbrach seine Gedanken. Karl Niemeyer trat ein, seine Stirn in tiefe Falten gelegt. „Heinrich, die Männer haben von dem verlorenen Auftrag gehört. Sie reden... über Kürzungen, über Entlassungen. Einige sagen, die Werft ist am Ende."

Heinrich schlug die Akte zu und erhob sich. „Wir sind nicht am Ende, Karl. Solange ich hier bin, wird diese Werft nicht untergehen."

„Aber wie?" fragte Karl, seine Stimme bebend vor Sorge. „Wie willst du das schaffen, wenn wir nicht modernisieren? Die Maschinen sind alt, die Konkurrenz ist schneller und billiger. Wir brauchen eine Lösung."

Heinrichs Kiefer spannte sich an. Er wusste, dass Karl recht hatte, aber es tat weh, die Worte auszusprechen. „Ich arbeite daran", sagte er schließlich. „Mehr kann ich dir im Moment nicht sagen."

Karl nickte langsam, aber seine Augen verrieten, dass er nicht überzeugt war. Als er den Raum verließ, ließ

Heinrich sich schwer in seinen Sessel fallen. Das Ticken der Standuhr schien lauter als zuvor, fast wie ein Countdown.

Am frühen Abend packte Heinrich schließlich seine Sachen für die Fahrt nach Hamburg. Der Regen hatte nachgelassen, aber der Himmel blieb grau und drückend. Vor seiner Abfahrt warf er einen letzten Blick auf die Werft. Die Kräne ragten wie vernarbte Finger in den Himmel, und die Hallen wirkten im schwindenden Licht verlassen und trostlos.

Als er in seinen Wagen stieg, spürte er das Gewicht des Augenblicks. Dieses Treffen würde alles verändern – vielleicht zum Guten, vielleicht zum Schlechten. Doch eines war klar: Es gab kein Zurück mehr.

Der Regen hatte sich in einen feinen Nebel verwandelt, als Heinrich Broder den Wagen vor der prächtigen Fassade des Hotel Atlantic parkte. Das Gebäude strahlte den Glanz vergangener Zeiten aus – große, goldene Lettern über dem Eingang, ein roter Teppich, der die Stufen hinaufführte. Ein unpersönlicher Luxus, der Heinrich seltsam deplatziert erscheinen ließ.

Ein Portier in makelloser Uniform öffnete ihm die Tür, doch Heinrich zögerte einen Moment, bevor er eintrat. Der Innenraum war opulent: Marmorböden, kristallene Kronleuchter, und ein subtiler Duft von Politur und teurem Parfum lagen in der Luft. Menschen in eleganter Kleidung bewegten sich wie in einem Ballett, jeder Schritt *perfekt gesetzt. Heinrich fühlte die Schwere seiner einfachen, dunklen Reisetasche in der Hand – ein Zeichen seiner eigenen Realität inmitten dieses Spektakels.*

Er meldete sich an der Rezeption, und der Empfangsmitarbeiter führte ihn durchlange, still beleuchtete Korridore zu einem abgeschiedenen Konferenzraum. Die schweren Holztüren öffneten sich mit einem dumpfen Geräusch, und Heinrich trat ein.

Der Raum war still, bis auf das leise Knistern eines Kamins, der in einer Ecke loderte. Vor dem Feuer stand ein Mann. Dmitri Sorokin. Groß, schlank, mit einem maßgeschneiderten Anzug, der seine athletische Statur betonte. Sein Haar war dunkel, seine Augen grau – kalt und durchdringend. Er wandte sich um, ein Lächeln, das mehr Kontrolle als Wärme zeigte, legte sich auf seine Lippen.

„Herr Broder", sagte Sorokin mit einer Stimme, die leise, aber fest war. „Willkommen. Ich hoffe, Ihre Reise war angenehm."

„Erträglich", antwortete Heinrich knapp und legte seine Tasche ab. Er blieb stehen, spürte die Distanz, die der Raum trotz seiner begrenzten Größe zwischen ihnen schuf.

Sorokin deutete auf einen Sessel am massiven Holztisch, der in der Mitte des Raumes stand. „Bitte, setzen Sie sich. Wir haben viel zu besprechen."

Heinrich folgte der Einladung, setzte sich jedoch nicht zurück. Seine Haltung blieb angespannt, seine Hände ruhten flach auf der Tischplatte. Sorokin hingegen wirkte entspannt, nahm sich Zeit, um eine Karaffe mit glasklarem Wasser zu öffnen und einzuschenken. „Wasser?" fragte er beiläufig.

Heinrich schüttelte den Kopf. „Ich bin nicht hier, um zu trinken."

Sorokins Lächeln wurde breiter, aber nicht freundlicher. „Natürlich nicht. Sie sind hier, weil Sie eine Entscheidung treffen müssen. Und ich bin hier, um Ihnen dabei zu helfen."

„Helfen?" Heinrichs Stimme war ruhig, aber scharf. „Ich habe gehört, wie Ihre ‚Hilfe' aussieht. Sie kommen, Sie investieren, und am Ende gehört Ihnen mehr, als Sie versprochen haben."

Sorokin neigte den Kopf leicht zur Seite, als prüfe er Heinrichs Worte wie ein Schachspieler, der den nächsten Zug seines Gegners analysiert. „Sie haben recht, Herr Broder. Ich nehme niemals weniger, als ich verdiene. Aber ich gebe auch niemals weniger, als ich verspreche."

Er lehnte sich zurück, seine grauen Augen fest auf Heinrich gerichtet. „Ihre Werft ist ein Juwel. Ein Symbol für Tradition und Exzellenz. Aber sie ist auch ein Relikt. Ihre Maschinen, Ihre Prozesse – sie stammen aus einer anderen Ära. Wenn Sie modernisieren wollen, brauchen Sie Kapital. Und Kapital... kostet."

Heinrich spürte, wie sein Herz schneller schlug. Die Worte trafen ins Schwarze. Er wusste, dass Sorokin recht hatte, aber etwas in ihm widerstand dem Gedanken, diesem Mann etwas zu geben.

„Und was erwarten Sie im Gegenzug?" fragte Heinrich schließlich. „Was genau kostet Ihr Kapital?"

Sorokin lächelte, und es war ein Lächeln, das Heinrich das Blut in den Adern gefrieren ließ. „Zugang, Herr Broder. Zugang zu Ihrer Infrastruktur, zu Ihren Kontakten – zu Ihrer Loyalität. Mehr nicht."

„Das ist alles?" Heinrichs Stimme klang hohl, obwohl er versuchte, ruhig zu bleiben.

„Das ist alles, was Sie wissen müssen", erwiderte Sorokin sanft. „Der Rest ist nur... Geschäft."

Heinrich hielt dem kalten Blick Sorokins stand, fühlte jedoch, wie die Worte des Mannes an seinem Widerstand nagten. Es war nicht nur das Angebot. Es war die unausgesprochene Drohung, die in jedem Satz mitschwang.

Heinrichs Hände ballten sich auf der Tischplatte zu Fäusten, während Sorokin weiterhin mit seiner ruhigen, aber bestimmten Stimme sprach. Es war, als würde er ein Netz aus Worten spinnen, das Heinrich immer dichter umgab.

„Loyalität, Herr Broder", wiederholte Sorokin und lehnte sich zurück, das Glas in seiner Hand drehend. „Das ist der einzige Preis, den ich verlange. Sie behalten die

Kontrolle, die Werft bleibt in Ihren Händen, und ich sorge dafür, dass sie wieder glänzt – effizienter, moderner, wettbewerbsfähiger."

„Und was passiert, wenn ich ablehne?" fragte Heinrich und zwang sich, seinen Blick nicht von Sorokin abzuwenden.

Sorokins Lächeln verschwand. Sein Gesicht blieb ruhig, aber in seinen Augen blitzte etwas Kaltes auf. „Dann bleibt alles, wie es ist. Ihre veralteten Maschinen, die sinkenden Aufträge, die Gerüchte unter Ihren Arbeitern. Und schließlich... wird jemand anderes die Werft übernehmen. Jemand ohne Ihre Werte, ohne Ihre Geschichte." Er machte eine Pause und nippte an seinem Glas. „Das wäre doch schade, nicht wahr?"

Heinrich spürte, wie eine Mischung aus Wut und Ohnmacht in ihm aufstieg. Dieser Mann sprach von Tradition und Geschichte, während er gleichzeitig drohte, alles zu zerstören, wofür Heinrich gearbeitet hatte. „Sie spielen ein gefährliches Spiel, Herr Sorokin. Glauben Sie, ich bin jemand, der sich erpressen lässt?"

Sorokin stellte das Glas auf den Tisch, das leise Klirren füllte den Raum. „Das ist keine Erpressung, Herr Broder. Das ist Realität. Die Welt hat sich verändert, und Sie haben zwei Möglichkeiten: Sie verändern sich mit ihr, oder Sie bleiben zurück." Die Worte hallten in Heinrichs Kopf nach. Er wusste, dass Sorokin recht hatte, doch der

*Gedanke, sich diesem Mann auszuliefern, war unerträg-
lich. Er sah Sorokin an, versuchte, einen Riss in dessen
Fassade aus Kontrolle und Überlegenheit zu finden.
Doch da war nichts – nur die kühle, unerschütterliche
Präsenz eines Mannes, der genau wusste, dass er das Spiel
beherrschte.*

*„Ich brauche Zeit", sagte Heinrich schließlich, seine
Stimme schwer vor Anspannung.*

*Sorokin nickte, als hätte er genau diese Antwort erwartet.
„Natürlich. Nehmen Sie sich die Zeit, die Sie brauchen.
Aber denken Sie daran, Herr Broder: Zeit ist ein Luxus,
den wir uns manchmal nicht leisten können."*

*Er erhob sich, sein maßgeschneiderter Anzug glitt wie
eine zweite Haut mit ihm. „Ich bin noch bis morgen
Abend hier. Wenn Sie sich entschieden haben, lassen Sie
es mich wissen." Mit diesen Worten ließ er Heinrich
allein im Raum zurück.*

*Die Stille war erdrückend. Heinrich saß reglos da, sein
Blick auf das Glas Wasser vor ihm gerichtet. Die Worte
des Mannes hatten ihn aus der Bahn geworfen. Es war
nicht nur das Angebot. Es war das Wissen, dass Sorokin
nicht nur Kapital, sondern Macht wollte – Macht über
alles, wofür Heinrich gelebt hatte.*

*Er stand auf, ging zum Fenster und starrte hinaus in die
regennasse Nacht. Die Lichter der Stadt verschwammen
hinter den Tropfen auf dem Glas. Zum ersten Mal in
seinem Leben fühlte Heinrich sich klein, wie eine*

Schachfigur auf einem Spielbrett, das jemand anderes beherrschte. Doch tief in seinem Inneren keimte etwas anderes auf – eine Entschlossenheit, die er selbst nicht ganz verstand. Er würde Sorokin nicht kampflos die Kontrolle überlassen. Wenn es einen Weg gab, die Werft zu retten, ohne seine Prinzipien zu verraten, würde er ihn finden.

Die Straßen von Hamburg verschwanden in der Dunkelheit, während Heinrich in seinem Wagen zurück nach Emden fuhr. Die Lichter der Stadt glitten an ihm vorbei, doch er nahm sie kaum wahr. Seine Gedanken drehten sich immer wieder um die Worte, die Dmitri Sorokin gesprochen hatte. „Loyalität... Zeit ist ein Luxus... Zugang."

Das Gewicht der Entscheidungen, die vor ihm lagen, schien unerträglich. Aber es war nicht nur der Druck, die Werft zu retten. Es war die Frage, was von ihm bleiben würde, wenn er versagte – oder wenn er den falschen Weg wählte.

Als Heinrich spät in der Nacht in seiner Villa ankam, begrüßte ihn nur die Stille des Hauses. Marie Hoffmann hatte das Licht im Flur angelassen, wie sie es immer tat, wenn sie wusste, dass er spät zurückkehren würde. Er hängte seinen Mantel an den Haken und trat leise in sein Arbeitszimmer.

Der Raum war dunkel, bis auf den schwachen Schimmer der Standuhr in der Ecke. Heinrich trat an seinen

Schreibtisch, zog die unterste Schublade auf und nahm ein kleines, ledergebundenes Buch heraus. Sein Tagebuch. Das einzige, was ihm in diesen Momenten Klarheit brachte.

Er setzte sich, öffnete das Buch und ließ seinen Blick über die vergilbten Seiten wandern. Die Einträge darin erzählten die Geschichte seines Lebens – die Gründung der Werft, die Triumphe, die Rückschläge, die Fehler. Heinrich strich mit den Fingern über die Seite, die er vor Jahren geschrieben hatte: „Die Werft ist nicht nur Stahl und Maschinen. Sie ist Familie, sie ist Heimat. Alles, was wir erschaffen, trägt unsere Seele hinaus in die Welt."

Doch heute fühlte sich die Werft wie eine Last an, ein Vermächtnis, das ihn erdrückte. Heinrich nahm den Stift zur Hand und begann zu schreiben. Die Worte flossen aus ihm heraus, als müsste er sie loswerden, bevor sie ihn verschluckten.

„Heute habe ich einen Mann getroffen, der alles verändern könnte. Dmitri Sorokin – ein Name, der wie ein Schatten über meinen Gedanken liegt. Er bietet Rettung, aber ich sehe die Ketten, die an diesem Angebot hängen. Wenn ich zustimme, rette ich die Werft. Doch zu welchem Preis? Und wenn ich ablehne... wird es überhaupt eine Werft geben?"

Heinrich hielt inne, der Stift schwebte über der Seite. Dann schrieb er weiter, langsamer, fast zögernd.

„Ich weiß nicht, ob ich den Mut habe, die Wahrheit zu wählen, wenn die Lüge einfacher ist. Vielleicht ist das der größte Verrat – nicht nur an meiner Familie, sondern an mir selbst."

Er klappte das Tagebuch zu und legte es zurück in die Schublade. Doch bevor er die Lade schloss, zögerte er. Ein plötzlicher Gedanke ließ ihn innehalten. Er griff nach einem kleinen Schlüssel, der am Rand des Schreibtisches lag, und schloss die Schublade ab. Zum ersten Mal. verspürte er einen Anflug von Erleichterung – als hätte er etwas Wichtiges bewahrt, etwas, das nur für ihn bestimmt war.

Doch tief in seinem Inneren wusste Heinrich, dass das Tagebuch nicht nur seine Geheimnisse bewahren würde. Es könnte eines Tages auch seine Wahrheit enthüllen.

Kapitel 2

Das dumpfe Dröhnen der Lkw-Motoren vibrierte in Heinrich Broders Brust, als es über das Werftgelände hallte. Zwischen den massiven Kränen und den endlosen Reihen von Containern wirkte er wie eine verlorene Figur in einem Meer aus Stahl und Beton. Der Wind zerrte an seinem Mantel, scharf und beißend, doch die eigentliche Kälte, die ihn durchdrang, kam nicht vom Wetter.

Diesel, Metall, feuchter Beton – die Luft war gesättigt von schweren, industriellen Gerüchen. Irgendwo knarrte ein Kran, sein tiefes Stöhnen wie ein gequälter Atemzug. Vor ihm bewegten sich drei Männer in schwarzen Jacken, die Kapuzen tief ins Gesicht gezogen. Sie entluden die Container mit routinierter Präzision, jeder Griff saß, fast rituell. Kein Wort fiel zwischen ihnen. Diese Art von Stille ließ Heinrich unruhig werden.

Ein Geräusch hinter ihm. Er zuckte zusammen, drehte sich hastig um. Ein Werftarbeiter stand da – wettergegerbtes Gesicht, scharfe Augen, die ihn musterten, prüfend, abschätzend. Die Hände tief in den Taschen seiner speckigen Jacke vergraben, stand er da, unbeweglich, wie ein Mann, der wusste, dass seine Präsenz allein ausreichte, um Fragen aufzuwerfen.

„Herr Broder?" Seine Stimme war rau, gezeichnet von Jahren harter Arbeit. Heinrichs Magen zog sich zusammen. Seine Finger verkrampften sich kurz um den Stoff seines Mantels. Er zwang sich zur Ruhe. „Spezialaufträge." Seine Stimme klang betont beiläufig. „Nicht unsere Sache, sich darum zu kümmern."

Der Mann nickte langsam. Doch sein Blick blieb skeptisch. Eine Spur zu lang.

Heinrich hielt stand, doch die Stille zwischen ihnen war drückend. Als der Arbeiter schließlich weiterging, spürte er keine Erleichterung – nur das unangenehme Gefühl, dass dieser Blick ihm gefolgt war.

Sein Blick wanderte zurück zu den Männern an den Containern. Einer stand etwas abseits, zog gemächlich an einer Zigarette. Seine Augen ruhten auf Heinrich. Ruhig. Prüfend. Nicht feindselig, aber mit einer Klarheit, die keine Zweifel ließ: Wir sehen alles.

Heinrich senkte den Blick, wandte sich ab. Er beschleunigte seine Schritte, während der Wind ihn vor sich hertrieb. Doch selbst als die Geräusche der Werft hinter ihm verblassten, blieben die Blicke dieser Männer wie ein Phantom in seinem Nacken.

Drinnen war es still. Doch es war keine beruhigende Stille. Sie lag schwer in der Luft, als hätte der Raum den Atem angehalten.

Er streifte den Mantel ab, trat an seinen Schreibtisch – und erstarrte.

Ein Umschlag.

Kein Absender. Sorgfältig platziert, als hätte jemand ihn mit Bedacht dort hinterlassen. Heinrichs Finger zitterten *leicht, als er ihn aufhob. Seine Handflächen waren feucht, er rieb sie unbewusst an der Hose. Das Papier war schwer. Fast so, als trüge es die Last dessen, was darin geschrieben stand.*

Er zog das Blatt heraus.

Kein Ausstieg. Keine Fehler. Wir beobachten dich.

Seine Kehle wurde trocken. Die Worte brannten sich in sein Bewusstsein.

Panik kroch in seinen Nacken, griff nach ihm mit kalten Fingern. Sein rechtes Augenlid zuckte unkontrolliert.

Er griff zum Telefon, wählte Andreas Falks Nummer.

Es dauerte lange, bis Falk abhob.

„Heinrich." Keine Begrüßung. Keine Floskeln.

„Er droht mir, Andreas." Seine Stimme war heiser.

„Sorokin… er beobachtet mich. Was, wenn er—meine Familie—?"

„Bleib ruhig." Falks Stimme war scharf, schneidend. „Solange du tust, was er verlangt, passiert nichts. Aber eines ist sicher: Es gibt keinen Weg zurück."

Dann das Freizeichen. Falk hatte aufgelegt.

Heinrich ließ den Hörer sinken. Der Umschlag rutschte aus seinen Fingern, landete zerknittert auf dem Boden.

Das Wohnzimmer war in warmes Licht getaucht, doch die Stimmung war kühl. Katrin saß im Sessel, ein Buch auf den Knien. Als Heinrich eintrat, legte sie es beiseite. Ihr Blick folgte ihm – ruhig, abwartend.

„Papa." Ihre Stimme war freundlich, doch distanziert.

Er ließ sich schwer in den Sessel gegenüber sinken. Seine Finger trommelten unbewusst auf die Armlehne, sein Kiefer spannte sich an.

„Katrin, ich… ich wollte dich um Rat fragen."

Eine hochgezogene Augenbraue. „Du fragst mich? Das ist neu."

Er rang um Worte. „Die Werft steht unter Druck. Ich musste eine Entscheidung treffen."

Katrin schloss ihr Buch mit einer langsamen Bewegung. „Du hast die Werft immer wie deinen Besitz behandelt, Papa. Vielleicht ist es an der Zeit, die Kontrolle abzugeben."

Ein Stich in seiner Brust.

„Das ist nicht der Zeitpunkt für Vorwürfe! Ich tue das alles für euch, für die Familie!"

24

Katrin lehnte sich zurück. Ihr Blick war durchdringend.

„Für die Familie?" Ein Hauch von Ungläubigkeit in ihrer Stimme. „Oder für deinen Stolz?"

Heinrich sprang auf. Seine Hände ballten sich zu Fäusten.

Doch Katrin blieb ruhig. Ein flüchtiges Lächeln huschte über ihre Lippen.

„Vielleicht solltest du dich fragen, was dir wirklich wichtig ist, Papa."

Hunderte Kilometer entfernt.

In einem luxuriösen Hotelzimmer ließ Dmitri Sorokin das Telefon sinken. Seine Finger trommelten leise auf die Tischplatte.

Ein zufriedenes Lächeln spielte um seine Lippen.

Draußen zuckte ein Blitz am Himmel auf. Der Wind rüttelte an den Fenstern.

„Er spielt genau nach Plan", murmelte er. Er lehnte sich zurück, nahm einen Schluck aus seinem Kristallglas. „Bald wird er merken, dass er längst nicht mehr entscheidet."

Ein leises Lachen. „Ein Bauer, der sich noch für einen König hält."

Kapitel 3

2024

Die alte Lagerhalle der Emder Werft war ein trostloser Ort. Zwischen verrosteten Maschinen und herumliegendem Gerümpel arbeiteten Erik Meyer und Timo Reinders unter dem monotonen Prasseln des Regens, der auf das Wellblechdach schlug. Der matte Schein der alten Deckenbeleuchtung flackerte in der feuchten, abgestandenen Luft. Seit den frühen Morgenstunden waren sie hier, um ausrangierte Werkzeuge und sperrige Metallteile zu entsorgen.

Erik Meyer, Mitte dreißig, war ein Mann mit breiten Schultern und wettergegerbter Haut. Sein dunkles Haar hatte bereits erste graue Strähnen, die er als „Narben der Zeit" bezeichnete. Ursprünglich stammte er aus einer Fischerfamilie; schon als Kind hatte er den Geruch von Seetang und Diesel in der Nase. Doch das harte Leben auf See war nichts für ihn gewesen – zu viele schlechte Erinnerungen, zu viele Verluste. Er hatte beschlossen, an Land zu bleiben und in Emden Fuß zu fassen. Seitdem jobbte er an verschiedenen Orten, nahm Gelegenheitsarbeiten an und wirkte manchmal grimmig, weil er sich zu oft mit seinen eigenen Dämonen herumschlug. Timo Reinders hingegen war jünger, gerade mal Ende zwanzig. Er wirkte im Vergleich zu Erik schlaksig, fast schon etwas unbedarft, aber er hatte ein waches, freundliches Gesicht. Ursprünglich war er nur für ein paar Wochen in Emden gewesen, um seiner Tante in ihrem kleinen Laden zu helfen. Doch dann hatte er Gefallen an der Stadt gefunden und beschlossen, zu bleiben.

Timo war ein Träumer; er liebte Geschichten von Abenteurern und verlor sich gern in Büchern, wenn er nicht gerade irgendwo handwerklich zupacken musste. Trotzdem wusste er, dass das Leben selten so romantisch war wie in den Erzählungen, die er las.

„Verdammt, pass doch auf, Timo!", brummte Erik, als sein Kollege beinahe eine alte Metallkiste umstieß. „Das hier ist schon gefährlich genug." Timo zuckte zusammen, wischte sich den Schweiß von der Stirn und stellte die Kiste beiseite. „Sorry, Mann. Ich hab nur kurz rübergeschaut, weil mir diese Wand komisch vorkommt."

Erik folgte Timos Blick und runzelte die Stirn. Im hinteren Teil der Halle, wo das Licht kaum noch hinreichte, wirkte ein Mauerabschnitt unpassend. Die Ziegel waren grob verfugt, als wären sie hastig eingesetzt worden. „Das passt hier wirklich nicht hin", murmelte Erik und strich mit der Hand über den unebenen Stein. „Vielleicht hat man mal irgendwas zugemauert, ohne sich um die Optik zu kümmern."

Timo zuckte mit den Schultern. „Na ja, wir sollen doch eh alles freiräumen. Wollen wir mal sehen, was dahinter ist?"
Erik zögerte kurz. Er war keiner, der sich leichtfertig in potenziell gefährliche Situationen begab, aber seine Neugier war geweckt. Er kannte diese Werft von früher, als er manchmal beim Entladen half. Dass hier ein verborgener Raum existierte, erschien ihm seltsam genug, um einen

Blick zu riskieren. „Klar, versuchen wir's. Aber pass auf, dass du dich nicht verletzt."

Sie holten eine Brechstange und begannen, die ersten Steine zu lösen. Stück für Stück bröckelte Mörtel von der Wand, und schließlich kam eine schwere Holztür zum Vorschein – von Rost zerfressen, durchweicht von Feuchtigkeit.
„Hey, das Ding könnte jeden Moment auseinanderfallen", murmelte Timo und ließ die Brechstange sinken.
„Hilf mir mal", sagte Erik. Gemeinsam stemmten sie die Schultern gegen das morsche Holz. Mit einem langgezogenen Knarren gab die Tür nach, und eine Welle kühler, modriger Luft schlug ihnen entgegen.

Der Raum dahinter lag in tiefster Dunkelheit. Nur der schwache Schein einer Taschenlampe fiel auf dicht beieinanderliegende, verstaubte Werkzeuge. Die Luft war schwer, als hätte sie sich jahrzehntelang nicht bewegt.
„Krass", hauchte Timo, während er den Lichtkegel durch die Dunkelheit wandern ließ. „Sieht aus, als wäre hier seit Ewigkeiten niemand gewesen."

Sein Puls beschleunigte sich, als das Licht auf ein Objekt weiter hinten im Raum fiel – ein Stuhl. Darauf saß eine Gestalt, reglos, gehüllt in eine dicke Staubschicht. „Erik …" Timos Stimme klang brüchig. „Da ist … irgendwas."

Erik trat näher, sein Herz schlug bis zum Hals. Mit jedem Schritt wurde die Silhouette klarer. Auf dem Stuhl saß eine mumifizierte Leiche, die Hände auf dem Rücken gefesselt. Die Haut war ledrig, eingefallen, der Kopf leicht zur Seite geneigt – als würde sie ihn aus der Dunkelheit heraus ansehen. „Das … das kann nicht echt sein", stotterte Timo. „Oder?"

Erik schluckte hart. Der Anblick wirkte wie eine groteske Wachsfigur, der die Zeit das Fleisch geraubt hatte. „Echt genug", brachte er schließlich hervor. Sein Adrenalin schoss in die Höhe.

Sekundenlang standen sie reglos da, zwischen Faszination und Entsetzen gefangen. Der Regen trommelte weiter auf das Wellblechdach, ein unnatürlich beruhigendes Geräusch inmitten dieses grauenvollen Moments. „Wir … wir müssen die Polizei rufen", sagte Erik mit dünner Stimme.

Timo taumelte ein paar Schritte zurück. Er spürte, wie sein Magen sich zusammenzog. Er hatte schon viel Schrott und Dreck gesehen, aber nie etwas derart Verstörendes. „Ja … sofort."

Erik zog sein Handy hervor, während Timo sich an der Wand abstützte und versuchte, seinen Atem zu beruhigen. Nach einem kurzen Gespräch mit der Notrufzentrale steckte Erik das Telefon wieder ein. „Sie schicken jemanden. Wir sollen hier warten und nichts anfassen." Timo nickte stumm. Ihm war übel, doch sein Blick klebte an dem toten Körper. Beide Männer wirkten nun so verloren in diesem Anblick, wie Kinder, die zum ersten Mal einen Blick hinter den Vorhang der Erwachsenenwelt werfen. Sie standen da, erstarrt in der Fassungslosigkeit, bis plötzlich Blaulichter durch die regennasse Dunkelheit schnitten.

Die Streifenwagen bahnten sich ihren Weg durch den aufgeweichten Kies. Das aufblitzende Blau warf gespenstische Reflexe auf die nassen Metallwände der Lagerhalle. Erik spürte, wie die surreale Spannung langsam der harten Realität wich.

Der Regen hatte nachgelassen, doch Feuchtigkeit hing schwer in der Luft, als wollte sie nie weichen. Erik und Timo standen noch immer vor der geöffneten Wand, aus der ein kühler Hauch aus der Vergangenheit entwich.

Der erste Polizeiwagen hielt in respektvollem Abstand zu den Hallentoren. Zwei uniformierte Beamte stiegen aus und rollten Absperrband aus, während sie auf die beiden Männer zugingen. „Guten Abend. Polizei Emden. Sie haben einen Notruf abgesetzt?" Die Stimme des Beamten war ruhig, aber bestimmt. „Erzählen Sie uns, was genau passiert ist."

Erik trat vor, räusperte sich, um seine heisere Stimme zu klären. „D-dort hinten … wir haben eine mumifizierte Leiche gefunden." Er versuchte, gefasst zu wirken, doch seine Stimme zitterte leicht.

Timo ergänzte mit brüchiger Stimme: „In einem Kellerraum, der offenbar zugemauert war. Wir haben nur ein paar Steine entfernt, dann …" Die Polizisten tauschten einen Blick. Der Jüngere zog den Kragen seiner Jacke hoch, als müsse er sich vor der aufkommenden Kälte schützen. Der Ältere griff zum Funkgerät. „Sind Sie sich sicher, dass es eine Leiche ist?" Seine Skepsis war professionell, aber nicht gespielt.

Erik nickte stumm. „Okay", sagte der Beamte und drückte die Sprechtaste. „Wir brauchen sofort Unterstützung. Bleiben Sie ruhig und fassen Sie nichts mehr an."

Noch während sie sprachen, bog ein weiteres Auto um die Ecke – ein ziviler Wagen der Kriminalpolizei. Die Scheinwerfer schnitten durch den aufgewühlten Regen, dann hielt das Fahrzeug in der Nähe der Streifenwagen. Kommissarin Lena Berg und ihr Kollege – zugleich ihr Lebensgefährte – Bodo Zimmermann stiegen aus.

Lena zog rasch die Kapuze ihres dunklen Mantels über, während Bodo sich in Lederjacke und Jeans kurz umschaute. Beide wirkten konzentriert, professionell, aber auch angespannt. Die Szene war ihnen vertraut – doch kein Fund glich dem anderen. „Erik Meyer?" Lena ließ ihren Blick über die beiden Männer wandern. „Und Sie sind Timo Reinders, richtig?"

Erik trat nervös von einem Bein aufs andere. „Ja. Das ist Timo. Wir ... wir haben das hier gefunden."

Ein Streifenpolizist trat vor, gab Lena eine knappe Lagebeschreibung und wies dann auf die dunkle Öffnung im

Mauerwerk. „Hier ist der Zugang. Der Keller ist stockdunkel, wir haben nur Taschenlampenlicht."

Bodo tauschte einen kurzen Blick mit Lena, runzelte die Stirn und klopfte den Regen von seiner Jacke. „Habt ihr irgendetwas berührt oder verändert, seit ihr die Leiche entdeckt habt?"

Timo schüttelte sofort den Kopf. „Nein ... also, wir haben nur die Steine aus der Wand geholt. Dann haben wir reingeleuchtet und sofort die Polizei gerufen." Er wirkte jetzt ruhiger als zuvor, obwohl seine Stimme noch immer leicht bebte. Die Anwesenheit der Polizei gab ihm das Gefühl, dass er und Erik nicht allein für diesen Horror verantwortlich waren.

Lena notierte sich rasch ein paar Stichpunkte in ihr Notizbuch. „Gut, dass ihr uns sofort verständigt habt. Die Spurensicherung ist bereits unterwegs. Wir brauchen später noch eine genaue Schilderung von euch."

Erik zog eine Zigarettenschachtel aus der Tasche. Seine Hände zitterten so stark, dass er sie nicht anzünden konnte. In solchen Momenten bedauerte er, dass er nie ganz mit dem Rauchen aufgehört hatte. Doch Zigaretten gaben ihm immer ein Stückchen Kontrolle zurück, wenn seine Welt aus den Fugen geriet. Bodo bemerkte es. „Ihr könnt euch da drüben unterstellen", sagte er und deutete auf einen überdachten Bereich. „Wir kommen gleich zu euch." Erleichtert traten die beiden Männer einige Schritte zurück. Sie wirkten verstört – und zugleich erleichtert, die Verantwortung abgegeben zu haben. Timo warf Erik einen kurzen Blick zu. Er wollte etwas sagen, ihm vielleicht Mut machen, doch die Worte blieben ihm im Hals stecken. Erik hingegen starrte stumm in die Leere, das Bild der Leiche noch immer vor Augen.

Kaum waren sie außer Hörweite, fiel Lenas Blick auf die dunkle Öffnung im Mauerwerk. Ein kalter, modriger Luftzug strich über ihre Haut – durchtränkt von Feuchtigkeit und einer Vergangenheit, die hier nie ans Licht kommen sollte. Für einen Moment meinte sie, ein leises Flüstern zu hören. Ein Echo aus der Dunkelheit.

Ein flaues Gefühl breitete sich in ihrem Magen aus – jenes beklemmende Ziehen, das sie immer spürte, wenn die Härte der Realität ihre Professionalität streifte. Bodo bemerkte ihren nachdenklichen Ausdruck, legte ihr eine Hand auf die Schulter. „Was geht dir durch den Kopf?"

Lena zuckte mit den Schultern, zwang sich zu einem halbherzigen Lächeln.

„Es ist nur dieser Ort. Die Enge. Der Geruch. Es fühlt sich an, als ob die Wände alles verschluckt haben."

Bodo nickte verstehend. „Kein Fall ist wie der andere – und doch fühlt es sich jedes Mal gleich an."

„Nein", sagte sie leise. „Nie."

Einen Moment lang standen sie schweigend da, während der Regen unregelmäßig auf das Wellblechdach trommelte. Dann verdrängte Lena ihre Gedanken. „Spurensicherung kommt gleich. Bis dahin sehen wir uns um."

Sie traten auf die Öffnung in der Wand zu. Lena hob ihre Taschenlampe und richtete den Lichtstrahl in die Schwärze des Kellers. Der Luftzug war abgestanden, feucht – als hätte sich die Luft dort unten seit Jahrzehnten nicht mehr bewegt. Ein Schauer lief ihr über den Rücken.

Ohne ein weiteres Wort sahen sie einander an und traten ein. Der Boden knirschte unter ihren Schuhen, ihr Lichtkegel huschte über Wände, in deren Ecken sich Schatten sammelten. Schon beim ersten Schritt fiel ihnen die feine Staubschicht auf, die über allem lag. Hier war seit Ewigkeiten niemand mehr gewesen – bis auf die Männer, die die Steine aus dem Mauerwerk gehebelt hatten.

In der hinteren Ecke des Raums saß eine mumifizierte Leiche auf einem abgeschabten Holzstuhl, so alt wie der Fundort selbst. Die Hände waren mit verrotteten Seilen hinter dem Rücken gefesselt. Der Kopf war leicht zur Seite geneigt, als würde er sie aus dem Halbdunkel anstarren.

Lena sog die abgestandene Luft ein und richtete den Lichtkegel auf die vergilbte Kleidung. Ein Frösteln lief ihr über den Rücken – weniger wegen der Kälte, mehr wegen der unbehaglichen Vorstellung, wie lange dieser Mensch hier gesessen hatte. Vergessen von der Welt.

Bodo hockte sich vorsichtig hin, ließ seinen Lichtstrahl über den Boden gleiten. „Keine frischen Spuren." Seine Stimme war gedämpft. „Hier war seit Jahren niemand mehr."

Gerade wollte Lena antworten, da hörte sie Schritte hinter sich. Markus Weber, Techniker der Spurensicherung, betrat mit seinem Team den Keller. „Lena, Bodo", begrüßte er sie mit gedämpfter Stimme. „Wir richten den Scheinwerfer auf. Dann könnt ihr mehr erkennen."

Binnen Minuten füllte ein kaltes, klares Licht den Raum. Staubpartikel schwebten in der Luft, die Gesichtszüge der Leiche wurden noch gespenstischer: pergamentene Haut, eingefallene Züge, der Verfall sichtbar in jedem Detail.

„Erstaunlich, wie gut der Körper erhalten ist",

kommentierte **Corinna Stein**, die Forensikerin.

„Die trockene Umgebung und die fehlende Luftzirkulation haben wohl zur Mumifizierung beigetragen. Wir sichern ihn nach der Dokumentation."

Lena atmete tief durch, versuchte, sich auf die nächsten Schritte zu konzentrieren. Doch Fragen rasten durch ihren Kopf: Wer war dieses Opfer? Wer hatte es hier eingemauert? Und warum?

Während Corinna und Markus arbeiteten, wanderte ihr Blick über verrostete Werkzeuge, zerfledderte Handbücher, leere Kisten. Dieser Teil der Werft war seit Jahren vergessen. Bodo berührte sanft ihren Ellbogen.

„Alles okay?"

Sie nickte knapp.

„Nur eine Erinnerung …" Ihre Gedanken schweiften kurz ab. Damals hatte sie eine ganze Nacht lang wachgelegen, unfähig, die Bilder aus ihrem Kopf zu verdrängen. Manche Fälle ließen sie einfach nicht los – und dieser hier fühlte sich an, als könnte er einer davon werden.

Er verstand. „Wir kriegen das hin."

Kurz darauf verkündete Corinna: „Wir sind so weit. Wir lagern den Körper vorsichtig um. Jede Berührung könnte Spuren zerstören."

Lena und Bodo traten zurück, während das Team die jahrzehntelang eingesperrte Leiche aus ihrer Position löste. Kalte Stille legte sich über den Raum.

„Wir bringen ihn in die Gerichtsmedizin", sagte Corinna. „Und noch etwas: Das Opfer trägt einen Ring. Stark korrodiert, aber vielleicht mit einer Gravur."

Lena nickte. „Haltet mich auf dem Laufenden."

Draußen prasselte der Regen. Bodo legte ihr eine Hand auf den Rücken, als sie zurück in die feuchte Nacht traten – entschlossen, das Geheimnis dieses dunklen Verlieses zu lüften.

Die nächtliche Stille hatte sich längst über das Werftgelände gelegt. Nur noch ein einzelner Streifenwagen mit ausgeschalteten Blaulichtern stand am Rand der Lagerhalle, während drinnen die letzten Mitglieder der Spurensicherung akribisch den Fundort nach verwertbaren Hinweisen durchkämmten.

Lena und Bodo hatten sich in ihren Wagen zurückgezogen, um einige Stunden Ruhe zu bekommen, als kurz nach Mitternacht Lenas Handy klingelte.

Sie zuckte zusammen, als der schrille Ton durch die Dunkelheit schnitt. Auf dem Display leuchtete der Name **Corinna Stein** auf, die Forensikerin. Lenas Herz beschleunigte sich augenblicklich. „Corinna? Hast du schon Ergebnisse?"

„Erste Indizien, ja", antwortete Corinna. Ihre Stimme klang gedämpft, offenbar war sie noch im Labor. „Der Ring, den wir an der mumifizierten Leiche gefunden haben, trägt eine Gravur: ‚Karin – Für Papa'. Wir konnten außerdem etwas auf den Resten einer alten

Metallplakette entdecken, die am Innenfutter der Jacke befestigt war. Der Name darauf lautet Broder."

Lena fühlte ein unangenehmes Stechen in der Magengegend. Broder. Das war ein Name, der ihr während der Ermittlungen hier in Emden schon über den Weg gelaufen war. Sie schloss kurz die Augen. „Und jetzt denkst du, es könnte sich bei dem Toten um Frau Karin Broders Vater handeln?"

„Ich halte es für sehr wahrscheinlich. Wir müssen aber noch mehr Untersuchungen machen, um wirklich sicher zu sein. DNA-Proben können erst morgen abgeglichen werden. Doch die Gravur ist eindeutig: ‚Karin – Für Papa'. Das ist mehr als nur ein Zufall."

Lena atmete tief durch. Ihr schwirrten Fragen durch den Kopf: Wie lange war dieser Mann verschollen gewesen? Warum hatte niemand ihn gesucht – oder hatte man es doch getan und war nie auf eine Spur gestoßen? Wie sollte sie einer Tochter erklären, dass ihr Vater vermutlich unter so grausamen Umständen ums Leben gekommen war?

Bodo beobachtete Lenas Anspannung und berührte behutsam ihren Unterarm. „Alles in Ordnung?" Sie nickte zögernd und deckte das Handy mit der Hand ab. „Corinna glaubt, dass die Leiche der Vater von Karin Broder sein könnte." Er zog die Brauen hoch. „Glaubst du, dass es der Name ist, den wir …" Lena legte sich einen Finger an die Lippen. „Ich rede gleich mit ihr, ja?"

Sie widmete sich wieder dem Anruf. „Danke, Corinna. Was schlägst du vor?" „Ich würde sagen, du setzt dich mit Karin Broder in Verbindung. Ein offizielles DNA-Matching dauert noch, aber wenn sie Auskünfte über eventuelle Besonderheiten, medizinische Eingriffe oder persönlichen Schmuck ihres Vaters geben kann, hilft uns das. Außerdem kann sie vielleicht erklären, ob er damals vermisst gemeldet wurde."

„Verstanden", sagte Lena leise. „Ich kümmere mich drum. Halt mich weiter auf dem Laufenden, ja?"

Nachdem sie aufgelegt hatte, verharrte Lena reglos. Ihr Blick starrte durch die Frontscheibe hinaus auf die regennasse Dunkelheit. In ihr tobte ein innerer Konflikt: Einerseits wusste sie, wie wichtig dieser Kontakt war, um den Fall aufzuklären. Andererseits ekelte sie die Vorstellung an, mitten in der Nacht einen möglichen Todesbescheid zu überbringen – zumal die Identifizierung des Opfers noch nicht endgültig war.

Bodo schaltete die Innenbeleuchtung ein. „Du musst sie anrufen, oder?" Lena fuhr sich mit der Hand durch das Haar. „Ja. Aber ich hasse diesen Teil des Jobs. Es ist …" Sie brach ab, suchte nach Worten. „Ich bin sicher im Umgang mit Tatorten und Vernehmungen, aber manchmal … dieses menschliche Leid, das bleibt."

Er griff sacht nach ihrer Hand und drückte sie. „Willst du, dass ich das übernehme?" Sie betrachtete ihn dankbar. „Ich weiß, du würdest es machen.

Aber ich bin die leitende Ermittlerin. Zudem … die Person am anderen Ende ist vielleicht aufgewühlt. Ich muss es tun."

Mit zitternden Fingern suchte sie in ihren Kontakten nach Karin Broders Nummer. Tatsächlich hatten sie bereits einmal miteinander gesprochen – ein harmloser Routineanruf vor einigen Monaten, als es um eine ganz andere Angelegenheit ging. Damals war Karin Broder nur am Rande involviert gewesen.

Niemand hatte geahnt, dass ihr Familienname einmal in solchem Zusammenhang auftauchen würde.

Lena atmete einmal tief durch und drückte die Wahltaste. Der Ruf zog sich ewig in die Länge, bevor am anderen Ende ein verschlafenes und leicht irritiertes „Ja?" erklang.

„Frau Broder? Hier spricht Kommissarin Lena Berg. Bitte entschuldigen Sie die späte Störung, aber ich fürchte, es ist wichtig." Sie hörte ein Rascheln, dann ein leises Räuspern. „Kommissarin Berg? Was gibt es denn, um diese Uhrzeit…?"

In Lenas Brust zog sich etwas zusammen. „Wir haben heute Abend in der alten Emder Werft eine mumifizierte Leiche gefunden. Wir können noch keine eindeutige Identifizierung vornehmen, allerdings …" Sie kämpfte um Fassung. „… fanden wir einen Ring mit einer Gravur, in der Ihr Name auftaucht. Es besteht der Verdacht, dass es sich um Ihren Vater handeln könnte."

Am anderen Ende wurde es schlagartig still. Nur das entfernte Rauschen einer Heizung oder Lüftung war zu hören. Als Karin Broder endlich wieder sprach, klang ihre Stimme brüchig: „Das … kann nicht sein. Mein Vater ist vor 20 Jahren spurlos verschwunden. Die Polizei hatte damals keine Spur. Wie … wie soll er …?"

Lena kämpfte gegen das Mitgefühl, das ihr jetzt die Kehle zuschnürte. Sie zwang sich zu einem professionellen Ton, ohne jedoch völlig kühl zu klingen: „Frau Broder, ich verstehe, dass das ein Schock ist. Wir werden alles unternehmen, um Gewissheit zu bekommen. Wir werden morgen vorbeikommen, dann können wir Näheres besprechen und vielleicht erste Fragen klären. Wir müssen DNA-Proben vergleichen und alles Weitere."

Eine zitternde Einwilligung kam durch den Hörer. „Ja, natürlich. Das ist … mein Gott."

„Bitte versuchen Sie, sich ein wenig auszuruhen. Wir haben morgen genug Zeit, alles zu besprechen. Und – es tut mir sehr leid."

Karin Broder bedankte sich stockend, und das Gespräch endete, bevor ihre Emotionen überhandnahmen. Lena starrte noch einen Moment auf das Handy, als ob sie die seelische Bürde, die sie gerade übermittelt hatte, wieder zurücknehmen könnte.

Sie legte das Telefon beiseite und blickte zu Bodo, in dessen Augen sich mitfühlende Sorge spiegelte.

„Sie war … geschockt, klar", sagte Lena gepresst. „Ich hab ihr gesagt, wir sprechen morgen alles durch. Aber …"

Bodo löste seinen Sicherheitsgurt und lehnte sich zu ihr herüber. „Du hast das Richtige getan. Das ist nie leicht."

Lena fühlte die Last der Verantwortung: Sie hatte den erschütterndsten Hinweis einer völlig Fremden geben müssen, die möglicherweise soeben erfuhr, dass ihr Vater über all die Jahre in einem Kellergemäuer ums Leben gekommen war. Ihr wurde flau im Magen, und sie legte eine Hand über ihre Augen, um die aufsteigende Hitze in ihrem Gesicht zu verbergen.

Erst als Bodo sacht über ihre Schulter strich, ließ sie die Hand sinken und schenkte ihm ein mattes Lächeln. „Danke", flüsterte sie.

In diesem Moment wusste sie, dass die eigentliche Ermittlungsarbeit erst begann. Wenn der Leichnam tatsächlich Karin Broders Vater war, stellte sich die Frage: Wer hatte ihn in diesen Keller eingesperrt – und warum? Ein ungeklärter Vermisstenfall, der sich zu einem Mordfall entwickelte, oder gab es noch eine völlig andere Erklärung?

Als Lena auf das absperrende Polizeiband und die längst stillgelegte Halle blickte, spürte sie eine Vorahnung: Hier schlummerten Antworten, aber sie würden nicht ohne Weiteres ans Licht kommen.

Sie lehnte ihren Kopf einen Augenblick an Bodos Schulter, während draußen die letzten Lichtkegel der Spurensicherung durch die Nacht tanzten. Das Kapitel ihres Lebens, das sie heute aufgeschlagen hatte, würde sie beide an die Grenzen ihrer Belastbarkeit führen – doch es gab keinen Weg zurück.

Der Regen setzte erneut ein, erst als Nieseln, dann als prasselnder Guss. Und wie ein sturer Begleiter im Hintergrund sang er sein monotones Lied, während Lena in Gedanken schon den kommenden Tag durchging und sich vorbereitete, Frau Karin Broder mit einem schmerzlichen Stück Wahrheit zu konfrontieren.

Es würde keine leichte Aufgabe sein. Aber eines war sicher: Sie musste und würde die Wahrheit ans Licht bringen – im Namen jenes Unbekannten, der vielleicht schon seit Jahrzehnten hier gefangen war.

Erik und Timo saßen derweil in ihrem alten Kleintransporter, der am Rande des Geländes parkte. Sie waren zu aufgewühlt, um nach Hause zu fahren. Erik dachte an seine eigenen Dämonen, die ihn schon sein ganzes Leben begleiteten, und fragte sich, ob sie je so beklemmend gewesen waren wie das, was er heute gesehen hatte. Timo starrte aus dem Fenster, in den Regen, und spürte eine seltsame Mischung aus Furcht und Neugier. Ihm ging durch den Kopf, dass sie nun Teil einer Geschichte geworden waren, die weit größer war als alles, was sie bisher erlebt hatten.

„Erik", sagte Timo schließlich leise, ohne den Blick von den tanzenden Regentropfen zu lösen, „was glaubst du, warum das alles …?" Erik legte ihm eine Hand auf die Schulter. „Ich weiß es nicht, Timo. Aber ich hoffe, dass wir die Antworten erfahren. Irgendwie."

Und so saßen sie nebeneinander – zwei Männer, die nur einen Routineauftrag erledigen wollten und stattdessen in einen Albtraum geraten waren. Der Regen begleitete sie, während sich langsam die Realität setzte: Ein Leben war hier jahrzehntelang unentdeckt geblieben – und hatte jetzt ihre Wege gekreuzt.

Kapitel 4

Der Nebel umhüllte die Werft wie ein lebendiges Wesen, kroch durch jede Ritze der verlassenen Gebäude und legte sich schwer auf die Umgebung. Lena Berg stieg vorsichtig die knarrende Metalltreppe hinunter, die in den Keller führte. Ein Gemisch aus Feuchtigkeit, Öl und verwittertem Beton hing in der Luft, während der Lichtkegel ihrer Taschenlampe unstet über die fleckigen Wände zuckte. Jedes Geräusch schien ein Echo nach sich zu ziehen, das unnatürlich lange widerhallte, als ob der Raum selbst gegen ihre Anwesenheit protestierte.

Lena hielt kurz inne und schloss die Augen. Ein tiefer Atemzug reichte kaum, um die Beklommenheit zu vertreiben.

„Was mache ich hier unten?", flüsterte sie, obwohl sie die Antwort kannte. Etwas zog sie her – ein innerer Drang, der wie ein steter Herzschlag in ihrem Kopf pochte. Dieser Keller wirkte wie ein Ort, an dem alte Geheimnisse nur darauf warteten, gelüftet zu werden.

Ihre Schritte hallten dumpf, als sie jenen Gang erreichte, in dem Heinrich Broders Leiche gefunden worden war. Die Dunkelheit fühlte sich fast greifbar an, als würde sie sich um ihre Beine legen. Ihre Finger krampften sich um die Taschenlampe, deren Licht unsicher über Wände und Boden huschte.

Feine Risse im Beton wirkten im flackernden Schein wie Adern, die Leben durch einen längst gestorbenen Körper pumpten.

Ein kaltes Ziehen durchfuhr ihre Brust, doch sie zwang sich, weiterzugehen. „Es ist nur ein Keller", murmelte sie, doch sie glaubte ihren eigenen Worten nicht.

Zu bedrückend war die Stimmung, zu drängend das Gefühl, dass hier unten etwas lauerte.

Sie kniete sich an jene Stelle, an der gestern lose Ziegel entfernt worden waren. Ihre Hände strichen über die raue Oberfläche, bis ihre Fingerspitzen in einem schmalen Spalt steckenblieben. Sie klemmte sich die Taschenlampe zwischen die Zähne und tastete weiter. Endlich spürte sie Papier – brüchig und alt. Mit zitternden Fingern zog sie es hervor und klappte es auf. Die Botschaft ließ sie erstarren:

„Alles endet im Schatten. "

Am unteren Rand war eine kunstvoll gezeichnete Feder zu sehen. Lenas Herzschlag beschleunigte sich. Das war keine zufällige Kritzelei; es fühlte sich an wie eine Warnung aus ferner Zeit.

Plötzlich durchdrang ein lauter Knall die Stille. Ihre Taschenlampe fiel, und im tanzenden Licht flackerte eine Silhouette über die Wände, als ein Eimer scheppernd zu Boden ging. Hastig wirbelte sie herum, doch außer aufwallendem Nebel entdeckte sie niemanden. Die Schatten krochen über die nassen Kellerwände und schienen sich vor ihrem Licht zu verbergen.

Sie hob die Lampe auf und atmete flach. „Reiß dich zusammen", wisperte sie, doch das mulmige Gefühl blieb. Die Notiz in ihrer Hand wirkte unerklärlich schwer, als würde sie eine dunkle Wahrheit tragen, die nur auf ihre Entdeckung wartete.

Lena verstaute den Zettel sorgfältig in einer Schutzhülle aus ihrer Jackentasche. Dann ließ sie den Lichtstrahl ein letztes Mal über den Raum gleiten. Nichts bewegte sich außer dem Nebel, der durch das Kellerfenster sickerte. Trotzdem beschlich sie das Gefühl, nicht allein zu sein.

„Alles endet im Schatten", dachte sie. Die Worte schienen nachzuklingen wie ein Versprechen – oder eine Drohung. Der Aufstieg zur Oberfläche kam ihr länger vor, die Metallstufen hallten dröhnend.

Als sie schließlich hinaustrat, fand sie nur noch dichten Nebel, der die Werft in ein unheimliches Schweigen tauchte.

Im Besprechungsraum herrschte geschäftiges Treiben. Auf dem langen Tisch stapelten sich Akten, Notizen und halbleere Kaffeetassen. Corinna Stein arbeitete konzentriert an ihrem Laptop, Jan Müller überflog eine Akte, und Robin Ahlers stand mit verschränkten Armen am Fenster, den Blick in die milchige Wand aus Nebel gerichtet.

Lena legte die Schutzhülle mit dem Zettel auf den Tisch. „Ich habe das im Keller gefunden", sagte sie, bemüht, ihrer Stimme Festigkeit zu verleihen, obwohl ihr Inneres noch immer bebte.

Sofort verstummten alle. Robin trat näher.

„Was steht drauf?"

„Alles endet im Schatten", wiederholte Lena leise.

„Und eine gezeichnete Feder. Es wirkt wie ein gezielter Hinweis. Aber warum dort unten?"

Corinna nahm die Hülle an sich.

„Das Papier ist alt, sieht fast handgeschöpft aus. Aber die Schrift wirkt moderner. Jemand wollte wohl, dass es älter erscheint, als es ist."

„Oder es wurde erst kürzlich dort versteckt",

entgegnete Jan und legte seine Akte weg.

„Der Täter könnte Zugang zum Keller gehabt haben. Oder irgendjemand, der uns bewusst in die Irre führen will."

Lars Lammerts, der am Kopfende des Tisches saß, hob den Blick.

„Wir sollten uns nicht zu sehr von Symbolen ablenken lassen. Manchmal ist ein Zettel nur ein Zettel."

Lena hob den Kopf und sah ihn an.

„Ich denke, es ist mehr als Symbolik. Dieser Zettel war versteckt, fast wie eine Botschaft an uns." Einen Moment herrschte Schweigen, durchbrochen nur vom Klicken von Corinnas Tastatur. Lars räusperte sich.

„Wie auch immer, wir müssen die Familie befragen. Vielleicht haben sie etwas verschwiegen oder wissen mehr, als sie zugeben."

„Ich habe etwas gefunden, das passen könnte",

warf Robin ein und drehte seinen Laptop zu ihnen. „Im Archiv stieß ich auf eine alte, unvollständige Akte von 2004 zu finanziellen Unregelmäßigkeiten. Darin wird ein ähnlicher Zettel erwähnt." Corinna beugte sich vor.

„Zwei Zettel, zwanzig Jahre auseinander, beide mit derselben Botschaft? Das kann kaum ein Zufall sein."

Jan stieß hörbar die Luft aus.

„Das Ganze könnte auch ein abgekartetes Spiel sein. Vielleicht will uns jemand bewusst an 2004 erinnern." „Egal, was es ist", meinte Lena bestimmt, „wir müssen herausfinden, wer damals Zugang zu den Akten hatte – und warum sie unvollständig sind." Kaum hatte sie den Satz beendet, vibrierte Lenas Handy auf dem Tisch. Eine anonymisierte Nummer. Mit klopfendem Herzen nahm sie ab: „Berg, Kripo Emden."

Zunächst knackte es nur in der Leitung, dann drang eine tiefe, verzerrte Stimme aus dem Lautsprecher:

„Alles endet im Schatten."

Mit einem Mal war ihr Mund trocken. Bevor sie antworten konnte, klickte es, die Leitung war tot. „Was zum …?" begann Robin und fuhr sich unwillkürlich mit der Hand über den Nacken, als hätte ihn ein kalter Luftzug gestreift. Lena legte das Handy langsam auf den Tisch. „Die gleiche Botschaft, verzerrt und anonym." Corinna warf ihr einen alarmierten Blick zu, während Jan sich rasch erhob, als könne er die Bedrohung so besser einordnen. „Das heißt, wir werden beobachtet", sagte Corinna leise.

„Oder jemand versucht, uns vorzuführen", ergänzte Jan, seine Stimme mit einem Hauch Unsicherheit. Lena nickte. „Womöglich beides. Aber eines ist sicher: Wir dürfen keine Zeit verlieren." Als im Raum sogleich Strategien und Pläne diskutiert wurden, lehnte Lena sich für einen Augenblick gegen die Wand. Ihre Hand ruhte auf der Schutzhülle in ihrer Jackentasche. Die Worte „Alles endet im Schatten" hallten in ihren Gedanken nach und trafen auf eine wachsende Entschlossenheit.

Sie hatte eine Grenze überschritten – tiefer in die Geheimnisse der Werft, tiefer in Broders Vergangenheit. Und sie wusste, es gab kein Zurück. Ein flüchtiger Blick auf den Nebel vor dem Fenster verstärkte die Ahnung, dass dies erst der Anfang war.

Kapitel 5

Der Regen peitschte unablässig gegen das Autodach, während Lena den Blick auf die spiegelglatte, nasse Straße richtete. Die Scheibenwischer zogen in einem fordernden Rhythmus, als wollten sie jeden ihrer Herzschläge nachahmen. Neben ihr saß Bodo, in stillem Grübeln, während die Nacht vor Erwartung zu knistern schien.

Lena dachte an Katrin Broder: Selbst nach all den Jahren würde sie erschüttert sein, die sterblichen Überreste ihres Vaters zu erblicken. Was mochte in ihr brodeln?

Bodo durchbrach das Schweigen: „Wie glaubst du, reagiert sie?" Seine Frage hing einen Augenblick in der Luft, sein Blick verriet leise Sorgen.

„Manche erstarren, wenn alte Wunden aufgerissen werden; andere werden wütend oder verzweifelt", erwiderte Lena ruhig. „Wir müssen behutsam vorgehen."

Die Broder-Villa tauchte im Regen auf – ein düsteres Monument, umgeben von hohen Steinmauern und einem diffusen Dunst, der ihr Inneres geheimnisvoll verbarg. Gepflegte Bäume und akkurat gestutzte Hecken standen wie stille Wächter vor einem dunklen Geheimnis.

Lena stieg aus, zog den Mantel enger und spürte, wie ein unheilvoller Schatten über das Anwesen schwebte. Gemeinsam traten sie zur massiven Holztür mit dem kunstvoll verzierten Klopfer.

Bodo ließ den metallischen Schlag dreimal erklingen – jeder Ton ein leiser Vorbote des Ungewissen.

Ein kalter Schauer lief ihr über den Rücken, als leise Schritte hinter der Tür verklangen. Mit einem langgezogenen Quietschen öffnete sich das schwere Holz, und eine ältere Frau mit streng zurückgebundenem Haar stand im Rahmen. Ihre kühlen Augen musterten Lena und Bodo mit argwöhnischer Zurückhaltung.

„Ja?" – Ihre Stimme klang distanziert, fast frostig.

Lena trat vor, hob den Dienstausweis und erklärte: „Lena Berg, Kriminalpolizei Emden. Das ist mein Kollege Bodo Zimmermann. Wir möchten mit Frau Katrin Broder sprechen." Ein kurzer Blick auf die Ausweise genügte, und die Frau nickte knapp: „Kommen Sie bitte herein."

Drinnen empfing sie eine kühle Stille, die mehr von vergangenem Glanz als von modernem Komfort erzählte. Der Marmorboden glänzte unter dem Licht eines dezent eleganten Leuchters – prächtig, aber nüchtern. Ein Hauch von Vergänglichkeit lag in der Luft, als wolle die Vergangenheit leise ihre Spuren zeigen.

Lenas Blick blieb an einem großen Ölporträt hängen, das eine ernst dreinblickende Frau zeigte – stumme Zeugin längst vergangener Tage.

„Folgen Sie mir", forderte die Haushälterin, Frau Hoffmann, deren Stimme trotz Fassade ein leichtes Zittern verriet. Sie führte sie durch einen langen Flur, dessen

Wände von Porträts vergangener Generationen gesäumt waren. Die Gesichter schienen in stummer Andeutung Geheimnisse zu bewahren.

Während sie gingen, fragte Bodo leise: „Frau Hoffmann, wie lange dienen Sie der Familie?" Sie hielt kurz inne, ihre Finger um den Saum ihrer Schürze vergraben: „Fast mein halbes Leben", murmelte sie, ohne sich umzudrehen, und setzte dann ihren zügigen Gang fort.

Kurz darauf öffnete sich eine schwere Doppeltür.

„Warten Sie hier, ich hole Frau Broder", verkündete sie und verschwand, während Lena und Bodo in einem weitläufigen Wohnzimmer zurückblieben.

Der Raum war elegant, aber nüchtern – hochwertige Teppiche und dunkle Holzmöbel verrieten, dass hinter der Fassade mehr lag als makelloser Luxus.

Ein altes Foto auf dem Kaminsims – Heinrich Broder mit seinen Kindern – ließ Lena kurz innehalten. Katrins aristokratische Züge erinnerten an ihren Vater, doch ihre kühle Haltung sprach von innerer Abgeschiedenheit.

Bald öffnete sich erneut die Tür. Frau Hoffmann kehrte zurück, gefolgt von einer großen, eleganten Frau – Katrin Broder. In einem hellen, schlichten Kleid strahlte sie eine frostige Distanz aus, als könnte sie jeden ungebetenen Blick mit eisiger Höflichkeit abwehren. Ohne großes Aufhebens nahm sie in einem Ledersessel Platz, den Blick unverrückbar.

Nachdem Lena und Bodo Platz genommen hatten, senkte sich eine greifbare Spannung über den Raum. Das Ticken der Standuhr setzte einen leisen, unheilvollen Rhythmus, bis Lena schließlich das Schweigen brach:

„Ich habe Sie gestern Abend informiert. Hoffentlich sind Sie etwas zur Ruhe gekommen. Wir möchten Fragen stellen – nicht nur zu den aktuellen Ereignissen, sondern auch zu den Tagen vor dem Verschwinden Ihres Vaters."

Katrins Gesicht blieb undurchsichtig; ein kurzes Zögern, ein fast unhörbares Murmeln, das andeutete, was sie nicht sagen wollte.

„Manche... Wahrheiten... sind zu schmerzhaft, um sie frei auszusprechen",

hauchte sie, bevor sie fast flüsternd fortfuhr: „Ich weiß nicht, was ich noch sagen kann."

Bodos Stimme war ruhig, doch in ihr lag ein Hauch von Dringlichkeit:

„Vielleicht erinnern Sie sich an Details, die einst unwichtig schienen – Details, die uns weiterhelfen könnten."

Katrin nickte langsam, als wägte sie jeden Gedanken ab. „Mein Vater hatte viele Feinde. Kurz vor seinem Verschwinden wirkte er gehetzt.

Ich erinnere mich an ein Telefonat – in wütendem Ton, doch er verriet nicht, mit wem er sprach."

Bevor Lena nachfragen konnte, brachte Frau Hoffmann leise ein Tablett mit Tee herein. Ihr Blick, ein stummes Bekenntnis von Sorge, wurde von Katrins knappem Nicken quittiert.

Lena lehnte sich vor und sagte mit sanft drängender Stimme:

„Gestern am Telefon klang es, als wollten Sie sich schützen. Wir sind hier, um die Wahrheit zu finden – wenn Sie uns vertrauen."

Die Worte hingen schwer im Raum, bevor Katrin fast frostig antwortete:

„Manche Wahrheiten …" Sie machte eine kurze Pause, ihre Stimme fast zum Flüstern, „…sind zu schmerzhaft, um sie frei auszusprechen."

Lena spürte, wie sich Gänsehaut über ihre Arme legte – ein stummer Hinweis darauf, dass mehr im Verborgenen lag.

„In den nächsten Tagen benötigen wir Ihre offizielle Identifizierung der sterblichen Überreste. Bitte teilen Sie uns mit, wann wir Sie zur Gerichtsmedizin begleiten dürfen."
Katrin nickte starr. „Sagen Sie mir einfach, wann. Ich werde bereit sein."

Lena hielt ihrem Blick stand. „Wir möchten auch mit Ihrem Personal sprechen, insbesondere mit Frau Hoffmann."

Die Haushälterin zuckte kaum merklich zusammen. Ihre Finger schlossen sich fester um das Tablett. „Ich...... natürlich. Wenn es nötig ist."

„Morgen im Präsidium wäre uns am liebsten", fügte Bodo ruhig hinzu.

Ein kurzer Moment der Stille folgte, bevor Frau Hoffmann knapp nickte. „Wie Sie wünschen."

Lena musterte sie aufmerksam – ihr Zögern war ihr nicht entgangen. Als sie das Anwesen verließen, verschluckte die Villa jedes Licht – ein Bollwerk aus vergangenen Geheimnissen.

„Was denkst du?", fragte Bodo leise, als sie zum Wagen gingen.

Lena blickte zurück – im oberen Stockwerk flackerte ein einzelnes Licht, und eine schemenhafte Silhouette huschte am Fenster vorbei.

„Katrin Broder trägt ein Geheimnis in sich, das sie nicht aussprechen will – oder kann. Und Frau Hoffmann weiß mehr, als sie zeigt."

Bodo nickte.

„Dann müssen wir noch tiefer graben."

Lena startete den Motor. Im Dunkel der Nacht blieb nur das fahle Licht als stumme Warnung

Kapitel 6

Die ersten Sonnenstrahlen fielen schräg durch die großen Fenster von Lenas Haus am Gatjebogen und tauchten die Küche in warmes, bernsteinfarbenes Licht. Draußen raschelten die Blätter im sanften Wind, der den Duft eines klaren Herbstmorgens ins Haus trug. Lena stand mit einer dampfenden Tasse Kaffee am Fenster und beobachtete, wie die Sonnenstrahlen das Laub in leuchtendes Orange und tiefes Gelb tauchten. Es war ein friedliches Bild, doch ihre Gedanken kreisten um den Fall, der vor ihr lag.

Hinter ihr klapperte Geschirr. Bodo stellte die Teller mit einem leisen Klirren auf den Tisch. „Ich hab versucht, die Eier nicht zu sehr zu verrühren," sagte er und reichte ihr einen Teller mit lockerem Rührei. Ein Anflug von Stolz lag in seiner Stimme.

„Aber ich übernehme keine Garantie."

Lena drehte sich um und lächelte schwach. „Das ist mehr, als ich heute zustande gebracht hätte." Sie setzte sich, während Bodo ihre Kaffeetasse auffüllte. „Danke."

Er musterte sie aufmerksam. „Du hast kaum geschlafen, oder? Wegen Broder?"

Lena seufzte und umklammerte ihre Tasse. „Zwanzig Jahre war er verschwunden, und jetzt... jetzt liegt er in einem Keller, als hätte er nie woanders hingehört. Wir graben immer tiefer, aber statt Antworten finden wir nur mehr Fragen."

Bodo nickte langsam. „Das ist unser Job: Antworten finden. Und du wirst die Puzzleteile zusammenfügen. Du bist gut darin, Lena."

„Vielleicht," murmelte sie, nahm einen Bissen vom Rührei, doch der Geschmack war kaum wahrnehmbar. „Heute wird kein leichter Tag."

Bodo legte eine Hand auf ihre. „Wir schaffen das zusammen." Ein leises Lächeln huschte über Lenas Lippen. „Ich hole unterwegs Berliner für das Team. Tradition ist Tradition."

„Robin würde es dir nie verzeihen, wenn du ohne kommst," meinte Bodo mit einem schelmischen Grinsen. Lena lachte leise. „Er hat eine Schwäche für die mit Zuckerguss. Ich glaube, er zählt die Tage, bis ich wieder welche mitbringe."

„Dann verlieren wir besser keine Zeit," sagte Bodo und stellte die Tassen in die Spüle. „Ich mache das Auto warm." Lena griff nach ihrer Jacke, als ein kühler Luftzug durch das offene Fenster strömte. Sie schloss für einen Moment die Augen, atmete tief ein. „Lass uns den Tag beginnen."

Die Fahrt zur Bäckerei verlief in angenehmem Schweigen. Bodo lenkte den Wagen durch die herbstlich erleuchteten Straßen, während die Morgensonne ein warmes Licht auf die Dächer warf. Lena beobachtete das Spiel aus Licht und Schatten an den Fassaden.

Ihre Gedanken kreisten um die bevorstehende Befragung von Katrin Broder.

Warum war sie so ausweichend? Versteckte sie etwas – oder wusste sie tatsächlich nichts? Vielleicht wusste sie mehr, als sie zugab, hatte aber Angst, es preiszugeben. Hatte Broder ihr in jener Nacht etwas anvertraut? Etwas, das ihn das Leben gekostet hatte? Ein unterschwelliger Unruhepuls durchzog sie.

Im Besprechungsraum nahm das Team Platz. Lars stand am Kopf des Tisches, Akten und dampfende Kaffeetassen vor sich. „Corinna, du hast das Wort."

Corinna richtete sich auf. „Die toxikologische Untersuchung bestätigt: Arsen war die Todesursache. Aber wir haben noch etwas Entscheidendes. Wir konnten DNA aus einem Zahn extrahieren. Es gibt keinen Zweifel – die Leiche ist Heinrich Broder."

Stille. Bodo verschränkte die Arme, Lena spürte, wie sich ihr Magen verkrampfte. Ein angespannter Blickaustausch zwischen Robin und Lars zeigte, dass sie alle die Tragweite erkannten. Lena fühlte einen Kloß in ihrer Kehle – es war eine Sache, es zu vermuten, eine andere, es bestätigt zu wissen.

Lars räusperte sich. „Wir hatten gestern zwei wichtige Befragungen. Katrin Broder wirkte kontrolliert, fast emotionslos. Doch als sie den Anruf ihres Vaters erwähnte, zögerte sie. Ihre Hände verharrten einen Moment in der Luft, bevor sie sie auf den Tisch legte. Ihr Blick wich aus, als hätte sie Angst, dass man in ihren Augen die Wahrheit lesen könnte."

Robin lehnte sich vor. „Glaubst du ihr?" Lena schüttelte den Kopf. „Nicht ganz. Sie wich aus, als wir nach Details fragten." Lars fuhr fort: „Frau Hoffmann meinte, Broder wollte alte Rechnungen begleichen. Sie sprach von einem Treffen mit einem Unbekannten kurz vor seinem Verschwinden – behauptete aber, keine Details zu kennen."

Er sah in die Runde. „Jan und ich befragen sie erneut. Robin, durchsuche Broders Kontakte. Lena, Bodo – ihr sprecht mit Thomas Broder." Lena griff ihre Notizen. Auf dem Flur hielt Bodo inne. „Glaubst du, Katrin wird emotional reagieren?"

Lena seufzte. „Das kann man nie vorhersagen. Aber wir müssen vorbereitet sein." Während sie zum Parkplatz gingen, fragte Lena sich, ob Katrin nicht doch mehr wusste, als sie zugab – und ob sie bereit wäre, es preiszugeben.

Plötzlich summte ihr Handy. Eine Nachricht. Absender unbekannt. ***„Hört auf zu graben, oder es wird noch jemand verschwinden.***" Lenas Herz setzte einen Schlag aus. Sie hielt das Display Bodo hin. Seine Augen verengten sich. „Das ändert alles," murmelte er.

Kapitel 7

Der Morgen lag schwer über Emden. Die feuchte Luft trug den erdigen Geruch nassen Laubs mit sich, während sich das Licht der aufgehenden Sonne in den Pfützen auf der Straße brach. Die Stadt schien für einen Moment zu verharren – als hielte sie den Atem an.

Im Wagen herrschte eine gespannte Stille.

Bodo lenkte konzentriert durch die nassen Straßen. Das Brummen des Motors war der einzige Laut, ein monotoner Begleiter der Gedanken. Neben ihm saß Lena, die Stirn über die Akten gebeugt, während ihre Finger über die Kanten der Blätter strichen – ein stiller Reflex, der verriet, dass sie sich auf das bevorstehende Gespräch vorbereitete.

Bodo beobachtete sie einen Moment aus dem Augenwinkel, dann brach er die Stille.

„Glaubst du, sie wird kooperieren?" Seine Stimme war ruhig, aber die unterschwellige Spannung war spürbar.

Lena blätterte weiter, als würde sie die Antwort dort suchen. „Das hängt davon ab, was sie sich selbst eingesteht."

Ein kurzes Schweigen.

Das Klicken des Blinkers durchschnitt den Moment, als Bodo in die Auffahrt zur Gerichtsmedizin einbog. Er betrachtete das Gebäude – die kantige Glasfassade, die das fahle Sonnenlicht reflektierte, während im Inneren nur die Wahrheit wartete.

Bodo parkte. Einen Moment ließ er die Hände am Lenkrad ruhen, bevor er den Motor abstellte. Er atmete leise aus, seine Augen auf das Gebäude gerichtet, dann sah er zu Lena.

„Lass es uns durchziehen."

Draußen wartete Karin Broder.

Ihr Mantel lag eng um ihre Schultern, als schütze er sie vor mehr als nur der Kälte des Morgens. Die schlichten Perlen an ihren Ohren wirkten fast unpassend – als würde sie sich an eine Eleganz klammern, die längst zu Staub zerfallen war.

Bodo musterte sie genau. Die Art, wie sie den Riemen ihrer Tasche umklammerte, ihre Fingerspitzen, die in leichten, nervösen Bewegungen über das Leder glitten. Kein Zittern, kein sichtbarer Ausdruck von Angst. Aber er spürte sie.

Er trat einen Schritt auf sie zu, sein Blick blieb auf ihrem Gesicht. „Guten Morgen, Frau Broder."

Karin hob kurz den Kopf, ihr Blick begegnete seinem – nur für einen Moment, dann wich er aus. „Morgen", murmelte sie.

Ein Reflex. Keine echte Begrüßung.

Lena trat vor, schärfte ihre Stimme zu einer sachlichen Freundlichkeit. „Danke, dass Sie gekommen sind."

Ein Zögern. Dann ein Nicken. „Ich hatte keine Wahl."

Ihr Ton klang kühl, doch Bodo hörte das, was dazwischenlag – das leise, kaum merkliche Vibrieren eines aufrecht erhaltenen Selbstschutzes.

Er öffnete ihr die Tür, sie trat ein.

Dr. Julia Müller kam ihnen entgegen, das Klemmbrett unter dem Arm, die Brille ein Stück die Nase hinuntergerutscht.

„Seid ihr bereit?"

Bodo schnaubte leise. „Sind wir das je?"

Julia musterte ihn kurz amüsiert, dann wurde ihr Blick wieder ernst. Sie wandte sich an Karin. „Frau Broder, wir können sofort beginnen."

Ein kurzes Zucken in Karins Schultern. „Dann… lassen Sie uns das hinter uns bringen."

Sie betraten den Identifizierungsraum.

Karg. Funktional. Unerbittlich.

Die Luft war kalt. Neonlicht warf scharfe Schatten auf die metallene Liege, auf das weiße Tuch, das eine Gestalt verhüllte – ein lebloses Echo der Vergangenheit.

Julia trat an den Tisch.

„Nehmen Sie sich alle Zeit, die Sie brauchen."

Sie zog das Tuch zurück.

Der Moment verharrte.

Karin erstarrte. Ihre Lippen öffneten sich ein wenig, als wolle sie etwas sagen – doch sie tat es nicht.

Ihr Blick wanderte nicht über das Gesicht, nicht über die eingefallenen Züge des Toten. **Sondern auf den Ring.**

Ein Siegelring, schlicht, alt. Ein Fragment aus einer anderen Zeit.

Ihre Finger umklammerten den Rand ihrer Tasche, als könnte sie sich daran festhalten. Ihre Schultern hoben sich, dann presste sie die Lippen zusammen, löste sie wieder.

Bodo sah das kleine Zittern in ihren Wimpern, das kaum merkliche Zucken in ihrem Kiefer. Es war da. **Dieser eine Moment, in dem die Fassade einen Haarriss bekam.**

„Ja."

Ihre Stimme war ruhig. Zu ruhig.

„Das ist er."

Bodo verengte leicht die Augen. Es war nicht das „Ja", das ihn störte. Es war die Stille danach.

Julia nickte und zog das Tuch wieder über den Körper. „Danke, Frau Broder. Sie haben das gut gemacht."

Karin atmete tief durch. Einen Moment lang blieb ihr Blick auf der verhüllten Leiche, dann schloss sie kurz die Augen. Als sie sie wieder öffnete, war sie gefasst.

„Können wir weitermachen?"

Keine Flucht. Kein Weinen. Nur der Wunsch, die Kontrolle zu behalten.

Bodo sah zu Lena. Auch sie hatte es bemerkt.

Sie wechselten den Raum.

Die toxikologischen Berichte lagen auf dem Tisch.

Julia nahm die oberste Seite. Ihre Stimme war ruhig.

„Die Analyse hat ergeben, dass Herr Broder an einer Arsenvergiftung gestorben ist."

Der Moment, in dem alles zerbrach.

Karins Augen blieben starr auf dem Papier vor ihr haften.

Ihre Finger verkrampften sich auf der Tischkante. Ein kurzes, kaum sichtbares Anspannen des Kiefers. Ihr Atem, der eine Spur flacher wurde.

Bodo sah es. Er wartete.

„Arsen?" Seine Stimme klang leise. Prüfend.

Julia nickte. „Nach all den Jahren noch nachweisbar. Es wurde ihm über einen längeren Zeitraum zugeführt."

Ein weiteres Zucken in Karins Kiefermuskulatur. Sie schluckte, löste langsam eine Hand vom Tisch, als müsse sie sich erst daran erinnern, dass sie sich bewegen konnte.

„Wer..."

Ein Stocken.

„Wer tut so etwas?"

Bodo sah, wie sie den Blick starr auf einen Punkt im Raum fixierte. Als könnte sie sich an diesem Blickpunkt festhalten.

Jetzt ist es da. Der Riss.

Lena beobachtete sie scharf. Ihre Stimme war leise, aber bestimmt.

„Genau das werden wir herausfinden."

Die Worte fielen wie ein Schlussstrich.

Als sie das Gebäude verließen, war die Sonne weitergestiegen. Doch ihre Wärme erreichte diesen Moment nicht mehr.

Die Schatten der Vergangenheit waren nun wach. Und sie würden nicht wieder verschwinden.

Kapitel 8

Marie Hoffmann betrat das Polizeipräsidium mit angespannten Schultern. Ihre Hände verkrampften sich um die Träger ihrer Tasche, während sie den kahlen Flur entlangging. Der sterile Geruch von Desinfektionsmittel lag in der Luft, die Neonröhren warfen kaltes Licht auf den Boden. Ein leises Summen vibrierte in den Wänden.

Im Verhörraum warteten bereits die Ermittler. Robin Ahlers hatte sich mit einer Kaffeetasse in der Hand lässig gegen den Tisch gelehnt, während Jan Müller den Notizblock bereit hielt. Lars Lammers ließ sich nicht in die Karten schauen, doch seine ruhige, wachsame Haltung verriet, dass er jedes Detail wahrnahm.

Marie setzte sich und nestelte am Ärmel. "Ich weiß nicht, was ich noch sagen soll. Ich habe damals alles erzählt."

Robin nickte verständnisvoll. "Wir wissen das, Frau Hoffmann. Aber manchmal tauchen Erinnerungen später auf. Manches wird klarer, wenn man mit Abstand darauf blickt."

Marie presste die Lippen zusammen. Ihre Finger trommelten leise auf der Tischplatte, während ihr Blick kurz zur Tür huschte, als würde sie prüfen, ob sie wirklich allein waren. "Es war... es war nur eine Vermutung. Aber ich denke, Broder hatte Angst."

Jan hob eine Augenbraue. "Wovor?" Marie atmete tief durch. "Er bekam irgendwann diese schwarze Mappe. Ich weiß nicht, was drin war, aber er wurde danach... anders.

Misstrauisch. Er sprach kaum noch über die Werft. Ich habe einmal gesehen, wie er in seinem Büro die Vorhänge zuzog, bevor er die Mappe öffnete."

Ein kurzer Blickwechsel zwischen den Ermittlern. Lars' Hand verharrte auf dem Tisch, als hätte er etwas begriffen. Lars lehnte sich nach vorne, sein Blick wurde schärfer. "Gab es jemanden, der ihn unter Druck gesetzt hat?" Sein Daumen strich unbewusst über die Tischkante – ein Zeichen, dass ihm die Erwähnung der schwarzen Mappe nicht entgangen war.

Marie zögerte. Ihre Augen huschten zur Tür, als könnte jeden Moment jemand hereinkommen. Dann flüsterte sie: "Sorokin. Ich habe ihn ein paar Mal mit Broder gesehen. Immer draußen, nie in den Büros. Einmal standen sie am Kai, Broder hielt die Mappe fest an sich gedrückt. Danach war er tagelang nervös."

Robin beugte sich leicht vor, seine Finger trommelten unbewusst gegen die Kaffeetasse.

"Haben Sie jemals gehört, worum es ging?"

Marie schüttelte hastig den Kopf.

"Nein, aber... er hat mir einmal gesagt, dass er einen Fehler gemacht hat. Dass es um Geld ging. Und dann war da noch dieser andere Mann…"

Sie stockte, als hätte sie Angst, seinen Namen laut auszusprechen. "Timofej Fedorov. Sie haben ihn doch auch auf dem Schirm, oder?""

Jan schrieb den Namen mit festem Strich auf seinen Block.

"Was wissen Sie über ihn?"

Marie zuckte die Schultern.

"Nicht viel. Aber er war öfter da, wenn Sorokin in der Nähe war. Und Broder hat seinen Namen einmal am Telefon geflüstert. Danach sah er mich an, als hätte ich etwas gehört, was ich nicht sollte."

Ein Moment der Stille. Dann nickte Lars.

"Das hilft uns weiter. Vielen Dank, Frau Hoffmann."

Marie ließ sich hörbar die Luft aus den Lungen entweichen. Sie wirkte erleichtert, aber ein Rest Anspannung blieb in ihren Augen.

„Wenn Sie irgendwann erfahren, wer hinter Broders Tod steckt, lassen Sie es mich bitte wissen. Ich fürchte, die Wahrheit könnte näher liegen, als wir denken."

Robin nickte langsam, doch seine Augen spiegelten Skepsis wider.

Marie öffnete den Mund, zögerte einen Moment. Dann flüsterte sie:

"Er hat immer gesagt, dass man sich vor den falschen Freunden mehr fürchten muss als vor Feinden..."

Kapitel 9

Nachdem Marie den Raum verlassen hatte, blieb eine fast greifbare Stille zurück. Lars und Jan saßen regungslos da, während die neu enthüllten Informationen in der Luft schwebten wie das dumpfe Echo eines heraufziehenden Sturms. Schließlich lehnte sich Lars vor, seine Hände fest auf den alten Holztisch gedrückt, als versuche er, den Raum – und sich selbst – gegen die wuchernde Ungewissheit zu erden.

„Jan, das hier ist größer als wir dachten." Seine Stimme war ruhig, doch in seinen Augen spiegelte sich eine tiefe, beinahe fassbare Angst – eine Angst, die er im Angesicht von Broders Schicksal kaum verbergen konnte. „Sorokin, Fedorov und diese schwarze Mappe... Es passt alles zusammen. Broder wusste etwas, das ihn ins Visier brachte."

Jan ließ die Worte einen Moment lang in sich nachhallen, während seine Gedanken in die düsteren Ecken der Vergangenheit abdrifteten. Behutsam blätterte er durch seine sorgfältig geführten Notizen, als würden diese Seiten die letzten Zeugnisse eines zerbrochenen Vertrauens darstellen. „Diese Finanzspuren… Sie deuten nicht nur auf einen missglückten Deal hin. Da steckt mehr dahinter. Etwas, das direkt mit Broders Entscheidungen verbunden ist." In diesem Augenblick schien es, als würde jeder Satz die verborgene Last der Entscheidungen Broders offenbaren – eine Last, die ihn an den Rand des Abgrunds geführt haben könnte.

Lars erhob sich, sein Blick fiel aus dem Fenster in die vom Wind gepeitschte Welt. Draußen trieb der Herbstwind das bunte Laub über die Straßen von Emden, ließ es tanzen, als wären es geisterhafte Vorboten einer unausweichlichen Warnung.

„Sorokins Drohung war nicht nur ein Druckmittel. Es war ein Ultimatum."

Dabei schwang in seinen Worten fast die ungesagte Frage mit:

Was hätte Broder als seinen letzten Ausweg erwägen können? Hatte er in seinen dunkelsten Momenten an ein geheimes Abkommen gedacht, an einen unerwarteten Verbündeten, der ihn hätte retten können? Oder war er in die Falle eines internationalen Netzwerks von Intrigen getappt, aus dem es kein Entkommen gab?

„Marie hat uns mehr gegeben, als sie vielleicht geahnt hat."

Jan schloss sein Notizbuch, seine Augen blickten weit, als ob er die schmerzvolle Erkenntnis Broders vor seinem unausweichlichen Fall noch einmal nachvollziehen wollte. „Sie hat uns gezeigt, dass Broder nicht nur aus Eigennutz handelte – er hatte Angst. Angst um sich, aber vielleicht auch um das, was er in seinen letzten Momenten noch retten wollte." Im schwach beleuchteten Besprechungsraum wartete Robin bereits. Der matte

Schein seines Bildschirms tauchte sein Gesicht in ein fahles, fast gespenstisches Licht. Wortlos projizierte er ein Dokument auf den großen Monitor, als würde er damit die Schatten der Vergangenheit zum Vorschein bringen.

„Timofej Fedorov."

Er sprach den Namen, als müsse er das Gewicht jeder Silbe abtasten.

„Bekannt in den Schattenwelten des illegalen Waffenhandels. 2008 in Thailand verhaftet und an die USA ausgeliefert. Er pflegte Verbindungen zu den dunkelsten Ecken internationaler Konfliktzonen."

Er tippte auf die nächste Datei, und die scheinbar harmlosen Zahlenreihen offenbarten einen tödlichen Abgrund.

„Zwischen 2006 und 2008 flossen enorme Summen von Broders Werft an eine Firma namens Danube Trade Limited. Sitz: Zypern. Eine Verbindung, die auf Fedorov verweist."

Lars' Blick verengte sich, als ob er in diesen Zahlen die Spuren eines längst vergangenen Schicksals lesen könnte.

„Höhe der letzten Transaktion?"

„Mai 2008. Fünfhunderttausend Euro." Ein kurzes Schweigen senkte sich über den Raum, gefolgt von der beinahe unwillkürlichen Frage: „Geldwäsche?"

Robin lehnte sich zurück, als müsste er die Last der Wahrheit abwägen.

„Vielleicht. Oder Waffenhandel. Fedorov wusste, wie man angeschlagene Unternehmen als Maske benutzte – wenn Broder in Schwierigkeiten geriet, wurde so eine Tarnung aufgezogen."

Lars drehte sich langsam um, als wolle er in den Schatten der Vergangenheit nach Antworten suchen.

„Und Sorokin? Wo passt er in dieses Bild?"

Robin wechselte das Dokument auf dem Monitor, als wolle er ein weiteres Kapitel aus einem düsteren Buch aufschlagen.

„Er ist kein direkter Teil von Fedorovs Netzwerk. Aber er zieht die Fäden im Hintergrund. Es gibt Hinweise darauf, dass er schon lange in diesem Milieu agiert."

Er hielt inne, seine Worte wogen schwer wie Blei.

„Er war mehrfach in Emden, hatte regelmäßig kleinere Verträge mit Broders Werft – ein klassisches Muster, um Transaktionen zu verschleiern."

Jan, der nun in tiefer Nachdenklichkeit versunken war, rieb sich das Kinn. „Dann war Sorokin vielleicht der Vermittler. Derjenige, der Broder und Fedorov zusammengebracht hat."

„Oder noch mehr als das." Robins Stimme wurde leise, aber eindringlich.

„Vielleicht hatte Broder einen Deal, der völlig außer Kontrolle geriet. Vielleicht hatte er etwas in Händen, das er eigentlich niemals besitzen sollte – und in seinen letzten, gequälten Momenten hoffte er noch auf einen Ausweg, der ihn retten konnte."

Lars' Miene verhärtete sich, und seine Stimme war ein raues Flüstern:

„Was, wenn er versucht hat auszusteigen? Vielleicht hat er begriffen, mit wem er sich eingelassen hatte – und in diesem verzweifelten Moment blieb ihm nichts anderes, als an einen letzten, hoffnungslosen Plan zu denken."

Robin schüttelte langsam den Kopf, als ob er die unüberwindbare Tragik in Broders Entscheidungen bedauerte.

„Wenn er wirklich auszusteigen versucht hätte – würde er noch leben?"

Ein kurzes Schweigen dehnte sich aus, bis Lars tief durchatmete und sagte:

„Wir müssen Broders Umfeld erneut durchleuchten. Es gibt jemanden, der mehr weiß. Die Frage ist nur: Wer?"

Robin nickte knapp, während Jan sein Notizbuch schloss. Als sie den Besprechungsraum verließen, schien die Luft schwerer zu werden – als ob eine unsichtbare Präsenz den Raum betreten hatte, eine Präsenz, die all die unausgesprochenen Ängste und Verzweiflungen in sich trug. Die Tür fiel leise ins Schloss und nahm mit sich die Illusion von Sicherheit. Fast so, als hätte diese Bewegung signalisiert, dass das, wonach sie suchten, ihnen bereits so nah war wie nie zuvor.

Ein leises Vibrieren eines Handys durchbrach die beklemmende Stille des Flurs. Lars hielt inne, zog sein Telefon aus der Tasche. Eine unbekannte Nummer blinkte auf. Mit einer Mischung aus Vorsicht und unausgesprochener Vorahnung nahm er ab.

„Ja?"

Ein kaum hörbares, verzerrtes Atmen am anderen Ende, bevor eine gedämpfte, fast geisterhafte Stimme flüsterte:

„Ihr grabt zu tief. Stoppt jetzt – oder es gibt kein Zurück."
Dann brach die Verbindung ab.

Lars blieb regungslos stehen, das Telefon noch an sein Ohr gedrückt, während Sekunden in quälender Langsamkeit verstrichen. Schließlich hob er langsam den Blick und suchte in Jans Augen nach Antworten – in einem Blick, der sowohl Entschlossenheit als auch die schwere Last von Broders gescheiterten Fluchtversuchen verriet. In diesen wenigen Augenblicken lag die stille Frage: Hatte Broder in seinen letzten Atemzügen versucht, einen Pakt mit jemandem einzugehen, der ihm einen rettenden Ausweg bot?

Robin trat einen Schritt näher, seine Stimme gedämpft und fast flehend:

„War es Sorokin?"

Lars senkte das Telefon, sein Blick blieb unergründlich.

„Vielleicht. Oder jemand, der für ihn arbeitet."

Die Stille wurde erneut von Jan durchbrochen, der mit fester Stimme das Offensichtliche aussprach:

„Wir hören nicht auf."

Lars nickte langsam, als ob er die unübersehbare Schwere der Situation annehmen würde.

„Nein. Jetzt erst recht."

Kapitel 10

Die Herbstsonne tauchte das Faldernpoort in ein warmes, goldenes Licht. Hinter dieser sanften Fassade lag eine unterschwellige Unruhe – wie das Schweigen vor einem herannahenden Sturm.

Katrin Broder stieg aus dem tiefschwarzen Wagen ihres Vaters. Der leise Klick der Autotür verklang in der Stille des beginnenden Abends. Einen Moment lang verweilte sie, den Blick über die Fassade des Hotels schweifend – eine perfekte Symbiose aus friesischer Tradition und moderner Kühle. Diese äußere Stabilität ließ sie unweigerlich an die trügerische Natur von Sicherheit denken, während in ihr ein pochendes Gefühl der Beklommenheit erwachte.

Neben ihr stand Heinrich Broder – eine imposante Figur, dessen strenger Blick und makelloses Erscheinungsbild Respekt und stille Furcht zugleich hervorriefen. Mit routinierter Präzision glättete er seine Manschetten.

„Bleib an meiner Seite, Katrin",

befahl er ohne Umschweife.

In diesem Moment zog sich in Katrins Innerem ein leiser Widerstand zusammen – ein Zusammenspiel aus Zweifel, Neugier und dem Drang, die Grenzen ihrer bekannten Welt zu überschreiten. Ihre Hände verkrampften sich kurz, bevor sie sich wieder entspannten, als wolle sie ihre Unsicherheit verbergen.

„Ich möchte, dass du Alexei Sorokin kennenlernst. Das ist wichtig – für die Zukunft."

Der Name schwebte zwischen ihnen, während in ihr ein unheilvolles Vorahnen erwachte – als ob sie einen Pfad betrat, dessen Ende im Dunkeln lag.

Im Hotel empfing sie eine gedämpfte Eleganz. Dunkles Holz, polierte Oberflächen und der dezente Duft von frisch gebrühtem Kaffee schufen eine Atmosphäre, in der Geborgenheit und unterschwellige Bedrohung dicht beieinander lagen. Gespräche flossen leise, während das sanfte Knistern des Kamins den Raum füllte – ein stiller Zeuge, dessen schlichte Darstellung die Stimmung nicht zu sehr überlagert.

Im Konferenzraum hatten sich bereits Gäste versammelt. Das opulente Buffet und der verführerische Duft von frisch gebackenem Brot mischten sich mit dem Aroma teuren Weins zu einem raffinierten gesellschaftlichen Spiel. Heinrich wandte sich Onno Martens zu, dessen Lächeln zugleich einladend und berechnend wirkte.

„Heinrich! Willkommen. Und das muss Katrin sein." Martens flüchtige Berührung wirkte wie ein stummer Appell an die nächste Generation – eine Botschaft, die

Katrin mit einem Gefühl innerer Beklommenheit aufnahm. Plötzlich trat ein Mann ein, und die Gespräche verstummten augenblicklich, als ob die Luft selbst den Atem anhielte.

Alexei Sorokin.

Er bewegte sich mit souveräner Leichtigkeit – groß, schlank, in einem tiefblauen Anzug, der wie eine zweite Haut wirkte. Seine Haltung strahlte stille, durchdringende Autorität aus, und seine Augen – ein kühles, berechnendes Grau – schienen direkt in Katrins Innerstes zu blicken. Ein kaum merkliches Lächeln umspielte seine Lippen, als er sich Heinrich zuwandte.

„Herr Broder."

Mit kontrollierter Geste reichte er Heinrich die Hand – ein Gruß, der mehr versprach als bloße Höflichkeit. Dann wandte er sich Katrin zu.

„Und das muss Ihre Tochter sein. Katrin, nichtwahr?"

Seine Hand war warm und fest – und in diesem kurzen Kontakt breitete sich in ihr ein unerklärliches Zittern aus.

„Freut mich, Sie kennenzulernen, Herr Sorokin",

erwiderte sie leise, bemüht, die aufkommende Nervosität zu bändigen. „Bitte, Alexei." Seine Stimme trug eine ruhige, gewichtige Schwere.

„Ihr Vater sprach oft von Ihrem feinen Gespür für Kunst
– faszinierend, nicht wahr?"

In dieser Anerkennung schwang in ihr ein leises
Bekenntnis mit: der Wunsch, über den gewohnten
Horizont hinauszublicken, obwohl ihr Herz vor
Unsicherheit raste.

„Danke", sagte sie, während in ihrem Innern das Ringen
zwischen Neugier und Furcht weiter tobte.

Als Heinrich das Gespräch abrupt auf ein anderes Thema
lenkte, spürte sie dennoch, wie Alexeis Blicke sie
unablässig verfolgten – forschend, fast fordernd. War es
reine Neugier oder lag in seinem Blick etwas Tiefgründi-
geres verborgen?

Der Abend neigte sich dem Ende zu, und als der Konfe-
renzraum sich zu leeren begann, hallten gedämpfte
Fragmente der Gespräche nach. Der schwere Duft von
Rotwein und Kerzenwachs schuf einen fast rituellen
Rahmen.

Katrin stand allein an einem Stehtisch, versuchte, die
Wirrungen in ihrem Innern zu ordnen. Inmitten der
schwindenden Menge spürte sie erneut seine Nähe –
Alexei trat leise an ihre Seite.

„Ein gelungener Abend", sagte er, seine Stimme sanft,
aber durchdringend. Langsam drehte sie sich zu ihm,
während in seinem Blick Antworten flimmerten, die sie

noch nicht ganz fassen konnte. „Mein Vater besteht auf Tradition. Sie ist das Fundament seiner Arbeit", gestand sie leise, als ob sie damit einen Teil ihrer inneren Zerrissenheit offenlegte.

Alexei nahm einen Schluck von seinem Wein, und für einen Augenblick schien die Zeit stillzustehen.

„Fundamente sind essenziell", murmelte er.

„Doch manchmal erfordert es den Mut, das Gewohnte zu hinterfragen und frische Ideen zuzulassen. Finden Sie nicht auch?"

Seine Worte trafen sie, und in ihr erwachte ein leiser Aufruhr – eine Mischung aus Widerstand und dem Drang, etwas Neues zu wagen.

Unbemerkt hatte Alexei seine Hand diskret gehoben. Plötzlich lag vor ihr eine schlichte, schwarze Visitenkarte – sein Name, Alexei Sorokin, in klaren Lettern. Ein stiller Hinweis auf einen unausgesprochenen Pakt, der sich tief in ihr Bewusstsein eingravierte. Ein kalter Schauer durchfuhr sie, während alle Worte und Blicke zu einem einzigen, drängenden Rätsel verschmolzen.

„Danke", flüsterte sie, als wolle sie damit ein Versprechen besiegeln, das in ihren Gedanken weiterklingen würde. Alexei musterte sie, sein Blick schien all ihre inneren Konflikte zu erfassen, bevor er knapp nickte und einen Schritt zurücktrat. Mit seinem Abschied wich die Wärme des Abends einer frostigen Kühle, die sich wie ein unsichtbarer Schleier über den Raum legte.

„Manchmal ... liegt die wahre Kunst nicht im Offensichtlichen, sondern im Verborgenen", sagte er leise – eine Botschaft, die warnte und zugleich verführte. Mit diesen Worten wandte er sich ab und verschwand in der schwindenden Menge.

Allein stand Katrin da, die Visitenkarte fest in der Hand, während in ihr ein unaufhörliches Rauschen aus Fragen und Ängsten widerhallte. In diesem Moment wurde ihr klar: Der Abend war nicht nur der Auftakt eines neuen Kapitels, sondern auch der Beginn einer inneren Reise, auf der sie lernen musste, die Schatten ihrer eigenen Identität zu ergründen – zwischen den strengen Traditionen ihres Vaters und dem Drang, ihren eigenen Weg zu finden.

Die flackernden Kerzen, die den Raum erhellten, schienen plötzlich mehr zu bedeuten als nur Licht in der Dunkelheit. Ihr unbeständiges Spiel aus Schatten und Schein spiegelte die Zerbrechlichkeit der gewohnten Ordnung wider – ein stilles Versprechen, dass in jedem flüchtigen Moment auch das Potenzial für Veränderung lag. Katrin sah in diesem Spiel der Kerzen nicht nur das Verlöschen der alten Sicherheiten, sondern auch das Entfachen neuer Möglichkeiten. Es war, als ob die flackernden Flammen ihr zuflüsterten, dass wahre Kunst im Mut liegt, das Verborgene zu erkennen und sich ihm zu stellen.

Kapitel 11

2003

Die Broder-Villa lag in trügerischer Stille. Die Nachmittagsonne durchbrach die hohen Fenster und warf scharfe Schatten, als Alexei Sorokin eintrat. Seine Bewegungen waren elegant, seine Miene bleiern höflich. Heinrich reichte ihm die Hand, während Thomas mit verschränkten Armen und einem misstrauischen Blick abwartete.

„Willkommen, Alexei", sagte Heinrich, seine Stimme ruhig, doch bestimmend.

„Ich bin sicher, Sie werden beeindruckt sein von dem, was wir vorbereitet haben."

Alexei erwiderte das Lächeln, das mehr Andeutung als Wärme enthielt.

„Ich hege keinen Zweifel, Herr Broder."

Sein Blick glitt kurz zu Thomas, dessen durchdringender Blick ihn nicht losließ.

„Und ich bin überzeugt, dass Ihr Sohn ebenso interessante Perspektiven einbringen wird."

„Das werden wir sehen", entgegnete Thomas kühl, als wolle er jedes Wort auf die Waage legen.

Noch bevor sich die angespannte Atmosphäre weiter zuspitzen konnte, betrat Katrin den Raum – ruhig und

kontrolliert, eine Mappe fest in der Hand. „Alexei", be-
grüßte sie ihn mit einem knappen Lächeln.

„Ich hoffe, mein Vater hat Ihnen nicht zu viele Verspre-
chungen gemacht."

„Ich vertraue darauf, dass die Broders wissen, was sie
tun",

antwortete Alexei mit ruhiger Klarheit, sein Blick
verweilte einen Moment auf Katrin, ehe er sich wieder
Heinrich zuwandte.

Thomas beobachtete den Austausch schweigend. In
seiner Brust wuchs ein unangenehmes Gefühl – es war
nicht das erste Mal, dass er sich fragte, wie viel Katrin
wirklich von den dunkleren Geschäften der Familie
wusste.

Auf der Werft vermischten sich das Dröhnen der
Maschinen und der scharfe Geruch von Schmieröl. Hein-
rich führte Alexei durch die Fertigung, während Thomas
mit fest verschränkten Armen jeden Schritt misstrauisch
verfolgte.

„Diese Produktionslinie hier",

begann Alexei und deutete auf die schweren Maschinen,

„ist ein Klassiker – solide, zuverlässig. Doch sie hemmt den Fortschritt. Eine Modernisierung könnte Ihre Produktionszeit halbieren."

„Und den finanziellen Aufwand verdoppeln",

entgegnete Thomas scharf.

„Wer soll das tragen? Wir, oder haben Sie einen alternativen Plan?"

Alexeis Blick ruhte einen Moment intensiv auf Thomas, ehe ein leichtes Lächeln seine Lippen umspielte.

„Finanzierung beruht auf Vertrauen, Herr Broder junior. Und Vertrauen beginnt damit, die richtigen Partner zu wählen."

„Oder damit, zu wissen, welche Absichten diese Partner verfolgen",

murmelte Thomas, ohne den Blick von Alexei abzuwenden.

Heinrich schüttelte ungeduldig den Kopf.

„Thomas, wir haben das besprochen. Alexei bietet uns eine Chance, die wir nicht ungenutzt lassen dürfen."

„Vielleicht sollten wir auch darüber sprechen, was er dafür im Gegenzug erwartet", *fügte Thomas hinzu, während seine Augen weiterhin jeden Zug von Alexei analysierten.*

Alexei lächelte erneut, doch in seinen Augen lag kühle Berechnung.

„Manchmal, Herr Broder, liegt wahre Stärke darin, das Alte loszulassen. Es erfordert Mut, den Fortschritt zu umarmen."

Spät in der Nacht saß Thomas in seinem Büro, umgeben von den vorgelegten Verträgen. Der Name „Danube Trade Limited" tauchte immer wieder auf – begleitet von undurchsichtigen Zahlungen über Zypern und die Kaimaninseln, angeblich für Beratungsdienste. Doch nichts an diesen Dokumenten fühlte sich authentisch an.

Er griff nach seinem Handy, tippte die Adresse der Firma ein – das Ergebnis war ernüchternd: ein leeres Postfach, eine leere Webseite. In diesem Moment klopfte es an der Tür. Thomas zuckte zusammen, als Katrin eintrat, eine dampfende Tasse Tee in der Hand.

„Du siehst aus, als würdest du Geister jagen", bemerkte sie beiläufig.

„Vielleicht tue ich das",

antwortete Thomas und ließ die Unterlagen schwer auf den Tisch sinken. „Danube Trade Limited", murmelte er, während sein Blick Katrin suchte.

„Sag mir, sagt dir dieser Name etwas?" Katrin zögerte, dann schüttelte sie den Kopf.

„Warum suchst du immer nach Problemen, Thomas?"

„Weil Probleme sich oft in den Schatten verbergen",

erwiderte er leise. Katrin stellte die Tasse behutsam auf seinen Schreibtisch und trat näher.

„Vielleicht solltest du Alexei einmal einfach zuhören. Manchmal sind die Lösungen einfacher, als es scheint."

Thomas musterte sie, die Stirn in Falten gelegt.

„Oder komplexer, als sie auf den ersten Blick erscheinen."

Ihr Lächeln war flüchtig, doch als sie sich abwandte, bemerkte Thomas, wie ihre Finger unruhig über die Tassenkante glitten.

In diesem Moment durchfuhr Thomas ein Schub intensiver Zweifel. Er dachte an die vielen Male, in denen sein Instinkt ihn vor den verborgenen Machenschaften gewarnt hatte – vor trügerischen Angeboten und undurchsichtigen Verträgen. Jeder Blick von Alexei, jedes scheinbar beiläufige Wort, ließ in ihm die Frage aufkeimen: War er bereits zu tief in ein Netz aus Intrigen verstrickt, aus dem es kein Entkommen gab?

Seine Hände zitterten leicht, und er fragte sich, ob er den Preis für den Fortschritt wirklich zahlen wollte – oder ob er sich selbst dabei verlor. Die kalte Notiz, die er gleich noch finden würde, würde ihm vielleicht bestätigen, dass hinter jedem Angebot ein finsterer Plan lauerte.

Beim Durchsehen der Zahlungsdetails fiel ihm eine handschriftliche Notiz ins Auge:

Freigabe durch A. Sorokin.

Er starrte auf die Worte – waren sie ein Versehen oder ein kalkulierter Schachzug? Plötzlich flackerte das Licht der Schreibtischlampe, und ein leises Knarren ließ ihn innehalten. Zögernd ging er zur Tür, öffnete sie – und entdeckte einen Umschlag, der still auf dem Boden lag.

Mit bebenden Händen bückte er sich, hob den Umschlag auf und öffnete ihn. Darin fand er eine einzelne, in geschwungener Handschrift verfasste Notiz:

„Vertrauen ist eine Investition. Sei sicher, dass du es dir leisten kannst."

Am unteren Rand prangte das Logo der Danube Trade Limited. Thomas ließ die Notiz schwer in seine Hände sinken und sah zu den Verträgen zurück. Ein kalter Schauer lief ihm über den Rücken. Er wusste, dass Alexei ihn beobachtete – und dass in diesem undurchsichtigen Spiel niemand allein gewinnen konnte.

Kapitel 12

2024

Die Sonne rang mühsam mit dem Dunst, der Emden an diesem klaren Herbstmorgen umhüllte. Aus der Ferne drang das dumpfe Tuten eines Frachters herüber, während der kühle Hauch der Morgenluft den metallischen Geruch des Hafens mit sich trug. Die Straßen schienen in einen grauen Schleier getaucht.

Lena Berg saß entspannt hinter dem Steuer des Dienstwagens, die Hände locker am Lenkrad. Neben ihr starrte Robin Ahlers aus dem Fenster – seine Gedanken schienen ebenso neblig wie die Landschaft draußen.

„Es ist seltsam, wie die Stadt sich verändert hat",

murmelte er und spielte gedankenverloren mit einem Kugelschreiber.

„Früher hatte die Broder-Werft etwas Majestätisches. Jetzt wirkt alles so ... verlassen."

Lena nickte, den Blick fest auf die Straße gerichtet.

„Die Werft mag verfallen sein, aber ihre Geheimnisse leben weiter."

Der Wagen hielt vor dem massiven Eingangstor der Broder-Werft. Das einst stolze Firmenlogo hing schief, vom Rost zerfressen.

Der Geruch von nassem Metall und altem Öl lag schwer in der Luft, während irgendwo im Wind ein loses Blech knackte. Lena schaltete den Motor aus und warf einen kurzen Blick zu Robin.

„Bereit?"

Er zuckte mit den Schultern. „So bereit, wie man eben sein kann."

Im nüchtern eingerichteten Empfangsbereich des Hauptgebäudes, dessen Wände mit vergilbten Fotografien und alten Urkunden geschmückt waren, führte ein älterer Angestellter die beiden durch den langen Flur. Endlich erreichten sie das spärlich eingerichtete Büro von Thomas Broder. Sein zerknitterter Anzug und die Müdigkeit in seinen Augen verrieten schlaflose Nächte.

Dennoch erhob er sich und begrüßte Lena und Robin mit einem festen Handschlag, während von draußen das leise Summen einer Maschine und das entfernte Klirren von Metall auf Beton zu hören waren.

„Frau Berg, Herr Ahlers. Was kann ich für Sie tun?" Seine Stimme war sachlich, beinahe abweisend.

Lena setzte sich auf einen der harten Stühle, während Robin stehen blieb.

„Wir untersuchen die Umstände des Verschwindens Ihres Vaters", begann Lena. „Es gibt Hinweise, dass alte

Unterlagen auf dem Werftgelände von Bedeutung sein könnten. Wir hoffen, dass Sie uns Zugang dazu gewähren können."

Thomas' Gesicht erstarrte; seine linke Hand zitterte leicht, als sie unbewusst die Tischkante berührte.

„Mein Vater hatte viele Geheimnisse. Und was glauben Sie, werden Sie dort finden?"

Lena spürte, dass in seiner Stimme nicht nur Abwehr, sondern auch Angst mitschwang – als ob er mehr verbergen wollte, als nur alte Akten. Robin trat einen Schritt vor:
„Vielleicht haben Sie damals etwas übersehen. Oder wollten es übersehen."

Die Worte hingen schwer im Raum, bis Thomas scharf ausatmete.

„Ich habe keine Antworten. Mein Vater hat alles für sich behalten."

Ein plötzliches Klopfen an der Tür unterbrach das gespannte Schweigen. Eine junge Frau trat ein – elegant gekleidet, mit einer spürbaren Zurückhaltung.

„Herr Broder, die Unterlagen für das neue Projekt. "Ihr ungarischer Akzent verlieh ihren Worten eine weiche Melodie. Thomas nickte knapp. „Lassen Sie sie hier." Aniko Kiss legte die Dokumente auf den Tisch und hielt für einen Moment inne. Ihr Blick traf Robins, und ein kaum merkliches Lächeln huschte über ihr Gesicht – als ob sie ihm etwas sagen wollte, das nur zwischen ihnen stand. Robin spürte, wie ihm die Hitze ins Gesicht stieg, und fragte sich, ob Aniko absichtlich länger zu ihm hingesehen hatte. Lena registrierte die Interaktion mit wachsamen Augen.

„Frau Kiss", fragte sie ruhig, „haben Sie zufällig Zugang zu den alten Archiven?"

Aniko wirkte kurz überrascht, dann nickte sie zögerlich. „Ja, ich könnte nachsehen. Wenn es hilft."

Ein harter, fast unmerklicher Blick wanderte von Thomas zu ihr – scharf genug, dass ihre Lippen sich kurz zusammenpressten.

„Das ist nicht nötig",

warf Thomas scharf ein, seine Finger trommelten nervös auf die Tischplatte. „Alte Unterlagen sind irrelevant."

Doch Lena ließ nicht locker.

„Vielleicht wissen Sie das nicht so genau, Herr Broder." Mit ruhiger Entschlossenheit wandte sie sich wieder an Aniko: „Würden Sie uns begleiten?" Nach einem Moment angespannter Stille nickte Aniko leise. „Natürlich."

Thomas stand abrupt auf, drehte unruhig an seiner Uhr, ehe er sie hastig auf den Schreibtisch legte.

„Wenn Sie keine weiteren Fragen haben, entschuldigen Sie mich. "Seine Stimme klang scharf, und er verließ den Raum, bevor jemand widersprechen konnte.

Aniko zögerte, dann warf sie Lena einen entschuldigenden Blick zu.

„Ich kann nachsehen und Ihnen Bescheid geben", sagte sie leise, während sie den Raum verließ. Lena beobachtete sie schweigend und konnte das Gefühl nicht abschütteln, dass Aniko mehr wusste, als sie preisgab.

Die Rückfahrt zur Polizeistation verlief in bedrückendem Schweigen. Robin blickte aus dem Fenster, fuhr sich unruhig durch die Haare.

„Meinst du, er hat Angst? Oder versucht er, uns auf Abstand zu halten?"

Lena warf ihm einen kurzen Seitenblick zu, dann nickte sie langsam. „Vielleicht beides. Angst kann Menschen dazu bringen, genau das zu tun."

Lena spürte das Unbehagen, das von Thomas' Verhalten ausging – seine nervösen Gesten, das ständige Trommeln seiner Finger. Ein einzelner Tropfen, der in der Ferne auf den Beton klatschte, verstärkte das beklemmende Gefühl der verlassenen Werft.

Robin runzelte die Stirn. „Sie verbergen etwas", sagte er schließlich, die Augen auf die vorbeiziehende Straße gerichtet.

„Oder sie wissen mehr, als sie zugeben wollen", ergänzte Lena. „Thomas versucht offensichtlich, etwas zu blockieren."

Im Präsidium angekommen, empfing Lars Lammerts die beiden mit ernster Miene. „Wir haben etwas in Heinrich Broders Akten gefunden", verkündete er.

Lena spürte, wie ihr Puls sich beschleunigte. „Was genau?" Ihre Stimme war ruhig, doch ihr Blick war messerscharf. „Verdächtige Transaktionen. Es könnte um Geldwäsche gehen." Lenas Herz setzte einen Schlag aus.

Sie sah Robin an, der unmerklich nickte. Das Puzzle begann sich zu fügen.

„Dann graben wir tiefer", entschied sie.

„Die Wahrheit liegt in diesen Schatten verborgen." Robin schnaubte amüsiert, doch in seinen Augen lag ernste Entschlossenheit.

„Dann sollten wir besser eine starke Taschenlampe mitnehmen.

Kapitel 13

Die ersten Sonnenstrahlen durchbrachen den grauen Dunst des Morgens und zeichneten feine Lichtlinien auf das alte Holzbett. Der Duft von frisch gebrühtem Kaffee drang aus der Küche, während das leise Summen der Kaffeemaschine die Stille des frühen Tages untermalte. Lena lag noch einen Augenblick mit dem Kopf an Bodos Brust – ihr Herz schlug leise im Takt, und in ihren Gedanken fragte sie sich, welche Geheimnisse der Tag heute offenbaren würde.

Was hat mein Vater uns eigentlich hinterlassen? dachte sie, während ein Hauch Sorge in ihr Lächeln mitschwang.

„Robin hat gestern gebrannt wie eine Ampel", sagte sie mit einem ironischen Unterton, der zugleich Anspannung verriet. „Als Aniko von den Archiven sprach, schien er fast außer sich zu sein." In ihrem Blick lag mehr als bloße Neugier – eine stille Entschlossenheit, die Wahrheit um jeden Preis zu enthüllen.

Bodo zog sie fester in den Arm. Er hatte in seinen Augen längst gelernt, zwischen leeren Worten und echten Hinweisen zu unterscheiden.

„Der Junge ist in der digitalen Welt unschlagbar – aber wenn es um zwischenmenschliche Verstrickungen geht, zeigt sich seine verletzliche Seite. Ich wette, Aniko folgt ihren eigenen, verborgenen Regeln",

sagte er und ließ dabei einen kurzen Blick der Sorge über sein Gesicht flitzen.

Manchmal glaube ich, dass wir alle auf einem schmalen Grat wandeln – zwischen Wahrheit und Lüge, dachte Bodo innerlich, während er die handschriftlichen Notizen vom Vorabend über den Tisch legte.

„Ich habe das Gefühl, sie will uns helfen, bleibt dabei aber stets auf Abstand. Diese geheimnisvolle Akte… sie ist mehr als nur ein Hinweis. Sie könnte der Schlüssel zu einem Netzwerk sein, das unser bisheriges Verständnis sprengt",

flüsterte Lena, während ihre Stimme fast im Zwielicht ihrer eigenen Zweifel verklang.

„Oder sie sondiert, wie weit sie uns trauen kann",

erwiderte Bodo leise. Seine Hände zitterten kurz, als er den Stift fest umklammerte – ein Zeichen, dass auch er die immense Last der Verantwortung spürte. *Diese Akte – was, wenn sie mehr verbirgt, als wir je zu träumen wagten?* dachte er.

Draußen lag Emden im dichten Nebel. Dumpfe Stadtgeräusche vermischten sich mit dem rhythmischen Prasseln der ersten Regentropfen, die langsam nasse Spuren auf den Gehwegen hinterließen.

Vor dem Polizeipräsidium stand Jan Müller, in seine morgendliche Routine vertieft. Mit konzentriertem Blick polierte er den Chrom seiner alten BMW R90/6, während das leise Rascheln fallender Blätter und das ferne Hupen der Autos den Moment fast wie in Zeitlupe erscheinen ließen. *Hier beginnt ein weiterer Tag im Kampf gegen das Unbekannte*, dachte Jan still bei sich.

„Du pflegst deine Maschine besser als die meisten ihre Fälle", rief Bodo mit einem Anflug von Bewunderung, während Lena schweigend den Blick über den Nebel schweifen ließ – in Gedanken bereits bei den brennenden Fragen, die sie quälten.

„Man muss Prioritäten setzen", erwiderte Jan trocken, und in seiner Stimme schwang eine gewisse Resignation mit, die aber auch von einem unerschütterlichen Pflichtbewusstsein zeugte. „Ich bin startklar – Lars hat heute schon Überraschungen parat, und ihr kommt gerade rechtzeitig."

Mit einem letzten, intensiven Blick auf den geheimnisvollen Nebel, der sich wie Tinte über die Stadt legte, traten sie in das Präsidium ein – jeder von ihnen mit eigenen, stillen Sorgen und Hoffnungen.

Im Besprechungsraum herrschte eine gespannte Stille. Lars stand vor dem Whiteboard, seine rote Markierung zog präzise Kreise und Linien, die die Verbindungen zwischen Broder, Sorokin und eben jener mysteriösen Akte offenbarten. Dieses Dokument schien in jeder Linie und jedem Wort eine drohende Sprengkraft zu bergen. *Wenn hier alles zusammenkommt...* murmelte Lars innerlich, während er die Fakten mit messerscharfer Präzision ordnete.

Robin war in dicken Akten versunken, sein Blick konzentriert und fast schon gequält von der Verantwortung. Neben ihm strich Corinna Stein elegant über ihr Tablet, als wolle sie den digitalen Schatten der Wahrheit selbst herausfiltern. Lars' Stimme, kurz und bestimmt, ließ keinen Raum für Zweifel:

„Frau Hoffmanns Aussage liefert den entscheidenden Anhaltspunkt. Diese Akte – so rätselhaft sie auch erscheinen mag – ist der Schlüssel, der ein weitreichendes Netzwerk enthüllen könnte."

Lena kritzelte eifrig in ihr Notizbuch, während ihre Gedanken kreisten. *Mein Vater hat immer daran geglaubt, dass Wahrheit auch schmerzhaft sein kann. Was hat er uns hinterlassen?*

„Broder war nach den Treffen bei Sorokin sichtlich angespannt. Der Druck, den dieses Dokument auf ihn auszuüben scheint, ist fast greifbar", bemerkte sie, ihre Stimme verriet ein Zusammenspiel von Besorgnis und Entschlossenheit.

„Robin, du bleibst an Aniko dran – jedes Detail zählt", befahl Lars und seine Augen funkelten vor Erwartung.

„Jan, geh in die Archive der Werft. Dort könnte sich der nächste Baustein verbergen." Jeder Auftrag schien schwer auf den Schultern des Teams zu lasten – aber auch ein Versprechen, das Rätsel Stück für Stück zu lösen.

Lena und Bodo tauschten einen Blick, der mehr sagte als tausend Worte – in ihren Augen lag das stille Einverständnis, dass sie sich der Gefahr bewusst waren und bereit waren, alles zu riskieren.

Draußen verdunkelte sich der Himmel zusehends. Ein kalter Wind ließ Lena ihren Mantel enger umschließen, während sie in den Wagen stieg. Bodo legte die Notizen sorgfältig aufs Armaturenbrett, schnallte sich an und startete den Motor.

In seinem Inneren wog er die Bedeutung der Akte ab – *ist sie wirklich das Zünglein an der Waage, um das gesamte Netzwerk zu entwirren?* Fragte er sich, während er den Blick auf die vorbeiziehende Dunkelheit richtete.

„Was hältst du von diesem Hinweis?" fragte Lena, ihre Augen suchten den Horizont ab, als wollten sie in den fernen Schatten Antworten finden.

„Er ist mehr als nur ein Zufall", meinte Bodo nachdenklich. „Wenn Sorokin wirklich Druck auf Broder ausgeübt hat, dann birgt dieser Hinweis das explosive Potential, alles auf den Kopf zu stellen."

In seinem Blick lag ein Hauch von Furcht – aber auch der unbeirrte Wille, die Wahrheit zu finden.

Hinter ihnen lösten sich die vertrauten Straßen in eine düstere Landschaft auf: endlose Felder, karge Bäume und reglose Windräder, die still den Lauf der Zeit zu beobachten schienen. Der Regen prasselte unaufhörlich, und das fahle Licht der Straßenlaternen verwandelte alles in ein fast geisterhaftes Bild.

Am Ende einer schmalen Straße erhob sich das Gulfhaus von Sebastian Broder, umgeben von leeren Feldern und kargen Bäumen. Nebenan lag seine Werkstatt – ein Ort, an dem Holzspäne den Eingangsbereich säumten und durch schmutzige Fenster Werkzeugwände sowie ein halbfertiger Tisch sichtbar wurden. Der Geruch von frischem Kiefernholz mischte sich mit der drückenden Stille, als Lena und Bodo den Wagen verließen.

„Charmanter Ort",

bemerkte Bodo trocken, doch in seinem Ton lag auch eine unterschwellige Skepsis. Als Sebastian die Tür öffnete, zeigte sich sein kantiges Gesicht – gezeichnet von innerer Unruhe. Mit fest umklammertem Schraubenzieher und nervösem Zappeln der Füße wich er Lena immer wieder aus, als wolle er seine Fassade vor dem Eindringen der Wahrheit schützen.

Was versteckt er, und warum zittert er so? fragte sich Bodo still.

Ein plötzliches, tiefes Donnergrollen riss die angespannte Stille entzwei. Eine heftige Böe ließ die Scheiben erzittern – als ob die Natur selbst seine innere Zerrissenheit widerspiegeln wollte.

Sebastian rieb hastig seine Hände, warf einen unruhigen Blick aus dem Fenster und murmelte etwas Unverständliches, ehe er die Tür weiter öffnete. „Kriminalpolizei?" fragte er knapp, seine Stimme klang rau und unwillig.

„Lena Berg, Kripo Emden. Das ist Bodo Zimmermann. Wir möchten mit Ihnen über Ihren Vater sprechen",

erklärte Lena mit ruhiger, aber fester Stimme – in ihr brodelte die Erinnerung an vergangene Geheimnisse.

Mit einem fast widerstrebenden Seufzer öffnete Sebastian die Tür einen Spalt weiter. „Kommen Sie rein."

Die Werkstatt war schlicht, aber voller Leben. Abgenutzte Werkzeuge hingen an den Wänden, und auf einem kleinen Tisch thronte ein halbfertiges Modell einer Kommode – als stumme Zeugen der vergangenen Arbeit. Die warme, fast heimelige Atmosphäre stand im krassen Gegensatz zu Sebastians nervöser Ausstrahlung.

„Worum geht's?" fragte er, als er sich auf einen Stuhl setzte, den Schraubenzieher fester haltend und dabei unruhig an seinem Ärmel zupfend.

Jeder Blick, jede Geste – sie sprechen Bände, auch wenn er es nicht will, dachte Lena.

„Ihr Vater wollte vor seinem Verschwinden mit uns sprechen", begann sie behutsam. „Er sagte, er habe etwas, das alles verändern könnte – etwas, das streng geheim

bleiben muss. Wissen Sie, worum es ging?"
In ihrer Stimme schwang nicht nur die Bitte um Aus-
kunft, sondern auch die Last der ungelösten Fragen mit.

Sebastian wich ihrem Blick aus.

„Ich war damals schon hier – mit seiner Firma hatte ich
längst abgeschlossen."

Doch seine Worte wirkten hohl, als wollten sie nur ein
Deckmantel für tiefere Abgründe sein.

„Doch das fiel in eine Zeit, als der Druck auf das Unternehmen unaufhaltsam wuchs", ergänzte Bodo, seine
Stimme fest, aber mit einem Hauch Empörung. „Zufall?"

Seine Augen funkelten, als ob er in Sebastians Blick nach
der verborgenen Wahrheit suchte.

Stumm starrte Sebastian auf die Werkbank, während
feine Schweißperlen seinen Blick trübten.

„Es war offensichtlich: Ein Pulverfass, in dem sich jeder
mit jedem zerstritt. Ich wollte raus, bevor ich hineingezogen werde."

In dieser Aussage lag mehr Schmerz, als er offenbaren
wollte – ein stilles Eingeständnis der Gefahren, die ihn
begleiteten. Lena spürte das nagende Gefühl, dass die
Wahrheit in der Akte verborgen lag.

„Hat Ihr Vater je erwähnt, dass er bedroht wurde oder unter unerträglichem Druck stand?" fragte sie leise, fast flehend. *Er musste wissen, dass wir auf der Suche nach der Wahrheit sind*, dachte sie, während ihre Stimme zugleich Mitgefühl und Entschlossenheit ausstrahlte.

„Er war immer unter Druck",

antwortete Sebastian trocken, seine Finger glitten nervös über die Tischkante. Jedes Zögern, jedes räuspern schien ein verborgenes Geheimnis zu offenbaren.

Plötzlich durchbrach ein schrilles Klingeln die angespannte Stille. Sebastian zuckte zusammen, ließ den Schraubenzieher beinahe fallen und griff hastig nach seinem Handy. Sein Blick verdunkelte sich, und er wandte sich abrupt ab.

„Hallo? ..." Nach einer kurzen, stockenden Pause fügte er leise hinzu: „Nein, jetzt ist wirklich nicht der richtige Moment. Später."

Diese Stimme, so zögerlich – als ob sie selbst Angst vor der Wahrheit hätte, dachte Lena innerlich.

Für einen Augenblick huschte sein Blick über den Raum – suchend, als wolle er jeden Beobachter ausfindig machen – ehe er den Hörer weglegte.

Lena reichte ihm behutsam seine Visitenkarte.

„Falls Ihnen noch etwas einfällt, melden Sie sich bitte." In ihrem Blick lag stille Ermutigung – als wollte sie ihm sagen: „Wir sind hier, um zu helfen."

Sebastian nahm die Karte flüchtig entgegen, ließ sie – während er nervös mit dem Fuß wippte und seinen Blick mehrfach abwandte – unbeantwortet auf dem Tisch liegen, ehe er sie bis zur Tür begleitete. Sein Gesicht war ein offenes Buch der Unruhe, das mehr Fragen aufwarf, als seine Worte verrieten.

Im Auto senkte sich ein gedämpftes Schweigen ein. Die Scheibenwischer schlugen im gleichmäßigen Takt gegen die nasse Scheibe, während das verzerrte Licht der Straßenlaternen über die Fahrbahn tanzte. Bodo brach das Schweigen mit leiser, fast besorgter Stimme:

„Hast du gesehen, wie sehr er sich verkrampft hat, als sein Handy klingelte?"

Lena schloss kurz die Augen, während sie ihre Hände fest um das Lenkrad schloss – in ihrem Inneren drang der Gedanke durch: *Jeder Tropfen Regen scheint sein Geheimnis mit sich zu tragen.*

„Ja", erwiderte sie leise. „ wussten, dass hinter diesen Worten noch viel Unausgesprochenes lag.

„Vielleicht klärt sich bald mehr – Robin und Jan sollten sich die neuen Hinweise genauer ansehen."

In seinen Worten lag die Hoffnung, dass die Wahrheit sich trotz aller Dunkelheit enthüllen würde.

Zur gleichen Zeit im Präsidium bereitete Robin seine Unterlagen für das Treffen mit Karin Broder vor. Als sein Handy vibrierte, setzte sich sein Herzschlag rasend in Bewegung. Er hielt einen Moment inne, fuhr sich über die Lippen und tippte nachdenklich auf die Tischecke – getrieben von dem Gefühl, dass Aniko mehr wusste, als sie preisgab, und dass ihre Situation gefährlicher war, als sie zugab. *Es muss etwas Größeres im Spiel sein*, dachte er innerlich.

„Robin Ahlers."

„Guten Tag, Herr Ahlers", begann Aniko, ihre Stimme zögerlich, getragen von einer spürbaren Vorsicht, die den Ernst ihrer Lage unterstrich. Nach einem kurzen Schweigen fügte sie hinzu:

„Ich... ich habe in den Unterlagen von Heinrich Broder etwas gefunden." In ihren Augen lag die Furcht, aber auch die Entschlossenheit, nicht länger im Dunkeln zu tappen.

Robin straffte die Schultern, während in ihm die Erkenntnis wuchs, dass diese Akte alles verändern könnte. „Was genau haben Sie entdeckt?" fragte er, seine Stimme fest und zugleich voller Erwartung.

„Eine Notiz über ‚eine Entscheidung, die nicht ausreichend abgesichert ist' –" Ihre Stimme stockte bei dem Wort ‚verschleiern', ehe sie fortfuhr: „– und dass Thomas dafür sorgen soll, dass es unter Verschluss bleibt."

Seine Hände zitterten leicht, als er den Notizblock zückte – als ob er wüsste, dass hier mehr auf dem Spiel stand als nur ein einfacher Hinweis.

„Das klingt bedeutsam", erwiderte Robin eifrig. „Wo befinden Sie sich? Ich könnte sofort zu Ihnen kommen." In seinem Blick lag der feste Entschluss, den Fall endlich voranzutreiben.

Ein kurzes Zögern lag in ihrer Stimme, bevor Aniko fast flüsternd sagte:

„Das ist... keine gute Idee. Wir sollten uns an einem neutralen Ort treffen, um keine unnötige Aufmerksamkeit zu erregen." Die Untertöne ihrer Worte waren von der Angst vor Überwachung und der drohenden Gefahr durchdrungen.

Robin runzelte die Stirn, notierte den Treffpunkt und fragte: „Wäre in einer Stunde passend?"

„Eine Stunde ist perfekt. Ich sehe Sie dort, Herr Ahlers", schloss sie, ihre Stimme wurde etwas wärmer – doch in beiden klang die unterschwellige Bedrohung, die sie beide nicht ganz ignorieren konnten.

Während Robin im Präsidium weiter an den neuen Hinweisen arbeitete, fuhr Lena den Wagen durch die herbstliche Dunkelheit. Der Regen trommelte unaufhörlich gegen das Dach, und das flackernde Licht der Laternen verwandelte die nasse Fahrbahn in tanzende Reflexe.

Auf der Rückfahrt saß Bodo gedankenversunken da, ließ den Anblick der nassen Felder und des fahlen Sonnenlichts, das alles in einen fast geisterhaften Schimmer tauchte, auf sich wirken.

„Hast du gesehen, wie nervös er beim Telefonat wirkte?" fragte Bodo schließlich, als er aus dem Fenster starrte.

„Ja", antwortete Lena leise. „Seine Ausrede war alles andere als überzeugend." Ihre Blicke trafen sich kurz – in diesem Moment schien der Regen die Zweifel zwischen ihnen nur noch zu verstärken.

„Er verbirgt definitiv etwas", meinte Bodo, während in seiner Stimme die leise Verzweiflung mitschwang, dass sie die Wahrheit finden müssten. „Vielleicht klärt sich bald mehr – Robin und Jan sollten sich die neuen Hinweise genauer ansehen."

Zurück im Präsidium, als Lena und Bodo ihre Eindrücke des Gesprächs mit Sebastian Broder dokumentierten, unterbrach Lars sie mit einer dringenden Nachricht:

„Ein Mann ist soeben eingetroffen – und behauptet, die Polizei liegt falsch. Er weiß, was mit Heinrich Broder wirklich geschehen ist."

In diesen wenigen Worten lag die Ahnung einer Wendung, die alles in Frage stellen würde.

Kaum hatten diese Worte nachhallen können, breitete sich ein schwerer, fast greifbarer Schwebezustand im Raum aus – und in diesem Moment schlich sich ein neuer Zeuge leise herein. Sein Auftreten ließ nicht nur Fragen aufkommen, sondern tauchte den gesamten Fall in ein noch undurchsichtiges Licht.

Was wird dieser Mann enthüllen? fragte sich Lena innerlich, während der Raum in angespannter Erwartung verharrte.

Kapitel 14

Der Besprechungsraum der Kripo Emden lag in fast völliger Stille. Das leise Summen des Whiteboards und das Rascheln von Papier waren die einzigen Geräusche. Lars stand an der Tür, die Augen wachsam, als er den Besucher hereinführte.

Der Mann, Mitte sechzig, zog seinen abgewetzten Mantel fester um sich. Seine Hände zitterten. Sein Blick huschte rastlos durch den Raum – suchte er nach Lauschern oder nach Erinnerungen?

„Herr Vogel", stellte Lars knapp vor, „ehemaliger Sicherheitsbeauftragter der Broder-Werft."

Er deutete auf einen Stuhl. Vogel zögerte, sein Blick glitt zur Tür und dann zu den Fenstern. Schließlich ließ er sich langsam nieder und legte die Hände flach auf den Tisch – als wolle er die Schatten der Vergangenheit bannen.

„Danke, dass Sie gekommen sind."

Lars setzte sich, während Lena mit verschränkten Armen an der Wand lehnte und Bodo am Fenster die düstere Skyline von Emden betrachtete.

Vogel holte tief Luft; sein Adamsapfel hob sich heftig beim Schlucken. „Ich… ich weiß nicht, ob das eine gute Idee ist", stotterte er, dann fast flüsternd:

„Aber ich konnte nicht länger schweigen."

Seine Stimme trug den Schmerz vergangener Nächte –
Stunden, in denen er Dinge sah, die er lieber vergessen
hätte. Jetzt, da er selbst in Gefahr zu sein schien – seitdem
er kürzlich eine anonyme Drohung erhalten hatte – war
es an der Zeit zu sprechen.

„Sie sind hier in Sicherheit. Erzählen Sie uns, was Sie wissen", sagte Lars ruhig, aber bestimmt.

Vogel rieb sich mit beiden Händen über das Gesicht, als
wolle er die Erinnerungen wegwischen.

„Ich habe viele Jahre bei der Broder-Werft gearbeitet.
Heinrich Broder war streng – aber berechenbar. Ich erinnere mich an lange Nächte, in denen ich über die seltsamen Vorgänge nachdachte. Doch in den Monaten vor
seinem Verschwinden …"

Er stockte, ließ den Blick kurz ins Leere schweifen.

„Er wurde paranoid. Er murmelte, dass gewisse Dinge im
Dunkeln bleiben müssten. Neue Sicherheitsmaßnahmen
wurden angeordnet – ein Lagerraum, in den keiner der
Arbeiter durfte. Nur er und wenige Vertraute hatten Zu-
tritt."
Seine Stimme wurde rau.

„Ich sah ihn einmal – spät in der Nacht, als ich Überstun-
den hatte. Er kam aus dem Lagerraum, eine schwarze
Mappe fest unter dem Arm. Er bemerkte mich nicht,

aber… er sah aus, als würde er verfolgt. Als hätte er Angst, gesehen zu werden."

Lena beugte sich vor.

„Haben Sie ihn darauf angesprochen?"

Vogel lachte leise, bitter.

„Man sprach Heinrich Broder nicht einfach an, wenn er so war. In seinen letzten Wochen … hatte er Angst. Vor jemandem."

Lars musterte ihn scharf.

„Vor wem?"

Vogel öffnete den Mund, schloss ihn dann wieder. Sein Blick huschte zur Tür, über die Wände – als suche er nach versteckten Lauscher.

„Ich … ich habe damals zu viel gesehen", murmelte er stockend.

„Mehr zu sagen … würde mich in Gefahr bringen." Er presste die Lippen zusammen.

„Wenn Sie wirklich die Wahrheit suchen … fangen Sie bei Thomas an. Er wusste mehr – viel mehr." Lars' Augen verengten sich. „Thomas Broder?

Was hat er genau gewusst?" Vogel befeuchtete seine trockenen Lippen. „Schauen Sie in die Sicherheitsprotokolle. Vielleicht finden Sie dort etwas. Aber … manche Geheimnisse bringen nur Unheil."

Bevor Lars noch etwas erwidern konnte, stand Vogel abrupt auf. Sein Blick war gehetzt, fast panisch.

„Sie suchen nach Antworten. Aber manche Wahrheiten kosten mehr, als sie wert sind."

Seine Hand lag bereits auf der Türklinke. Lars wollte ihn aufhalten, doch Vogel schüttelte den Kopf und verschwand, als wolle er den Schatten seiner Vergangenheit entkommen.

Als die Tür ins Schloss fiel, breitete sich ein unbehagliches Schweigen im Raum aus. Lars fuhr sich über das Kinn.

„Wir brauchen Beweise."

Wenig später parkte Lena ihren Wagen vor der Staatsanwaltschaft in Emden. Die kühle Herbstluft drückte schwer, und das sterile Treppenhaus verstärkte das ungute Gefühl, das sie begleitete.

Dr. Roland Becker saß hinter seinem massiven Schreibtisch, die Stirn in Falten, als er Akten durchblätterte. „Frau Berg, was führt Sie zu mir?"

Lena setzte sich, lehnte sich leicht vor.

„Ich brauche Zugriff auf die Telefondaten von Sebastian Broder. Es gibt Hinweise, dass er bedroht wird – der Anruf während unserer Befragung könnte entscheidend sein.“

Becker drückte den Stift fester gegen das Papier. Seine Finger trommelten nervös.

„Ohne richterlichen Beschluss kann ich keine Daten freigeben.“

Lena presste die Lippen. „Herr Dr. Becker, wir ermitteln in einem Mordfall. Sebastian Broder weiß mehr, als er zugibt.“

Becker seufzte. Sein Blick verriet einen inneren Zwiespalt, während er kurz den Raum absuchte – als wolle er seinen eigenen Konflikt verbergen.

„Ich verstehe Ihre Lage, aber ohne direkte Beweise für eine laufende Straftat sind meine Hände gebunden.“

Lena spürte, wie Wut in ihr aufstieg, zwang sich aber zur Beherrschung.

„Vielen Dank für Ihre Zeit.“ Mit angespannten Schultern verließ sie das Büro, atmete tief durch und zog ihr Handy hervor.

„Und?" fragte Bodo erwartungsvoll.

„Nichts." Ihre Worte klangen kühl über die Leitung.

„Becker will nichts machen. Keine Freigabe, keine Daten. Wir müssen anders vorgehen."

Bodo seufzte. „Das heißt?" Lena startete den Motor, ihr Blick verlor sich in der Dunkelheit der Straße. Es war die Stille vor dem Sturm.

„Das heißt, wir setzen Sebastian unter Druck. Er weiß mehr, als er sagt– und wir werden ihn dazu bringen, es uns zu verraten."

Ein kurzes Schweigen, dann Bodos trockene Antwort: „Ich stell den Kaffee bereit."

Lena legte auf. Regeln sollten Sicherheit bieten – doch manchmal steht etwas Größeres auf dem Spiel. Und sie war bereit, alles zu riskieren.

Kapitel 15

Robin verließ die Villa von Karin Broder mit gemischten Gefühlen. Das Gespräch war höflich gewesen, doch spürbar distanziert. Sie hatte sich als eine Frau präsentiert, die sich ihres Einflusses bewusst war, dabei aber mit ihren Antworten vage geblieben. Immer wieder hatte sie betont, dass Thomas alles über die Geschäfte seines Vaters wusste – als wollte sie ihn gezielt in den Fokus rücken. Doch Robin war klar, dass sie ihm nur so viel gab, wie es ihr passte. Keine belastbaren Informationen. Keine greifbaren Hinweise.

Als er in seinen Wagen stieg, atmete er tief durch. Draußen hatte der späte Nachmittag das Licht in einen warmen Goldton getaucht. Die Backsteinfassaden der Stadt spiegelten sich in den ruhigen Kanälen, und eine leichte Brise trug den Geruch von Regen und feuchtem Laub heran. Robin ließ den Motor an und fuhr los. Die Straßen waren überschaubar befahren, das vertraute Stadtbild wirkte beruhigend – und doch kreisten seine Gedanken weiter um das Gespräch. Wollte Karin Broder wirklich etwas verbergen? Oder versuchte sie nur, die Ermittlungen in eine bestimmte Richtung zu lenken?

Er parkte schließlich hinter dem ehemaligen Rathaus, heute das Ostfriesische Landesmuseum. Von hier aus waren es nur ein paar Schritte bis zum Grand Café am Stadtgarten, wo er sich mit Aniko verabredet hatte. Sie hatte ihn gebeten zu kommen – sie hatte etwas gefunden.

Als er das Café betrat, umfing ihn wohlige Wärme,

begleitet von dem Duft frisch gebrühten Kaffees und süßem Gebäck. Gedämpftes Licht schuf eine intime Atmosphäre.

Sein Blick wanderte durch den Raum, bis er Aniko entdeckte. Sie saß in einer abgelegenen Ecke, elegant wie immer. Doch etwas an ihr war anders. Ihre Schultern wirkten angespannter, ihre Augen huschten kurz durch den Raum, als würde sie sich vergewissern, dass niemand sie beobachtete.

"Robin," sagte sie, ihr ungarischer Akzent ließ seinen Namen weicher klingen. Doch ihre Stimme war leiser als sonst, ein Hauch von Unsicherheit schwang mit.

"Hallo Aniko," erwiderte er mit einem leichten Schmunzeln. Er erinnerte sich an ihr erstes Treffen – damals hatte ihn ihr Blick aus dem Konzept gebracht. Diesmal würde ihm das nicht passieren. „Darf ich?" Er deutete auf den Stuhl ihr gegenüber.

„Natürlich." Sie schob ihm einen braunen Umschlag über den Tisch. „Ich habe etwas gefunden. Es könnte wichtig sein."

Robin setzte sich und nahm den Umschlag entgegen. Drinnen lagen mehrere alte Dokumente, akribisch geordnet. Er zog eine handschriftliche Notiz hervor und las sie leise vor: „Projekt absichern – Dokumentation unvollständig halten." Seine Stirn legte sich in Falten. „Wo hast du das gefunden?"

„Ich digitalisiere die alten Firmenunterlagen", erklärte Aniko und nippte an ihrem Cappuccino. Ihre Finger umklammerten die Tasse fester als nötig. „Dieses Blatt steckte zwischen unbedeutenden Berichten. Ich hätte es fast übersehen, aber die Formulierung kam mir merkwürdig vor."

Robin überflog die weiteren Seiten. „Jemand hat absichtlich Lücken in den Unterlagen gelassen. Vielleicht, um etwas zu vertuschen."

Aniko lehnte sich vor, doch ihr Blick war für einen Moment nicht auf die Dokumente gerichtet, sondern auf ihre Hände. Sie spielte mit ihrem Ring, eine Angewohnheit, die Robin mittlerweile kannte. Ein stilles Zeichen ihrer Nervosität.

„Ich weiß nicht, ob das richtig ist, Robin." Ihre Stimme war kaum mehr als ein Flüstern. „Seit ich mich damit beschäftige, habe ich das Gefühl, beobachtet zu werden. Vielleicht bilde ich es mir ein, aber..." Sie stockte. „Ich habe Angst."

Robin sah sie ernst an. „Aniko, wenn du dich unsicher fühlst, dann sag es mir. Ich will nicht, dass du dich in Gefahr bringst."

Sie sah ihn an, und in ihren Augen lag mehr als nur Unsicherheit. Es war ein innerer Konflikt, der sie zerriss. Sie vertraute Robin – mehr, als sie sich vielleicht eingestehen wollte. Aber war das genug?

Konnte sie wirklich der Polizei helfen, ohne sich selbst in Gefahr zu bringen?

Robin legte die Dokumente zurück in den Umschlag. „Du hast genau richtig gehandelt. Wenn Thomas mehr wusste, als er zugegeben hat, könnte das hier der Schlüssel sein. Aber wenn du dich unwohl fühlst, dann sollten wir vorsichtig sein."

Ein leichtes Lächeln huschte über Anikos Gesicht, doch es wirkte angestrengt. „Ich werde weitersuchen. Falls ich noch etwas finde, lasse ich es dich wissen."

„Das wäre großartig", sagte Robin. Dann fügte er hinzu: „Danke, Aniko. Du machst das wirklich gut."

Ein rosiger Hauch zog über ihre Wangen. „Ich will nur helfen." Aber die Angst ließ sie nicht los. Was, wenn sie einen Fehler machte? Was, wenn sie zu weit ging?

Einen Moment lang saßen sie schweigend da. Robin konnte die Spannung in ihr spüren, doch er wusste, dass er sie nicht drängen durfte. Schließlich stellte sie ihre Tasse ab und erhob sich. „Ich muss zurück zur Werft. Aber … falls du noch Fragen hast, du weißt, wie du mich erreichst."

Robin stand ebenfalls auf. „Natürlich. Danke nochmals, Aniko."

Sie verabschiedete sich mit einem leisen „Auf Wiedersehen, Robin." Doch während sie sich dem Ausgang näherte, hielt sie abrupt inne. Ihre Schultern versteiften sich, ihr Blick wanderte zur Tür.

Einen Moment lang stand sie still, als würde sie jemanden draußen erkennen – oder befürchten, erkannt zu werden. Dann straffte sie sich, drehte sich um und verließ das Café mit schnellen Schritten.

Robin sah ihr nach, sein Magen zog sich leicht zusammen. War das nur Einbildung? Oder war Anikos Angst berechtigt?

Dann setzte er sich wieder hin und betrachtete den Umschlag vor sich. Die Dokumente boten neue Anhaltspunkte – und zugleich neue Fragen. Die unvollständige Dokumentation wirkte wie eine bewusste Manipulation. Was genau wurde hier vertuscht? Und wie tief reichte Thomas' Wissen wirklich?

Er spürte, dass dieser Fund die Ermittlungen in eine neue Richtung lenken würde. Aniko hatte ihm damit eine entscheidende Spur geliefert. Doch ihre Angst blieb ihm im Kopf. Er musste auf sie aufpassen.

Er zahlte und trat hinaus in die frische Abendluft. Während er zu seinem Wagen ging, spürte er den kühlen Wind auf der Haut. Doch seine Gedanken kreisten nicht nur um die Dokumente – sondern auch um Aniko und die Art, wie sie ihn angesehen hatte. Mit einem entschlossenen Blick setzte er sich ins Auto. Zeit, im Präsidium die neuen Hinweise zu prüfen.

Kapitel 16

Jan saß an seinem Schreibtisch im Präsidium, sein Blick haftete an den Akten. Die Puzzleteile schienen sich zu verdichten, doch mit jedem neuen Hinweis entfernte sich die Lösung weiter.

Dann vibrierte sein Handy auf der Tischplatte. Er griff danach – aus Reflex, aber irgendetwas ließ ihn innehalten.

Sebastian Broder.

Ein Name, der in dieser Nacht nicht hätte auftauchen sollen.

Er nahm ab. „Müller."

Am anderen Ende – Stille. Nur ein unregelmäßiger Atem, rau, zittrig. Dann, fast ein Flüstern:

„Herr Müller … ich glaube, ich bin in Gefahr."

Etwas zog sich in Jans Brust zusammen.

„Was meinen Sie damit? Was ist passiert?"

„Da war jemand … vor meinem Haus."

Sebastians Worte klangen gehetzt, abgehackt, als müsse er sie gegen einen unsichtbaren Druck herauspressen. „Sie haben gefragt. Über meinen Vater … über mich. Ich habe sie nicht reingelassen, aber sie sagten … ich wüsste zu viel."

Jans Kiefer spannte sich. „Sind sie noch da?"

„Ich ... ich glaube schon."

Dann – ein Geräusch im Hintergrund. Dumpf. Ein Kratzen, dann ein leises Klirren. Zerbrochenes Glas.

„Sebastian?" Ein Knacken. Dann – ein dumpfer Schlag. Ein ersticktes Stöhnen. Stille.

Dann – nur noch das monotone Tuten der unterbrochenen Verbindung.

Jan starrte auf das Display.

Für einen Sekundenbruchteil war es, als hätte ihn jemand ins kalte Wasser gestoßen.

War das gerade sein letzter Anruf gewesen?

Seine Muskeln spannten sich. Dann riss er sich los, sprang auf. Sein Stuhl kippte um, schlug scheppernd gegen den Schreibtisch. Mit schnellen Schritten eilte er zum Besprechungsraum.

Lars und Bodo sahen ihn kommen. Sie wussten sofort, dass etwas passiert war.

„Sebastian hat angerufen," begann Jan hastig. „Er klang panisch. Jemand war bei ihm, hat gedroht. Dann ein Schlag, ein Stöhnen – und die Verbindung brach ab."

Lars griff bereits nach seiner Jacke.

„Bodo, du kommst mit. Jan, bleib hier und halte dich bereit, falls er sich wieder meldet."

Die Fahrt nach Rhauderfehn
Die Nacht hing tief über den Feldern, das Blaulicht des Polizeiwagens durchschnitt die Dunkelheit. Die Sirene durchschnitt die Stille der Landstraße wie ein Skalpell.

Lars' Finger ruhten fest am Lenkrad. Seine Augen waren auf die Straße gerichtet, aber Bodo konnte sehen, wie sein Kiefer arbeitete.

„Sebastian klang verängstigt," murmelte er. Lars reagierte erst nach einer kurzen Pause.

„Oder schlimmer."

Es war nur ein leises Murmeln, aber es ließ die Temperatur im Wagen gefühlt um einige Grad fallen.

„Das klingt, als wollten sie sicherstellen, dass er schweigt."

Als sie die Einfahrt zu Sebastians Gulfhof erreichten, fiel ihnen das erste Zeichen der Gewalt sofort auf.

Eine zerbrochene Fensterscheibe.

Das Glas lag wie gefrorene Splitter im Licht der Scheinwerfer. Lars' Blick wurde hart, aber er sagte nichts. Stattdessen wanderte seine Hand zum Holster.

Bodo straffte sich unwillkürlich. „Kein Geräusch, keine Bewegung da drin."

„Dann hoffen wir, dass es kein Grund ist, die Spurensicherung zu rufen."

Lars trat als Erster ein.

Das Holz unter seinen Stiefeln ächzte, als wolle es vor dem drohenden Unheil warnen. Der Geruch von kaltem Rauch und etwas Metallischem hing in der Luft.

Drinnen – Stille.

Aber eine unnatürliche. Eine, die nichts Gutes verhieß.

Im Wohnzimmer lag ein umgestürzter Stuhl. Ein Blutfleck auf dem Boden, noch frisch.

Und dann die Spur. Dunkel.

Führend zur Werkstatt. Bodo folgte ihr mit pochendem Herzen. Als sie den Raum betraten, war da – Sebastian.

Zusammengesackt an der Werkbank.

Seine Finger verkrampft in seinem blutdurchtränkten Hemd. Seine Haut so blass, dass sie im spärlichen Licht fast durchsichtig wirkte. Sein Atem flach, rasselnd.

Bodo trat näher.

Sebastians Augen flackerten ruhelos, als wäre er auf der Flucht vor etwas, das nur er sehen konnte.

Dann fiel sein Blick auf etwas. Ein zusammengerolltes Stück Papier.

Bodo hob es auf. Er entrollte es. Dann spürte er, wie sich sein Nacken kalt anfühlte. **„Alles endet im Schatten."**

Und darunter – die kunstvoll gezeichnete Feder.

Lars trat neben ihn, sein Blick verfinsterte sich.

„Das ist jetzt das dritte Mal."

Seine Stimme war ein dunkles Grollen.

„Beim ersten Mal war es eine seltsame Notiz. Beim zweiten Mal schien es ein gezielter Hinweis. Aber jetzt... Jetzt ist es eine Botschaft."

Bodo starrte auf das Papier in seinen Händen. „Kein Zufall mehr."

Seine Stimme klang rau.

„Jemand will, dass wir das verstehen. Die Frage ist nur, wer – und was es bedeutet."

Lars ließ seinen Blick durch die Werkstatt schweifen.

„Das Muster ist zu präzise, um willkürlich zu sein."

Er kniete sich zu Sebastian hinunter.

Sebastian öffnete die Augen. Glasig. Zitternd. Seine Lippen bebten. Dann kam es. *„Die ... Feder ... immer ... folgt."*

Seine Stimme war nur noch ein Hauch. Dann sackte er weg. Bodo und Lars tauschten einen Blick.

„Die Feder folgt?" wiederholte Bodo nachdenklich. „Es klingt, als hätten wir es mit jemandem zu tun, der uns ständig einen Schritt voraus ist."

Lars' Blick blieb regungslos. „Oder mit jemandem, der will, dass wir genau das denken."

Stille.

Nur das leise Surren der Neonlampe über ihnen.

Lars griff nach seinem Funkgerät.

„Wir brauchen einen Rettungswagen."

Draußen – die Nacht. Die kühle Luft ließ ihren Atem sichtbar werden. Bodo starrte auf die zerbrochene Scheibe. „Das hier war eine Warnung." Seine Stimme war leise, aber hart.

Lars sah ihn an.

„Sie wollten sicherstellen, dass er schweigt."

Bodo verzog keine Miene. „Und wenn er nichts mehr sagt?" Lars steckte das Funkgerät zurück in seine Jacke.

Dann hob er den Blick. Sein Blick war ruhig. Aber seine Stimme war es nicht. „Dann finden wir die Wahrheit auf unsere Weise. Aber eines ist sicher – sie sehen uns kommen. Und sie warten schon."

Kapitel 17

Die späten Herbststrahlen drangen durch die hohen Fenster des Präsidiums und warfen scharf geschnittene Schatten auf den massiven Konferenztisch. Das gleichmäßige Ticken der Wanduhr und das gedämpfte Summen des Whiteboards waren stete Begleiter in einem Raum, der von unausgesprochener Anspannung durchdrungen war.

Lars Lammerts stand vor dem Whiteboard, den roten Marker fest umklammert, während seine angespannten Schultern von der Last unzähliger offener Fragen zeugten. Mit einem präzisen Strich verband er die Namen „Heinrich Broder" und „Thomas Broder". Darunter prangte in markanten Lettern:

„Alles endet im Schatten."

„Karin Broder hat darauf bestanden, dass Thomas jedes Detail über die Geschäfte seines Vaters kennen muss – bestimmt, aber schwammig", sagte Robin Ahlers, während er sich mit den Ellbogen auf die Tischkante lehnte und die Worte musterte.

„Es wirkt, als wolle sie uns in die Irre führen oder jemanden schützen."

Lena Berg, verschränkt an der Wand, hob skeptisch eine Augenbraue:

„Glaubst du, sie verbirgt die Wahrheit?"

„Nicht direkt", erwiderte Robin zögerlich, „aber sie hält mehr zurück, als sie preisgibt – als ob sie etwas zu verbergen hätte."

Währenddessen spielte Bodo Zimmermann gedankenverloren mit einem Kugelschreiber, dessen rhythmisches Klicken fast wie der Pulsschlag des Raumes klang.

„Dritter Fund – zuerst in Heinrichs Unterlagen, dann in einer Werkstatt und jetzt wieder. Immer diese verdammte Feder."

Lars' Blick glitt über die fettgedruckten Worte. „Diese Feder ist mehr als ein Zufallsfund. Wer immer diese Botschaften hinterlässt, will, dass wir sie finden. Aber was will er damit bezwecken?"

Die Frage hing schwer in der Luft. Robin tauschte einen nachdenklichen Blick mit Lena aus:

„Vielleicht sollten wir Karin direkt darauf ansprechen. Ihre Reaktion könnte uns den entscheidenden Hinweis geben."

„Noch nicht", entschied Lars mit fester Stimme. „Ohne eindeutige Beweise bleiben wir bei dem, was wir wissen. Lena, Robin – befragt Thomas. Findet heraus, was er über diesen Hinweis zu sagen hat."

Lena trat von der Wand ab, während ihr Blick unweigerlich am Satz „Alles endet im Schatten" haften blieb.

„Was, wenn diese Botschaft zugleich Warnung und Anweisung ist? Vielleicht liegt die Antwort gar nicht bei Thomas, sondern bei Karin."

In diesem Moment blitzte auf einem nahen Handy – kurz und flüchtig – Karin Broders Name auf. Bodo schob das Gerät ohne weitere Worte beiseite.

Lars atmete tief durch, hob den Marker erneut und verkündete: „Wir klären diese Botschaften – Schritt für Schritt. Die Feder ist unser Schlüssel zu den dunklen Geheimnissen, die hier verborgen liegen."

Rückblende – 2004

Die Nacht senkte sich über die Broder-Werft, hüllte die verfallenen Hallen in ein düsteres Schweigen, während lange Schatten über das bröckelnde Mauerwerk krochen. Der Mond tauchte die verlassene Szenerie in ein unwirkliches Licht, das zugleich Hoffnung und Verzweiflung vermuten ließ.

In einem spärlich beleuchteten Büro saß Heinrich Broder, umgeben von einem Meer aus Papieren, Akten und einem flackernden Bildschirm, der offiziell „Baumaterialien für den Schiffbau" anzeigte. Doch Heinrich wusste, dass in diesen Lieferungen weit mehr als nur Baumaterialien steckte. Vor ihm stand Herr Vogel, der Sicherheitsbeauftragte der Werft, dessen grimmiges Gesicht und nervöse Miene Bände sprachen.

„Soll ich wie gewohnt die Ladungen dokumentieren?" fragte Vogel leise. Heinrichs Blick war eiskalt. „Nein. Die Fahrer sollen ungehindert passieren – und niemand darf Fragen stellen." Nachdem Heinrich seine Anweisung unmissverständlich wiederholt hatte, öffnete er eine Schublade und zog ein in Leder gebundenes Notizbuch hervor. Einen Moment lang verweilte er in der Stille, als wollte er die drohende Gefahr ausblenden, bevor er das Buch wieder verschloss und den Schlüssel in seiner Hosentasche verschwinden ließ.

Gerade als das monotone Summen des Computers eine flackernde Schlagzeile –

„Spanische Behörden verschärfen Kontrollen nach Anschlägen in Madrid"

– offenbarte, lief Heinrich ein kalter Schauer über den Rücken. Ein erstes, kaum merkliches Zittern zeugte von einer inneren Unruhe, die er unter allen Umständen zu verbergen suchte.

Ein Klopfen an der Tür riss ihn abrupt aus seinen Gedanken. „Herein", rief er mit fester Stimme, obwohl in seinem Inneren bereits ein Sturm tobte. Die Tür öffnete sich, und Karin trat ein – ihre Schritte leise, ihre Haltung entschlossen. „Ich wollte kurz mit dir reden", begann sie in ruhigem, kontrolliertem Ton. „Thomas macht sich Sorgen wegen der Lieferung. Vielleicht solltest du ihm klarmachen, dass er sich nicht in Dinge einmischen muss, die ihn nichts angehen."

Heinrichs Augen verfinsterten sich, und hinter der strengen Fassade blitzte für einen flüchtigen Moment ein Ausdruck wachsender Furcht auf. „Thomas soll sich auf seine Aufgaben konzentrieren. Was ich tue, geht ihn nichts an."

„Ich werde mit ihm reden", entgegnete Karin, „aber unterschätze ihn nicht – er wird nicht schweigen."

„Geh und sorge dafür, dass er seinen Platz kennt", murmelte Heinrich, während in seinem Inneren leise Zweifel wuchsen.

Draußen rollte ein LKW langsam durch das Haupttor, die grellen Scheinwerfer schnitten durch die Dunkelheit und warfen flackernde Schatten auf rostige Tore und überwucherte Schienen. Auf der Ladefläche türmten sich unscheinbare Kisten – Kisten, die tödliche Geheimnisse bargen. Heinrich stand am Rande des Ladebereichs, während neben ihm Timofej Fedorov, ein hochgewachsener Mann mit scharf geschnittenen Zügen, dem Fahrer ein stummes Signal zum Anhalten gab.

Der Fahrer, sichtlich nervös, überreichte Timofej einen Umschlag, der mit einem zustimmenden Nicken entgegengenommen wurde. „Baumaterialien für den Schiffbau – zumindest auf dem Papier", murmelte Heinrich, während sein Blick die Kisten fixierte, in denen sich mehr verbarg als harmloser Rohstoff. „Ein Teil der Lieferung geht weiter nach Spanien", fügte Timofej beiläufig hinzu, während er seine Zigarette achtlos in den Kies schnippte.

Der Name Sorokin lag wie ein düsteres Omen in der Luft. In Heinrichs Augen flackerte kurz eine Unsicherheit auf, die er rasch unterdrückte – ein zaghafter Zweifel an der eigenen Kontrolle.

„Und wenn wir eine Grenze überschritten haben?" fragte Timofej leise, während er sich Heinrich zuwandte. „Dann überschreiten wir sie gemeinsam", antwortete Heinrich kühl, obwohl seine Hände einen Moment lang leicht zu zittern begannen.

„Das Risiko liegt bei Sorokin."

Nachdem der LKW in der Dunkelheit verschwunden war, kehrte Heinrich in sein Büro zurück, wo erneut die flackernde Schlagzeile ihn an die drohende Gefahr erinnerte. Das monotone Ticken und Summen wurden zu unheilvollen Mahnmalen, bis ein weiteres Klopfen an der Tür ihn erneut aus seinen Gedanken riss.

Thomas, sichtlich erschöpft und mit den Spuren einer schlaflosen Nacht, trat ein. Ohne Umschweife sagte er: „Die Kisten sind im Lager. Hast du dir je Gedanken gemacht, was wir hier wirklich tun?" Heinrich lehnte sich zurück, verschränkte die Arme und zwang sich, ruhig zu bleiben – während in ihm ein Sturm aus Zweifel und Furcht toste. „Du konzentrierst dich auf deine Aufgaben. Meine Geschäfte gehen dich nichts an."

„Das reicht nicht mehr, Vater", erhob Thomas seine Stimme, nicht in Wut, sondern in enttäuschter Klarheit. „Seit wann bestimmen wir nicht mehr selbst? Oder lässt du bereits Sorokin das Ruder übernehmen?"

Heinrich stand langsam auf, trat vor seinen Sohn und sprach mit schneidender Deutlichkeit:

„Du hast keine Ahnung, was es braucht, etwas am Leben zu erhalten, das alle längst aufgegeben haben."

„Vielleicht wolltest du es nicht so", entgegnete Thomas, während sein Blick in Heinrichs Gesicht suchte – in dem sich für einen flüchtigen Moment echte Furcht und Zweifel spiegelten.

„Sieh an, was aus uns geworden ist. Ist das wirklich dein Plan?"

Ein schweres Schweigen senkte sich, bis Thomas leise murmelte: „Ich hoffe, du weißt, was du tust, Vater." Dann wandte er sich ab, und die Tür schloss sich mit einem dumpfen Schlag, der Heinrich in seine eigene Einsamkeit stürzen ließ.

Allein stand er da – umgeben von Dokumenten und dem leisen Ticken der Uhr – während seine Gedanken wie dunkle Wolken aufzogen. Ein inneres Zittern durchlief ihn, als er unwillkürlich an das in Leder gebundene Notizbuch dachte, dessen verschlossener Inhalt für ihn mehr bedeutete, als er zuzugeben wagte.

Später, in der verlassenen Lagerhalle, vermischte sich der Geruch von Öl und Staub mit dem metallischen Aroma der Umgebung. Heinrich öffnete die schwere Tür und trat ein. Das flackernde Licht einer einzelnen Lampe warf lange Schatten auf die in präzisen Reihen gestapelten Kisten. An einer Kiste, deren Verschluss sich gelöst hatte, ließ er seine Hand über das raue Holz gleiten. Mit einem leisen Knacken öffnete er den Deckel und starrte auf den Inhalt: Sturmgewehre, sorgfältig in Plastik gehüllt, und darunter stapelweise Sprengstoff – tödlich verpackt.

Beim Schließen des Deckels spürte er, wie feuchte Schweißperlen seine Hand benetzten – ein stummer Beweis für das Rinnsal seiner inneren Furcht. Ein plötzliches Geräusch ließ ihn zusammenzucken.

Aus der Dunkelheit trat Timofej Fedorov – lässig, mit einem undurchschaubaren Lächeln, das Heinrichs ohnehin belastetes Gemüt noch schwerer machte. „Ruhig, Heinrich. Ich wollte nur prüfen, ob alles für morgen bereit ist. Du weißt, wie Sorokin arbeitet – er duldet keine Überraschungen", sagte Timofej.

„Alles ist vorbereitet",

erwiderte Heinrich, bemüht, seine Stimme fest klingen zu lassen, obwohl ein Hauch Unsicherheit mitschwang.

„Du wirkst nervös, das ist untypisch für dich", bemerkte Timofej, als er sich einen Schritt näherte.

„Ich habe alles unter Kontrolle", sagte Heinrich, doch sein Blick verriet, dass die Illusion der Kontrolle Risse bekam.

„Kontrolle ist eine Illusion, mein Freund. Glaubst du wirklich, diese Kisten dienen allein uns? Diese Schatten reichen weiter, als du denkst." Heinrich ballte die Fäuste, und für einen Moment lag ein stummer Schrei in seinen Augen. „Ich brauche keinen Vortrag. Wir halten die Lieferung ein."

„Sorokin erwartet Ergebnisse – keine Zweifel", fügte Timofej hinzu, bevor er sich abwandte. Ein langes Schweigen senkte sich, in dem Heinrichs innerer Konflikt lautlos toste, bis Timofej schließlich sagte:

„Wir sehen uns morgen. Ruh dich aus, Heinrich."

Allein in der Dunkelheit der Halle fiel sein Blick auf ein einzelnes Blatt Papier, das auf einer Kiste lag. Zögerlich hob er es auf und entfaltete die Botschaft:

„Alles endet im Schatten."

Darunter prangte das Symbol einer kunstvoll gezeichneten Feder. Ein eisiger Schauer lief ihm den Rücken hinunter, und in diesem Moment erkannte er, dass seine vermeintliche Kontrolle längst zerbrach. Mit pochendem Herzen steckte er das Blatt in seine Tasche – der nächste Tag würde alles verändern.

Kapitel 18

2024

Die Dunkelheit draußen wirkte undurchdringlich. Der Wind zerrte an den Fenstern, ließ sie vibrieren, während die Bäume vor dem Haus gespenstische Schatten auf die Fassade warfen. Der Sturm brachte eine seltsame Unruhe mit sich, als ob die Nacht selbst warnen wollte.

Lena Berg saß in der Küche, eine leere Tasse in den Händen. Der Kaffee war längst kalt, doch sie hielt sie weiterhin umklammert, als könnte sie die verlorene Wärme zurückholen. Vor ihr lag die Notiz mit der Feder. „Alles endet im Schatten." Die Worte bohrten sich in ihre Gedanken, eine unheilvolle Prophezeiung, die schwer auf ihrer Brust lastete.

„Lena?"

Bodos Stimme war leise, aber durchdringend. Er lehnte im Türrahmen, die Arme locker verschränkt, sein Blick ruhte auf ihr. „Es ist fast drei Uhr. Du solltest schlafen."

„Ich kann nicht." Ihre Stimme klang rau, müde. Sie ließ den Blick nicht von der Notiz. „Diese Feder, dieser Satz – es ist, als wollte uns jemand etwas mitteilen. Aber ich sehe das Muster nicht."

Bodo trat näher, legte eine Hand auf ihre Schulter. „Morgen siehst du klarer. Schlaf hilft."

Lena schnaubte. „Du bist ein miserabler Lügner."

Ein Lächeln zuckte über Bodos Lippen. „Möglich. Aber ich bin der Einzige, den du hast."

Lena ließ sich widerstrebend von ihm aus der Küche führen, doch selbst im Bett hallten die Worte weiter in ihrem Kopf wider. Alles endet im Schatten.

Die ersten Sonnenstrahlen kämpften sich durch den dichten Nebel, warfen matte Lichtstreifen über den Kanal. Lena stand mit einer dampfenden Tasse Kaffee am Fenster und beobachtete, wie die Schwaden träge über das Wasser krochen.

„Das ist meine Lieblingsversion von dir."

Bodo betrat die Küche, zerzaustes Haar, müde Augen. Die Wärme des Schlafs lag noch in seiner Stimme.

Lena drehte sich um. „Welche Version?"

„Die fokussierte. Die, die sich festbeißt, bis sie die Wahrheit findet."

„Wie poetisch." Sie nahm einen Schluck Kaffee. „Ich hoffe, du hast recht. Diese Feder und dieser Satz treiben mich in den Wahnsinn."

Bodo trat näher. Sein Blick war ruhig, aber bestimmt. „Wir finden das heraus. Zusammen. Und wenn es sein muss, durchsuchen wir jeden Winkel dieser verdammten Werft."

Lena hielt seinem Blick stand, bevor sie sich wieder zum Fenster wandte. „Manchmal frage ich mich, warum du so unerschütterlich bist. Als würdest du wirklich glauben, dass am Ende alles gut wird."

Bodo zuckte die Schultern. „Vielleicht, weil ich an dich glaube."

Lena spürte, wie ihr Gesicht warm wurde. Sie wandte sich schnell wieder dem Nebel draußen zu. „Du bist unmöglich, Bodo."

Im Präsidium

Die Notiz mit der Feder lag auf dem Tisch, umgeben von Akten, die Aniko in der Werft gefunden hatte. Lenas Finger strichen über das Papier, während sie die Worte erneut las.

Robin projizierte eine Liste von Transaktionen an die Wand. „Diese Zahlungen führen zu Danube Trade Limited. Sitz: Zypern. Laut den Dokumenten ging es um Maschinen, aber die Summen sind absurd hoch."

„Und der verstärkte Lagerraum?" fragte Jan Müller, während er die Akten durchblätterte.

„Es ergibt ein klares Bild", sagte Lena langsam. „Die Feder, die Transaktionen – irgendetwas Wertvolles wurde dort versteckt. Aber was genau?"

„Und Thomas Broder?" Lars Lammers verschränkte die Arme.

Lena lehnte sich zurück. „Er behauptet, sein Vater habe die Geschäfte allein geführt. Doch sowohl Herr Vogels Aussage als auch diese Unterlagen sagen etwas anderes. Thomas steckt tiefer drin, als er zugibt."

Robin nickte. „Und noch etwas: Sorokins Name taucht mehrfach auf. Die Feder könnte sein Zeichen sein – ein Symbol für seine Kontrolle."

Lars' Stimme war fest. „Zeit, Thomas mit den Fakten zu konfrontieren." Regen peitschte gegen die Windschutzscheiben, als Lena den Wagen vor der Broder-Werft parkte. Das Gebäude wirkte verlassen, mit Moos bedeckten Mauern und verblassten Lettern auf dem Firmenschild.

„Sieht aus, als hätte hier seit Jahren niemand mehr investiert", bemerkte Robin trocken. Lena verzog die Lippen. „Thomas wird sich verteidigen, wie immer."

Drinnen führte sie ein alter Mann wortlos zu Thomas' Büro. Der Geruch von abgestandenem Kaffee und feuchtem Papier lag schwer in der Luft. Thomas saß hinter seinem massiven Schreibtisch, sein Blick kalt.

Neben ihm stand Aniko, ihre Schultern angespannt, die Finger um eine Mappe geklammert.

Lena trat vor. „Herr Broder, wir müssen über die Unterlagen sprechen, die Ihre Assistentin uns übergeben hat."

Thomas' Miene verfinsterte sich. „Du hast WAS?" Aniko zuckte zusammen. „Ich... ich musste es tun." Ihre Stimme war kaum hörbar. „Es war das Richtige." Lena beugte sich leicht nach vorn. „Ihre Assistentin hat mehr Verantwortungsbewusstsein bewiesen als Sie."

Thomas' Kiefer mahlte. „Diese Unterlagen beweisen nichts!" Robin trat einen Schritt näher. „Aber sie zeigen, dass Sie mehr wissen, als Sie zugeben. Und Sorokins Name taucht immer wieder auf. Wie erklären Sie das?"

Aniko hob den Blick, Unsicherheit und Dankbarkeit in ihren Augen. Robin erwiderte ihren Blick, schweigend. Die Luft knisterte. Plötzlich sprang Thomas auf. „Es gibt Dinge, die man nicht aufdecken sollte!" Er stürmte aus dem Raum. Die Tür schlug hinter ihm zu.

Einen Moment herrschte Stille. Dann atmete Lena aus, langsam und kontrolliert. „Er weiß mehr, als er sagt."

Robin ballte die Fäuste. „Und er hat Angst."

Aniko senkte den Blick. Ihre Hände zitterten leicht, doch dann richtete sie sich auf. „Dann sollten wir ihn noch mehr unter Druck setzen."

Draußen prasselte der Regen weiter, während sich die Schatten in der Dunkelheit verdichteten.

Kapitel 19

Der Besprechungsraum der Kripo Emden lag im Halbdunkel. Eine einsame Schreibtischlampe tauchte
verstreute Akten in fahles Licht, während der herbe Duft
von frisch aufgebrühtem Ostfriesentee und starkem
Kaffee in der Luft hing – doch niemand rührte seine
Tasse. Die angespannte Stimmung war fast greifbar.

Das Team saß erwartungsvoll zusammen, als Lars mit zu-
sammengekniffenen Augen und finsterer Miene eintrat.
Er ließ sich schwerfällig auf den alten Stuhl sinken, rieb
sich die Schläfen und entließ einen tiefen Seufzer.
„Verdammter Mist!" Seine Faust donnerte auf den Tisch.
„Unser Netz ist zerrissen – nur Lücken. Wir brauchen
Beweise, und zwar jetzt!"

Lena entdeckte etwas zwischen den Papieren: Eine
makellose Feder, tiefschwarz, fast unnatürlich präsent.
Ihr Puls beschleunigte sich, als sie behutsam danach griff.
In kalligrafischer Schrift prangte darauf:

Alles endet im Schatten.

Mit ruhiger, aber bestimmter Stimme sagte sie:
„Wir wissen, dass Thomas mehr wusste, als er zugab. Die
Haushälterin von Karin Broder deutete an, dass noch
viele Fragen offen sind. Wir fahren sofort dorthin."

Robin schob sein Tablet heran und wies mit dem Finger
auf eine markante Zeile: „2004 – ein halbes Jahr vor
Broders Verschwinden:

eine anonyme Überweisung von 200.000 Euro aus Zypern, über eine Scheinfirma abgewickelt. Alle Spuren führen zu Sorokin."

Lars verschränkte die Arme und funkelte: „Ein einzelner Zahlungseingang reicht nicht, um ihn hinter Gitter zu bringen – auch wenn es nach Geldwäsche riecht. Ich will Namen, Dokumente, etwas Greifbares!"

Bodo, der bislang still in der Ecke gestanden hatte, fügte hinzu: „Lena, Robin – fahrt zu Karin Broder. Sie weiß mehr, als sie zugibt, und Thomas steckt tiefer in der Sache, als wir bisher dachten."

Mit einem knappen Nicken fuhr Lars fort, „Dann los. Bringt endlich belastbare Beweise!" Lena übernahm das Steuer und bog vom Bahnhofsplatz ab. Der Dienstwagen rollte über eine alte Brücke, die sich majestätisch über die Bahnschienen spannte, während ein Güterzug unaufhaltsam vorbeirumpelte und die Morgensonne die Schienen in silbriges Licht tauchte. Kaum hinter sich gelassen, bot sich ihr Blick ein überraschendes Bild: Ein Discounter, eine gemütliche Bäckerei und ein großes Autohaus, dessen Modelle hinter kristallklaren Scheiben funkelten.

Die Lippen zusammengepresst, bemerkte sie, dass ein dunkler SUV unaufhörlich an ihrer Stoßstange klebte – weder eine Provokation, noch ein Zufall. Ihr Nacken prickelte.

Sie setzte den Blinker, hielt kurz inne, und bog dann ab. Sekunden später folgte das schwarze Ungetüm. Plötzlich, als sie einen schmalen Seitengrundstück-Pfad passierten, machte der SUV einen abrupten Spurwechsel – eine falsche Hoffnung auf einen Ausweg. Bodo, der sich in seinem Sitz leicht verrutscht hatte, tauschte einen bedeutungsvollen Blick mit ihr im Rückspiegel.

„Definitiv kein Zufall."

Vor der imposanten Villa parkend, näherten sie sich der massiven Holztür. Lena drückte entschlossen auf die Klingel. Wenige Sekunden später öffnete Marie Hoffmann, die Haushälterin, mit einem misstrauischen Blick.

„Frau Broder wünscht keine Besucher", murmelte sie beinahe defensiv. „Das ändert nichts", entgegnete Lena kühl. „Sagen Sie ihr, dass wir da sind."

Widerwillig verschwand Marie im Inneren. Minuten später schwang die Tür zum prunkvollen Wohnzimmer auf. Karin Broder drehte sich abrupt um, das Handy noch am Ohr, ihre Finger umklammerten das Gerät so fest, dass ihre Knöchel weiß aufblitzten.

„Was zum Teufel fällt euch ein?"

Ihre Stimme war angespannt. Für einen Moment lag ein Hauch von Furcht und Trotz in ihren Augen, ehe sie fast flüsternd fortfuhr:

„Manche Wahrheiten kosten mehr als man zu zahlen bereit ist…"

Dann, hastig: „Ich rufe dich später zurück."

Das Gespräch abgebrochen, atmete sie flach. „Ich habe keine Zeit für euer Theater."

Lena verschränkte die Arme.

„Vor Heinrichs Verschwinden gab es Streit zwischen ihm und Thomas. Worum ging es wirklich?" Karin wich ihrem Blick aus, und ihre Finger glitten nervös über den Rand einer massiven Tischplatte. Ihre Stimme war rau, beinahe bedauernd, als sie sprach: „Thomas besprach alle geschäftlichen Belange mit meinem Vater. Er wollte sich zurückziehen, doch Thomas ließ das nicht zu – oder konnte es nicht. Es gab Manipulationen, Intrigen, Machtspiele…"

„Warum?" fragte Bodo leise, spürbar bemüht, in ihre Emotionen vorzudringen. Mit einem fast verzagten Seufzer und leisen, beinahe gebrochenen Worten:

„Es ging um Sorokin. Mein Vater warnte stets: Mit solchen Leuten spielt man nicht. Aber Thomas… er glaubte, er hätte alles im Griff. Der Schein trügt immer – und manchmal bricht er erst dann, wenn es zu spät ist."

Als Lena und Bodo sich zum Gehen wandten, schwebte ein schweres Schweigen im Flur. Plötzlich hielt Marie Hoffmann sie mit einem zaghaften Blick auf. Ihr Blick huschte zur Treppe, als wolle sie sicherstellen, dass niemand mithörte. Leise, fast unhörbar sagte sie:

„Manchmal, wenn ich alte Unterlagen durchsehe, fallen mir feine Notizen auf – Details, die nicht in die offiziellen

Akten gehören. Es heißt, Sebastian hütet solche Aufzeichnungen. Vielleicht sollten Sie ihn diskret darauf
ansprechen."

Lena nickte, nahm den dezenten Hinweis in sich auf und
erwiderte leise:

„Danke."

Zurück im Präsidium berichteten Lena und Bodo Lars
von ihren Erkenntnissen. Lars lehnte sich nachdenklich
zurück: „Wenn sich diese Andeutungen in den Unterlagen als Tagebücher herausstellen, könnten sie der
entscheidende Beweis sein. Findet heraus, ob Sebastian
Broder sie noch besitzt."

Lena trat ans Fenster. Draußen lag der Parkplatz in
trügerischer Ruhe. Ihr Blick blieb an dem grauen SUV
hängen – regungslos, fast bedrohlich. Plötzlich bemerkte
sie im Rückspiegel eine unauffällige, aber bedrohliche
Bewegung: Ein schwacher Lichtblitz hinter den getönten
Scheiben, als ob jemand kurz in ihre Richtung schnaufte.
Ihr Herz setzte einen Schlag aus, und sie riss die Tür auf.

Doch der SUV hatte bereits Vollgas gegeben. Die Reifen
quietschten, während der dunkle Schatten über den
Asphalt glitt – und dann war er weg. Lena ballte die
Fäuste, ihr Herz hämmerte.

„Verdammt!" Ihre Stimme klang heiser und voller Unbehagen. „Wer zur Hölle ist das?!"

Kapitel 20

Rückblende: 2004, Werft

Die Werft lag unter dem sternenklaren Himmel, eingehüllt in eine unnatürliche Stille. Das kalte Licht der Scheinwerfer warf groteske Schatten auf die glänzenden Stahlgerüste, ließ die Container wie eine trügerische Ordnung erscheinen. Zwischen den Hallen lag Dunkelheit – ein Nichts, das alles zu verschlucken schien.

Ein schwerer Geruch hing in der Luft: kaltes Metall, Maschinenöl, vermischt mit der feuchten Kälte des nahen Wassers. In der Ferne heulte eine Möwe – oder war es ein Schrei? Das gleichmäßige Knarren eines Krans verstärkte das Gefühl, dass sich die Werft in Zeitlupe bewegte – eine leblose Maschine im Dunkeln.

Dann – Schritte. Leise, aber entschlossen.

Aus dem Schatten trat Thomas. Die Hände in den Taschen vergraben, der Blick hart.

„Du steigst aus."

Kein Fragezeichen, keine Emotion. Nur eine Feststellung, die schneidend in die Stille fiel. Heinrich wandte sich langsam zu ihm. Das Licht der Scheinwerfer schnitt scharfe Konturen in sein Gesicht.

„Ich habe zu lange weggesehen. Sorokin hält die Werft längst in der Hand – und uns mit. Ich bin es leid, seine Marionette zu sein."

Thomas trat näher. Als ein Lichtstrahl sein Gesicht streifte, huschte für einen Moment ein Schatten über seine Züge. „Sorokin lässt niemanden gehen."

„Ich nehme das Risiko in Kauf."

Ein leises Lachen. Bitter. Resigniert.

„Das ist nicht nur dein Risiko, Vater." Thomas' Stimme war kaum mehr als ein Flüstern, doch jede Silbe trug Gewicht. „Denkst du wirklich, du kannst einfach verschwinden, während ich hierbleibe?"

Heinrichs Blick verengte sich. „Dann komm mit."

Ein Zucken in Thomas' Kiefer. Ein innerer Kampf, der sich nur in den feinen Bewegungen seines Gesichts abzeichnete.

„Ich... ich kann nicht." Die Stille zwischen ihnen war bleischwer.

Dann, leise: „Oder willst du es nicht?"

Ein Windstoß ließ eine Plane rascheln. Thomas sprach weiter, seine Worte ein langsames, unausweichliches Messer: „Sorokin braucht uns. Und ich werde nicht derjenige sein, der ihn enttäuscht."

Plötzlich – eine Bewegung im Schatten.

Karin Broder.

Ihr Gang war ruhig, fast schwebend. Das Licht der Scheinwerfer strich über ihre Gesichtszüge und ließ für einen Moment ihre Gedanken undurchdringlich wirken.

„Ist das wirklich euer Plan?"

Ihre Stimme war sanft, fast liebevoll – doch in ihrem Ton lag ein Hauch von etwas anderem. Etwas Kühlem. Heinrichs Miene verhärtete sich. „Das ist eine Familienangelegenheit, Karin." Ein schmales, melancholisches Lächeln erschien auf ihren Lippen.

„Genau deshalb bin ich hier." Ihr Blick wanderte zwischen Vater und Sohn, als suche sie nach den feinen Rissen in ihrer Entschlossenheit. Thomas hob die Brauen. „Und du glaubst, du verstehst, worum es hier geht?"

„Ihr seht nur das Offensichtliche." Ein sanftes Kopfschütteln. „Ich sehe, was darunter verborgen liegt." Ihre Stimme war ruhig, fast sanft – aber in ihren Augen blitzte etwas auf, das nichts mit Mitgefühl zu tun hatte.

„Diese Werft ist nicht nur ein Geschäft. Sie ist unser Erbe. Wenn ihr euch weiter zerfleischt, bleibt davon nichts übrig." Heinrichs Blick ruhte auf ihr. Suchte nach einer Antwort, die er nicht finden konnte. Dann wandte er sich wieder Thomas zu. „Du hast dich also entschieden." Thomas' Schultern blieben reglos. „Ja."

Ein Moment des Schweigens. Dann sagte Heinrich nur: „Dann bete, dass du dich auf die Richtigen verlässt." Mit einem knappen Nicken drehte er sich um und verschwand in der Dunkelheit.

Karin blieb zurück. Ihr Blick folgte ihm, doch ihre Gedanken blieben ein Rätsel. Nach einer Weile durchbrach Thomas die Stille. „Und du? Auf welcher Seite stehst du wirklich?" Sie hielt seinem Blick stand, ihr Lächeln kaum mehr als ein Hauch.

„Auf der Seite unserer Familie."

Ein Schritt auf ihn zu. „Doch manchmal muss man beide Hände ausstrecken, um das zu schützen, was einem gehört." Ein Funkeln in ihren Augen. Nicht nur Loyalität. Etwas anderes. Etwas, das Thomas noch nicht greifen konnte.

Heinrichs Büro

Das Licht der Schreibtischlampe warf lange Schatten auf den eleganten Holztisch. Draußen schlug der Wind gegen die Scheiben, als wolle er eine Warnung aussprechen.

Vor ihm lag ein geöffneter Umschlag. 200.000 Euro. Das Geld aus Zypern. Heinrichs Finger glitten über die Banknoten. Eine Summe, die weit mehr bedeutete als ihren reinen Wert.

Mit ruhiger Hand schlug er sein Notizbuch auf und begann zu schreiben: „Die Werft gehört uns nicht mehr. Vielleicht hat sie uns nie gehört. Wir waren nur Figuren auf Sorokins Schachbrett. "

Er pausierte, der Stift schwebte einen Moment über dem Papier.

„Thomas glaubt, er könne das Spiel beherrschen. Er irrt sich." Ein tiefer Atemzug. Dann schrieb er weiter: „Karin ... Ihre Augen sehen zu viel, doch ihre Worte verraten wenig. Ist das ihr Schutz – oder ihr Werkzeug, um uns alle zu lenken?"

Ein Geräusch ließ ihn aufblicken. Draußen, durch die verschlossenen Fenster, war ein leises Klirren zu hören. Heinrichs Finger erstarrten auf dem Papier. Seine Brust hob sich schneller, als er lauschte.

Der Wind?

Oder etwas anderes? Ein Moment lang blieb er reglos, nur sein Atem war zu hören. Dann klappte er das Notizbuch zu, schob es in die Schublade und verriegelte sie mit einem leisen Klicken.

Draußen lag die Werft im Griff der Nacht. Dunkel. Unentrinnbar.

Und irgendwo darin – eine Entscheidung, die alles verändern würde

Kapitel 21

2024

Lena saß auf ihrem abgewetzten, aber treuen Ledersofa – einem stillen Zeugen zahlloser Nächte, in denen Dunkelheit und Geheimnisse untrennbar miteinander verschmolzen. Ihre Beine waren angewinkelt, während ihre zitternde Hand die Tasse fest umklammerte, in der längst nur noch kalter Kaffee schwappte. Draußen peitschte der Wind erbarmungslos gegen das Fenster, ließ den Rahmen erbeben und trug den schweren Duft von nassem Asphalt und Salz in den Raum. Das fahle Licht der Straßenlaternen malte flüchtige Schatten an die Wände, als wollten längst vergessene Erinnerungen wieder zum Vorschein treten.

Schlaf war für Lena längst nur noch ein ferner Traum – ihre Gedanken hatten sie in einen endlosen Strudel aus Fragen und Zweifeln gezogen. Immer wieder kehrten die Bilder von Karin Broder und Thomas in ihren Geist zurück – Thomas, dessen Rolle zwischen Täter, Mitläufer und Schachfigur unaufhörlich pulsierte. Ihr Herz schlug in rasendem Takt, als befände sie sich in einem Raum, in dem flackernde Kerzen nacheinander von einem unsichtbaren Luftzug ausgelöscht wurden.

Plötzlich vernahm sie ein leises Kratzen in der Dunkelheit. Lena erstarrte, hielt den Atem an und lauschte. Sekunden dehnten sich wie Ewigkeiten, während draußen eine Sirene heulte – gleich darauf vom tobenden

Sturm verschluckt. Ihr Blick glitt über das abgenutzte Regal und blieb an einem alten Foto hängen:

Lena und ihr Vater, eingefangen in einer entschlossenen Zeit, kurz vor dessen Aufnahme an der Polizeischule. Sein durchdringender, fordernder Blick schien über die Jahre hinweg eine stumme Mahnung zu übermitteln:

„Lass dich nicht blenden. Hüte dich, nicht in etwas hineinzurutschen, aus dem es kein Zurück gibt."

Ein kaltes Frösteln kroch ihr die Wirbelsäule hinauf, und sie drückte die Tasse noch fester an sich.

Was, wenn ich längst zu tief drinstecke? dachte sie.

Ein plötzlicher Windstoß ließ das Glas am Fenster erzittern. Für einen Moment meinte sie, eine Gestalt in der Spiegelung zu sehen – eine dunkle Silhouette, regungslos und lauernd. Ihr Puls raste, und sie blinzelte hastig – doch da war nur das fahle Licht der Laternen und die unergründliche Schwärze der Nacht.

Mit einem tiefen Seufzer schloss Lena die Augen. Der Schlaf blieb ein ferner Traum, während ihre Gedanken von den Schatten der Vergangenheit durchzogen waren.

Morgen würde sie erneut in die verfallene Werft eintauchen – jenem Ort, an dem Heinrich Broder seine düsteren Spuren hinterlassen hatte. Vielleicht würde sie dort Antworten finden, die nicht nur den Fall, sondern auch ihr eigenes Leben in einem neuen Licht erscheinen ließen.

Wenige Stunden später fand sie sich im tristen Neonlicht des Besprechungsraums im Präsidium wieder. Die Luft war schwer von abgestandenem Kaffee und dem scharfen Geruch von Druckertoner – Eindrücke, die an endlose Ermittlungsnächte erinnerten. Lena rieb sich die Schläfen, während sie den frisch gedruckten Durchsuchungsbefehl für die Werft auf den Tisch legte.

„Du hattest dir geschworen, nicht so zu enden wie dein Vater – gefangen in einem Strudel aus ungelösten Fällen und einsamen Nächten. Aber bist du nicht längst genau dort angekommen?"

murmelte sie leise, während ihr Finger die Kante des Dokuments streifte, als wolle er den drängenden Zweifel mildern.

„Dr. Becker hat den Befehl gestern freigegeben. Damit dürfen wir die Werft durchsuchen." Ihre Stimme war ruhig, aber bestimmt.

Lars Lammers lehnte sich in seinem Stuhl zurück, die Miene scharf und fragend. „Und du meinst, wir finden dort etwas?"

Lena zog eine Augenbraue hoch. „Jemand nutzt das Gelände – nachts. Da ist mehr im Spiel."

In diesem Moment drang ein metallisches Klicken aus dem Flur in den Raum – ein Geräusch, das in der sonst so gesicherten Umgebung fehl am Platz war.

„Alle zur Tür – sofort!"

rief Lars mit entschlossener Stimme. Sein Blick war messerscharf, und seine Hand schoss augenblicklich zum Holster, wie ein Raubtier, das eine Bewegung im Unterholz erspürt hat. Lena hielt den Atem an und spürte, wie sich jede Faser ihres Körpers auf das leiseste Geräusch fokussierte.

In der Dunkelheit war nur das leise Tropfen von Wasser zu hören – dann, plötzlich, ein scharfes, metallisches Klicken, kalt wie eine Klinge in der Stille. Ein Schatten huschte über den Raum. Und ehe Lena reagieren konnte, war es, als hätte jemand den Startschuss gegeben.

Die Fahrt zur Werft verlief in gespenstischer Stille. Das monotone Sirren der Reifen auf nassem Asphalt klang dumpf, als hielte die ganze Stadt den Atem an. Dichter Nebel kroch über die Straßen, verschluckte das Licht der Laternen und tauchte die Umgebung in ein fahles Grau. Lena, aufrecht im Beifahrersitz, schärfte ihre Sinne bei jedem zurückgelegten Meter. Die alte Werft – ein Relikt vergangener Zeiten – wirkte seit Jahrzehnten unberührt, und doch musste jemand hier gewesen sein. Jemand, der Spuren verwischen wollte.

Lars parkte den Wagen mit einem leisen Quietschen der Reifen. Die Umrisse der verlassenen Gebäude ragten düster gegen den Nachthimmel, rostige Metallstreben verliehen der Szene eine unheimliche Präsenz, und der

Geruch von Öl, salzigem Wasser und Verfall lag schwer in der Luft.

Mit festem Schritt trat Lena durch das verrostete Haupttor, das unter ihrem Griff ächzte. Ihr Blick schweifte über die dunklen Hallen – bis er abrupt stehen blieb.

Weit entfernt, kaum erkennbar durch den dichten Nebel, stand ein SUV – dunkel, massig, halb verborgen hinter einem der alten Schuppen. Ein geisterhafter Beobachter.

Lena spürte, wie sich ihr Herzschlag beschleunigte. Mit einer fließenden Bewegung griff sie nach ihrem Handy, um den Moment festzuhalten. Doch als sie den Bildschirm entsperrte und den Blick hob, war der Wagen verschwunden. Ihr Magen zog sich zusammen, und ein beklemmendes Gefühl ergriff sie. Ihr Verstand flüsterte, dass der Nebel ihr einen Streich spielte. Doch ihr Instinkt brüllte: Sie waren nicht allein.

In der düsteren Halle roch es abgestanden und modrig, als hätte die Zeit hier ihren stillen Thron errichtet. Der Gestank von rostigem Metall und altem Maschinenöl mischte sich mit dem Tropfen von Wasser, das aus undichten Leitungen fiel und in einem einsamen Echo von den Wänden widerhallte. Ihr Lichtkegel tanzte über rostige Container, verblasste Markierungen und das, was einst eine pulsierende Produktionsfläche gewesen sein musste. Plötzlich entdeckte sie die Kisten – groß, staubbedeckt und doch leer. Beim näheren Hintritt fiel ihr auf, dass die verblassten Symbole an der Seite keine gewöhnlichen Frachtmarkierungen waren, sondern eindeutige Militärkennzeichnungen.

Lars trat an ihre Seite und musterte die Kisten misstrauisch. „Und warum sind sie jetzt leer?" fragte er.

Corinna beugte sich über eine der hinteren Kisten, fuhr behutsam mit einem Tupfer über die abgenutzte Innenseite und flüsterte: „Moment mal ..." Dabei hielt sie das Wattestäbchen ins grelle Licht.

Lena trat näher, ihr Blick fiel auf den feinen, weißen Film, der an der Innenwand haftete. „Was ist das?" fragte Jan skeptisch, während Corinna den Tupfer hochhielt.

„Ich tippe auf Sprengstoffrückstände – wahrscheinlich C4", erklärte sie leise.

Plötzlich ließ ein unheilvolles Knirschen alle zusammenzucken. Lena hielt den Atem an und spürte, wie sich ihre Sinne schärften, jede Faser ihres Körpers auf das leiseste Geräusch lauschend.

Dann – ein scharfes, metallisches Klicken, kalt wie eine Klinge in der Stille. Ein Schatten huschte über den Raum. Ein greller Blitz, ein heftiger Aufprall und ein erstickter Schrei – und in diesem Moment brach die Hölle los.

Kapitel 22

Die Laternen warfen ihr Licht auf die dunklen Kanäle, verzerrten es zu flüssigem Gold und ließen Emden wie ein verwunschenes Labyrinth erscheinen. Eine Stadt zwischen Stille und Geheimnissen – trügerisch friedlich, während hinter verschlossenen Türen die Wahrheit brodelte und nach Licht verlangte.

Im Besprechungsraum des Polizeipräsidiums war es anders. Kaltes Neonlicht fraß jede Schattenzone, ließ keine Unschärfen zu. Das Whiteboard war ein Netz aus Namen, Zahlen und Ortsmarkierungen – ein Geflecht voller Lücken, die darauf warteten, geschlossen zu werden.

Bodo lehnte sich zurück, die Fingerspitzen aneinandergelegt. Lars trat an die Tafel, ließ den Blick durch die Runde wandern.

„Jan?"

Jan Müller legte eine abgegriffene Akte auf den Tisch. „Ich habe mir die alten Unterlagen der Broder-Werft angesehen. Zwischen 2002 und 2004 taucht immer wieder der Begriff ‚strategische Fracht' auf. Schmuggel. Vielleicht Waffen, vielleicht Chemikalien. Vielleicht noch etwas ganz anderes."

Einen Moment lang herrschte Stille. Dann fuhr Jan fort: „Und die Spuren in der Halle – gestern haben wir Waffenkisten gefunden. Mit Rückständen von C4."

Corinna nickte knapp.

Lars' Miene verhärtete sich. „Also doch mehr als nur Geldwäsche."

Er deutete auf ein brüchiges Dokument mit verblassender Tinte. „Hier steht, dass Thomas Broder nach dem Tod seines Vaters übernehmen sollte. Die Werft war wohl nur Tarnung für illegale Geschäfte. Und das Schlimmste? Es sieht so aus, als hätte Hermann Voss – der inzwischen für eine von Sorokins Firmen arbeitet – dabei geholfen."

Robin runzelte die Stirn, sein Blick wanderte über eine Karte, auf der sich Geldströme durch halb Europa schlängelten. **„Und die nächtlichen LKW-Lieferungen?"** Jan schüttelte den Kopf. „Keinerlei Kontrolle. Alles interne Anweisungen von Heinrich und Thomas. Und sie waren oft selbst vor Ort."

Lars fuhr sich mit der Hand über das Gesicht, als könnte er die düsteren Puzzlestücke der Vergangenheit einfach wegwischen. „Dann setzen wir hier an."

Er schrieb die nächsten Aufgaben ans Whiteboard:

- **Robin:** Finanzströme analysieren
- **Jan:** Stadtarchive durchforsten
- **Lena:** Familiäre Verbindungen untersuchen
- **Bodo:** Kontakte aktivieren – irgendwer weiß mehr

Ein Klopfen an der Tür ließ alle Köpfe herumfahren.

Lars hob eine Braue. „Ja?"

Ein Beamter trat ein, hielt die Tür einen Spalt offen. „Aniko Kiss ist hier. Sie sagt, sie hätte etwas für uns."

Lars zögerte. Ein Blick in die Runde, dann ein knappes Nicken. „Schicken Sie sie rein." Aniko betrat den Raum mit kühler Entschlossenheit. Sie hielt einen Stapel brüchiger Dokumente in den Händen, ihre Finger um das vergilbte Papier gekrampft. Ein Muskel zuckte in ihrem Kiefer, als sie die Papiere überreichte.

„Ich habe diese Unterlagen im Tresor der Werft gefunden." Ihr ungarischer Akzent verlieh ihren Worten eine unmissverständliche Klarheit. „Vielleicht bringen sie Licht in diese Sache."

Jan verschränkte die Arme. Sein Blick blieb ruhig, doch eine Spur Misstrauen flackerte darin auf. „Aniko – kannst du garantieren, dass diese Dokumente echt sind?" Für den Bruchteil einer Sekunde spannte sich ihr Körper an. Dann begegnete sie seinem Blick. „Ich habe nichts zu verbergen. Aber das ändert nichts an der Wahrheit."

Die Spannung im Raum war greifbar.

„Genug jetzt", unterbrach Lars scharf. „Robin, bring Aniko nach Hause." Robin zögerte, dann nickte.

Draußen glänzten die Straßen vom Regen. Während sie durch die Stadt fuhren, trieb der Wind feuchte Nebelschwaden über das Kopfsteinpflaster. Die Kanäle spiegelten das Licht der Laternen – Emden wirkte ruhig. Trügerisch ruhig.

Robin deutete auf die Kunsthalle Emden, deren Fassade kunstvoll beleuchtet war. „Ich komme oft hierher, wenn ich nachdenken muss." Seine Stimme war leise, fast nachdenklich. „Es erinnert mich daran, dass es immer etwas gibt, das bleibt – egal, wie chaotisch alles wird."

Aniko folgte seinem Blick. „Ja. Es ist anders als zu Hause. Aber auf eine gute Art." Der Wagen rollte weiter. Der Neue Delft, das Herz des alten Hafens, lag still in der Nacht. Die Masten der Segelboote ragten wie Schattenrisse gegen den Himmel.

„Hast du Hunger?" fragte Robin nach einer Weile. Aniko schmunzelte. „Lass mich raten – du hast schon einen Tisch reserviert?"

Da Sergio, Hermann-Neemann-Straße.

Ein alter Speicher, große Fenster, durch die sich das glitzernde Wasser des Hafens spiegelte. Der Duft nach frischer Pasta und gebackenem Brot lag in der Luft. Robin wählte einen Tisch mit Blick auf den Delft.

„Warum bist du Polizist geworden?" fragte Aniko nach einer Weile. Er nahm einen Schluck Wein.

Ließ die Frage einen Moment wirken. „Weil jemand die Wahrheit ans Licht bringen muss."

Ein Moment der Stille.

Dann veränderte sich die Atmosphäre. Lena und Bodo standen im Eingang. Lena trat einen halben Schritt vor, ihr Blick bohrte sich in Robin – kühl, abwägend. Ihre Stimme ruhig, aber schneidend. „Du scheinst ja schnell Gesellschaft zu finden." Robin setzte an, etwas zu erwidern, doch Lena hob eine Hand. „Noch ist sie eine wichtige Person im Fall. Wir reden morgen darüber."

Ihr Blick wanderte zu Aniko. Dann wieder zu Robin. „Aber jetzt bringst du sie nach Hause." Es war keine Bitte. Robin zögerte kurz, dann nickte knapp.

Lena drehte sich um und verschwand, ohne ein weiteres Wort. Draußen wehte der Wind Nebelschwaden durch die Straßen. Sie gingen gemeinsam in die Nacht hinaus, doch als Robin in seinen Wagen steigen wollte, blieb er kurz stehen. Ein schwarzer BMW parkte am Straßenrand. Motor an. Scheinwerfer aus.

Robin zwang sich, ruhig zu bleiben. Doch sein Herz schlug einen Tick schneller. Der Wagen bewegte sich nicht. Aber er war da. Lauernd.

Wartend.

Dieser Fall war noch lange nicht vorbei.

Kapitel 23

Morgensonne fiel durch die halb geöffneten Gardinen und tauchte Lenas Wohnung im Gatjebogen in ein warmes, goldenes Licht. Der Duft frisch aufgebrühten Kaffees mischte sich mit der kühlen Morgenluft, die leise durchs angekippte Fenster strömte. Doch in Lenas Gedanken hallten noch immer die Ereignisse des vergangenen Abends – Erinnerungen, die Unmut und Sorge zugleich weckten.

In der Küche stand sie am Herd, den dünnen Morgenmantel um die Schultern, während sie Eier in der Pfanne wendete. Leise trat Bodo ein, seine Schritte gedämpft durch den weichen Teppich. Ohne ein Wort legte er seine Hände auf ihre Hüften und drückte einen zarten Kuss auf ihre Schulter. „Frühaufsteherin, hm?" flüsterte er mit seiner tiefen, beruhigenden Stimme.

Lena ließ ihren Blick kurz von der Pfanne schweifen. „Robin hat mich gestern so richtig auf die Palme gebracht – so ein unbedachtes Handeln."

Bodo erwiderte mit einem milden Lächeln:

„Er ist noch grün hinter den Ohren. Fehler passieren, aber manche Entscheidungen haben fatale Folgen."

Ein flüchtiger Blick in Lenas Augen verriet eine innere Zerrissenheit – der Gedanke, sie hätte Robin strenger warnen müssen, lag wie ein unsichtbarer Schatten auf ihr.

Der Kaffeeduft lockte sie, und bald saßen sie zusammen am Küchentisch, um einen kurzen Moment der Ruhe zu genießen – bevor der Tag seine Herausforderungen enthüllte.

Kaum hatte Lena die Wohnung verlassen, umfing sie das geschäftige Treiben im Polizeipräsidium. Die Flure summten vor Aktivität – strenge Blicke, hastige Schritte und knappe Befehle, die wie Funken in der Luft zerplatzten. Hier gab es keinen Raum für Zögern.

Mit entschlossenen Schritten betrat sie, Bodo an ihrer Seite, das Büro von Lars Lammerts. Hinter einem penibel aufgeräumten Schreibtisch – flankiert von Familienfotos und einer einsamen Zimmerpflanze, die dem nüchternen Raum einen Hauch Menschlichkeit verlieh – blickte Lars sie an:

„Morgen, Lena. Was führt dich zu mir?"

Ohne Umschweife antwortete sie: „Es geht um Robin. Gestern Abend hat er Aniko ins Da Sergio eingeladen. Diese riskante Aktion ist nicht nur unprofessionell – sie gefährdet unsere gesamte Ermittlung."

Lars zog besorgt die Stirn in Falten. „Hat er seine Beweggründe erklärt?"

„Er dachte, er könnte ihr Vertrauen gewinnen – aber das war verdammt gefährlich."

Ein tiefer Seufzer entwich Lars, als er fragte: „Hat er sich heute gemeldet?"

Lena schüttelte stumm den Kopf.

„Nein. Das beunruhigt mich."

Bodo ergänzte knapp: „Sein Handy ist aus. Ich habe ihn mehrfach versucht zu erreichen."

„Dann haben wir gleich zwei Probleme – seine eigenmächtige Aktion und sein plötzliches Verschwinden", resümierte Lars, während er sein Telefon zückte.

„Wir müssen das sauber angehen. Holt ihn, wenn er in seiner Wohnung ist. Lena – geh kein unnötiges Risiko ein. Sichert sofort den Tatort, falls euch etwas Auffälliges begegnet."

Mit Lars' Worten im Ohr fuhren Lena und Bodo zu Robins Wohnung in Transvaal – einem unscheinbaren Mehrfamilienhaus mit geschlossenen Rollläden. Auf dem Parkplatz war sein Wagen nicht zu finden. Lena drückte die Klingel – doch es blieb still. Sie funkte rasch: „Zimmermann an Leitstelle. Anfrage: Ermittlung wegen vermisster Person – Robin Ahlers. Wohnanschrift überprüft, bisher keine Reaktion."

„Verstanden, Frau Berg. Halten Sie uns auf dem

Laufenden", kam die knappe Rückmeldung. Bodo musterte die dunklen Fenster und meinte: „Er ist nicht hier."

Lena nickte. „Dann bleibt uns nur ein anderer Ansatz."

Ihre nächste Station war Anikos Wohnort in Wolthusen. Von weitem fiel ihr ein schlichter, zweistöckiger Bau auf, dessen weiße Fassaden im Morgenlicht fast unheimlich leuchteten. Vor dem Haus parkte ein blauer Polo – Robins Wagen. Lena bremste abrupt.

„Das ist sein Auto."

Bodo stieg vorsichtig aus und näherte sich dem Fahrzeug. Die Fahrertür stand offen. Ein flüchtiger Blick ins Innere ließ seinen Magen zusammenziehen: Auf dem Beifahrersitz prangte ein dunkler Fleck – Blut, das den kalten Schauer des Unheils ankündigte.

Lena kniete sich, zog Einmalhandschuhe an und begann, mit der Taschenlampe den Innenraum abzusuchen. „Blut", murmelte sie leise, während sie den modrigen Geruch des alten Leders und einen Hauch Schweiß wahrnahm.

Bodo ergriff sofort das Funkgerät:

„Zimmermann an Leitstelle. Standort Wolthusen – Verdacht auf Spurenlage. Blut im Fahrzeug. Anfordern: Spurensicherung."

„Verstanden. Sichern Sie den Bereich – Forensik ist unterwegs", drang es zurück.

Mit klopfendem Herzen trat Lena auf das Haus zu. Die Eingangstür war verschlossen, doch ein dumpfes, unruhiges Geräusch drang von innen – ein leises Kratzen, vermischt mit dem intensiven Geruch von Schweiß und altem Holz, der von den knarrenden Dielen ausging. Sie zog ihre Waffe, warf Bodo einen warnenden Blick zu und funkte:

„Zimmermann an Leitstelle. Verdacht auf Einbruch oder Nötigung im Gebäude. Zwei Personen vermisst. Wir sichern das Umfeld."

Bevor sie die Tür betrat, gab sie Bodo das Zeichen, die Rückseite des Hauses zu kontrollieren. Nachdem er murmelte:

„Rückseite unauffällig", begann Lena mit einem leisen Countdown: „Drei … zwei … eins …"Mit festem Griff drückte sie die Klinke nach unten.

Die Tür öffnete sich knarrend. Im schummrigen Licht huschte ein Schatten durch den Flur, und plötzlich traf sie ein heftiger Schlag im Rücken. Sie stolperte, spürte, wie ihr Gleichgewicht kippte.

In dem Moment hörte sie das Keuchen des Angreifers, sein rasches Atmen und das Knirschen der Dielen unter seinen fliehenden Schritten. Lena riss ihre Waffe hoch, doch der maskierte Angreifer war schneller. Ein Schatten – dann war er verschwunden.

In der Hektik des Gefechts schien der Flur selbst vor Adrenalin zu zittern. Mit einem letzten kraftvollen Stoß gelang es dem Täter, sich in den dunklen Gängen zu verlieren. Ein leises Summen durchbrach die Stille.

Auf dem kalten Boden vibrierte ein kleines Gerät, sein Display flackerte unheilvoll.

Bodo hob es auf. Lena trat näher, ihr Herz raste, und auf dem Display flackerte kurz – ein Symbol, das wie ein stilisierter Adler wirkte, gefolgt von einer beinahe unleserlichen Nachricht: „Hilfe … Robin …" – dann verlosch das Display in einem grellen Flackern.

Plötzlich hallten hektische Rufe und ein lauter Funkspruch durch das Haus:

„Polizei! Hände hoch!" Lenas Stimme drang entschlossen durch den Flur, während Schritte und ein dumpfer Aufprall die Spannung weiter anheizten. Bodo fluchte leise, als er den verlassenen Raum absuchte.

Dann, als ob das Chaos seinen Höhepunkt erreichte, heulte von draußen ein Motor – Scheinwerferkegel zuckten unheilvoll durch die staubige Luft und die zerklüfteten Fenster. „Verstärkung ist unterwegs", drang es über den Funk.

Lena biss die Zähne zusammen. Der Moment war vorbei – der Täter war entkommen, und zurück blieben Blut, Chaos und diese rätselhafte, fast unheimliche Nachricht, die vor ihren Augen flackerte.

Die drängende Frage blieb: Was hatte Robin zu melden? Und welches dunkle Netz spannte sich im Hintergrund auf?

Kapitel 24

Dichter Morgennebel umhüllte Emden, als Lena Berg aus dem Streifenwagen stieg. Feuchte Luft drückte schwer auf die Stadt – durchtränkt von nassem Laub, kaltem Asphalt und einem Hauch Motoröl. Metallisch, schneidend. Ein Schauer lief ihr über den Rücken.

Robins Wagen stand schräg in der Einfahrt – zu ordentlich abgestellt. Lena zog ihre Handschuhe über, trat näher und spähte durch die Fensterscheibe. Ihr Atem stockte. Der Beifahrersitz war weit zurückgeschoben – und in der Mitte lag ein einzelnes Objekt: ein Handy. Unberührt, präzise platziert.

Ein junger Spurensicherer trat hinzu, Klemmbrett in der Hand, seine Handschuhe makellos.

„Keine Kampfspuren im Wagen. Außen ein paar Kratzer – aber nichts, das auf gewaltsames Eindringen hindeutet."

Lena nickte. Ihr Blick wanderte vom Handy zur düsteren Fassade des Hauses, dessen offene Tür einen unheimlichen Eindruck machte – als wolle jemand bewusst diesen Anschein erwecken.

Mit vorsichtigen Schritten trat sie ein – nicht ahnend, dass hinter diesen Wänden die nächste Bedrohung lauerte.

Die Wohnung war unberührt. Keine umgeworfenen Möbel, keine zerbrochenen Gegenstände – nur ein

Ziehen im Nacken, das Lena an ihre jahrelange Erfahrung erinnerte. Bodo trat an ihre Seite, sein prüfender Blick streifte den Raum.

„Wenn hier jemand eingebrochen ist, dann wurde verdammt sauber gearbeitet."

Doch Lena blieb an einer Kleinigkeit hängen: der Kommode im Wohnzimmer. Die oberste Schublade stand   einen Spalt offen – ein winziger Riss, der entweder Zufall oder gezielt hinterlassen war. Frische Kratzspuren im Holz verrieten, dass sie kürzlich aufgehebelt worden war. Lena trat näher, zog vorsichtig an der Kante – und die Schublade glitt lautlos auf.

„Jemand hat hier etwas gesucht", murmelte Bodo.

Zwischen Rechnungen und Notizen fiel ein zerknittertes Blatt zu Boden – vergilbt, hastig geschrieben. Lena hob es auf, hielt es gegen das schummrige Licht. Eine Kopie.

„Bodo ... das ist nicht das Original." Er trat näher, nahm ihr das Blatt – seine Kiefermuskeln spannten sich, der Blick verdunkelte sich.

12. April 2004 – Ich habe das Gefühl, dass mir jemand folgt. Die Werft ist nicht mehr sicher. Vielleicht bin ich zu misstrauisch, aber wenn ich recht habe, wird es bald zu spät sein.

Lenas Herz stockte. „Heinrich Broders Handschrift." Auf der nächsten Seite stand:

Wenn mir etwas passiert, dann nicht durch Zufall. Ihr dürft das hier nicht in die Hände bekommen.
Bodo flüsterte: „Verdammt."

Plötzlich vibrierte der Raum – ein dumpfer Schlag zerriss die Stille. Im Türrahmen des Schlafzimmers tauchte ein massiger Schatten auf. „Bodo!" schrie Lena – zu spät.

Der Schlag traf ihn an der Schläfe. Sein Kopf peitschte zurück. Ein dumpfer Aufprall. Stille. Dann ein ersticktes Keuchen. Lena schoss instinktiv zur Waffe. „Polizei! Bleibt stehen!"

Der Angreifer reagierte blitzschnell. Ohne zu zögern wirbelte er um und stürmte zur Hintertür – seine Bewegungen präzise, zu geübt für einen gewöhnlichen Einbrecher. Bodo lag reglos am Boden, sein Blut glänzte an der Schläfe, während jeder Schlag seines Herzens vor Schmerz schrie. Sie durfte ihn nicht verlieren.

Ohne zu zögern stürmte Lena zur Tür. Draußen schlug die kalte Nachtluft ihr ins Gesicht. Der dichte Nebel verwandelte die Gasse in ein undurchsichtiges Labyrinth aus Schatten und flackerndem Laternenlicht.

„Hier Berg! Täter flüchtet Richtung Pastor-Friedrich-Straße! Brauche sofort Verstärkung!" funkte sie.

Der Täter kannte den Weg: Er bog in eine schmale, dunkle Gasse ein – direkt links von der Einfahrt. Lena folgte ihm. Ihre Schritte hallten auf dem Kiesweg. Plötzlich stolperte sie – ein rostiger Blechteil lag quer. Für einen Moment verlor sie den Halt; ihre Hand schlug hart gegen den feuchten Pflasterstein. Schmerz durchfuhr ihren Knöchel. Sie hob sich, schaute zurück: Der Täter war nun etwa zehn Meter voraus.

Mit jedem schnellen Schritt holte sie auf. Ihr Blick blieb fest auf die dunkle Silhouette gerichtet, die sich durch den Nebel schob. Dann – in einem Augenblick – drehte der Täter sich um.

Er riss ein rostiges Rohr aus einer Halterung und schleuderte es in ihre Richtung. Lena wich aus. Das Rohr sauste knapp an ihrer Schulter vorbei, zerzauste ihre Jacke, und verschwand dann, als der Mann in eine Metalltür stürmte, die krachte, als sie ins Schloss fiel.

Lena stieß die Tür auf – Dunkelheit umfing sie, und der Täter war verschwunden.

Ein Motor heulte auf. Reifen quietschten. Ein dunkler Van raste davon, bog scharf um die nächste Ecke und verschwand im Nebel. Lena stieß mit dem Fuß gegen eine Kiste. Schmerz durchzuckte sie erneut. Leise fluchte sie, während ihr Funkgerät knisterte:

„Lena, Verstärkung ist unterwegs. Wo bist du?"

Mit schwerem Atem antwortete sie: „Täter entkommen. Aber wir haben etwas – eine Kopie von Heinrich Broders Tagebuch."

Dann erklang Lars Lammerts' ruhige, drängende Stimme: „Dann haben wir mehr als bisher. Komm sofort ins Präsidium."

Ein kalter Schauer lief Lena über den Rücken – Bodo. Ohne zu zögern drehte sie um und sprintete zurück.

Als sie in die Berend-de-Vries-Straße einbog, erhellten erste Einsatzfahrzeuge die nassen Steine. Bodo lag am Boden – sein Gesicht blass, ein Rinnsal Blut floss von der Schläfe. Mit Mühe und schmerzverzerrtem Blick versuchte er, sich aufzurichten.

Lena kniete sich an seine Seite. „Dein Kopf ... er dröhnt wie die Schiffsglocke der Gorch Fock. Aber du lebst." Tief atmete sie, während er keuchte: „Lass mich raten – Lammerts will uns sofort im Präsidium sehen?" Lena nickte, die Sorge in ihren Augen deutlich.

Bodo rieb sich die blutende Stirn. „Dann los. Ich hole mir eben meinen Eisbeutel – wenn ich kann." Der dichte Morgennebel lag weiterhin über Emden, als hätte die Stadt den Atem angehalten. Der Fund von Broders Tagebuch hatte alles verändert. Dies war kein gewöhnlicher Fall – es war mehr als nur eine Spur. Es war eine Warnung. Eine offene Kampfansage.

Im Präsidium

Im Großraumbüro schien das matte Licht der Schreib-
tischlampen fast tröstlich, wenn auch trügerisch, im
Vergleich zur gespenstischen Stille draußen. Der bittere
Geruch von abgestandenem Kaffee mischte sich mit dem
Hauch von Druckertoner – Details, die kaum jemand
wahrnahm. Bodo ließ sich mit einem leisen Brummen
auf seinen Stuhl sinken. Ein Kollege reichte ihm wortlos
einen Eisbeutel, den er zitternd gegen seine pochende
Schläfe presste. Der Angriff hatte ihn schwer getroffen –
das war unübersehbar.

Lars Lammerts, bereits wartend, wandte seinen Blick auf
die Papiere in Lenas Hand. „Setz dich", befahl er knapp,
ohne Emotion. Lena warf ihre Jacke über einen Stuhl und
legte die Kopien auf den Tisch. Lars überflog den Text.

Sein Blick hob sich – eiskalt, entschlossen. „Das hier …"
tippte er mit den Fingerknöcheln auf das Papier. „Das ist
keine persönliche Notiz. Das ist eine verdammte
Warnung."

Lena nickte. „Und jemand wollte verhindern, dass wir sie
in die Hände bekommen." Bodo beugte sich vor. „Der
Angriff auf mich war geplant. Sie wussten, dass wir
Anikos Haus durchsuchen würden. Vielleicht wurden
wir beobachtet."

Lars lehnte sich zurück, sein Blick verfinsterte sich:
„Wenn Broder damals schrieb, dass ihm jemand folgt,

dann gibt es eine Verbindung zur Werft. Dort wurde er zuletzt gesehen. Und jetzt – ein erneuter Angriff." Lena holte tief Luft. Die Puzzleteile fügten sich langsam, doch das Bild blieb unvollständig. „Hat die Spurensicherung noch etwas gefunden?" fragte Lars.

„Nichts Greifbares", antwortete sie. „Aber Ölrückstände – Maschinenöl." Einen Moment herrschte Stille, bis Lars' Blick schärfer wurde: „Das passt zu einer Werft oder einer Halle mit schwerem Gerät."

Bodo nickte langsam. „Dann wissen wir, wo wir als Nächstes suchen müssen."

Plötzlich vibrierte Lenas Diensthandy. Ein dumpfer, unheilvoller Ton. Alle verstummten. Sie sah aufs Display. Ein einziger Satz: *„Hört auf zu graben, sonst grabt ihr bald nach den Zweien."*

Ein eisiger Kälteschauer kroch Lenas Wirbelsäule hinauf. „Die Zweien?" flüsterte sie und blickte zu Bodo und Lars. Wortlos reichte sie das Handy. Lars las die Nachricht. Sein Blick hob sich – eiskalt, entschlossen.

„Das ist keine Drohung mehr. Das ist eine Kriegserklärung. Sie wissen genau, was wir tun."

Bodo richtete sich langsam auf, funkelnde Augen trotz des Schmerzes. „Welche Nummer?" Lena tippte auf den Absender. In diesem Moment zog sich ein eisiger Knoten in ihrer Brust zusammen. Es war Anikos Nummer. Stille senkte sich. Dann fluchte Bodo leise: „Entweder hat jemand ihr Handy – oder …"

Lena presste die Lippen zusammen. Der Gedanke war zu grauenhaft: Aniko oder Robin könnten tot sein. Die Luft wurde bleischwer, und die Gewissheit schwebte wie ein Damoklesschwert über ihnen.

Lars stand langsam auf. Seine Stimme – ruhig, aber jede Silbe eine klare Kampfansage – durchbrach die Stille: „Wir werden es herausfinden. Aber eins ist sicher: Ab jetzt spielt nicht mehr nur die Zeit gegen uns. Jeder Schritt wird beobachtet."

Bodo zog eine Augenbraue hoch: „Dann lenken wir sie in die falsche Richtung." Lena sah ihn an. „Du meinst, eine Falle stellen?" Ein dünnes Lächeln huschte über Bodos blutverschmierte Lippen. „Genau. Sie denken, wir wissen nicht genug. Dann lassen wir sie glauben, sie hätten die Oberhand. Und wenn sie sich sicher fühlen – schlagen wir zu."

Lars nickte. „Ab morgen früh beginnt der nächste Schritt. Wir nehmen die Werft ins Visier – aber zu unseren Bedingungen."
Lena atmete tief durch, ihr Herz hämmerte. Sie wusste, dass sie eine Grenze überschritten hatten. Dies war kein normaler Fall mehr. *Es war ein Spiel um Leben und Tod – und jeder Fehler konnte der letzte sein.*

Kapitel 25

Lena saß allein in ihrem Büro. Das fahle Licht der Schreibtischlampe schnitt harte Schatten an die Wände, tauchte den Raum in ein unwirkliches Halbdunkel. Der abgestandene Geruch von kaltem Kaffee hing in der Luft. Sie hatte nicht geschlafen. Konnte nicht schlafen.

Die Nachricht auf ihrem Handy brannte sich in ihr Bewusstsein:

„Hört auf zu graben, sonst könnt ihr nach den Zweien graben."

Ein Satz wie eine Klinge. Präzise. Eiskalt. Ein Spiel mit ihrer Angst.

Robin war verschwunden. Aniko war verschwunden. Und sie hatte es nicht verhindert.

Ihr Blick fiel auf das Protokoll von Robins Wagen. Die letzte Spur: Sein Auto, verlassen vor Anikos Haus. Sein Handy zerstört. Die Motorhaube mit einer silbernen Feder verziert – eine Botschaft, die sich noch nicht entschlüsseln ließ.

Lena schloss die Augen. Sie hätte schneller sein müssen.

Die Tür öffnete sich. Bodo trat ein, dunkle Ringe unter den Augen, der Blick hart.

„Du hast nicht geschlafen."

„Nein."

Er ließ sich ihr gegenüber in den Stuhl fallen. „Hör auf, dich fertigzumachen."

Lena schnaubte bitter. „Robin ist weg. Aniko ist weg. Und wir haben nichts."

„Noch nichts", korrigierte Bodo. „Aber wir werden sie finden."

Sie schwieg.

Dann: „Ich war die Letzte, die mit ihm gesprochen hat."

Bodo lehnte sich zurück. „Und? Du hast ihn nicht in diese Situation gebracht. Das haben die Entführer getan."

Lena fuhr sich mit beiden Händen durch die Haare. „Vielleicht hätte ich... irgendwas merken müssen. Ein Zeichen übersehen. Vielleicht war ich zu langsam."

Bodo hielt ihrem Blick stand. „Oder sie glauben, dass sie schlauer sind als wir." Eine Pause. Dann ein hartes, dünnes Lächeln. „Da täuschen sie sich."

Die Tür flog auf. Lars stürmte herein, sein Gesicht angespannt.

„Keine Spur von Anikos Handy. Keine Kamera zeigt, was mit ihnen passiert ist."

Lena ballte die Fäuste. „Jemand muss etwas gesehen haben."

Lars' Miene verfinsterte sich. „Die einzige Überwachungskamera in der Nähe? Genau in dieser Nacht ausgefallen. Fachmännisch."

Stille.

Lena richtete sich auf. Ihr Blick wurde scharf. „Dann bleiben nur wir. Zurück zu Robins Auto."

Die Morgenluft war klirrend kalt, feiner Nieselregen lag auf der Stadt. Die Straßen waren leer.

Robins Wagen stand noch an Ort und Stelle. Fahrertür halb geöffnet, als hätte er aussteigen wollen – oder als hätte ihn jemand herausgezogen.

Bodo zog sich Handschuhe über und leuchtete mit der Taschenlampe über den nassen Asphalt. „Wenn sie ihn hier erwischt haben, gibt es vielleicht eine Spur."

Lena trat näher, beugte sich hinunter – und ihr Herzschlag setzte einen Moment aus. Ein Ohrring. Schlicht. Gold. Halb verborgen im Rinnstein. Sie hob ihn vorsichtig auf. „Der gehört Aniko."

Lars trat neben sie, sein Blick lauernd. „Glaubst du, sie hat ihn absichtlich fallen lassen?"

Lena drehte den Ohrring zwischen den Fingern. Ihre Stimme war leise, aber bestimmt. „Wenn sie konnte – ja."

Ihr Blick wanderte über den Gehweg. Es musste mehr geben.

Bodo deutete auf die schmale Gasse hinter der Betonmauer. „Wenn sie kurz vor ihrer Entführung eine Spur hinterlassen wollte, dann dort."

Lena nickte knapp. „Los."

Sie folgten der dunklen Gasse, Taschenlampen tasteten über feuchten Asphalt. Der Regen hatte den Boden in schmierigen Schlamm verwandelt.

Dann – ein schwaches Funkeln im Lichtkegel.

Lena erstarrte.

Ein winziges Stück Plastik. Sie kniete sich hin, hob es vorsichtig auf. Eine SIM-Karte.

Lars stieß die Luft aus. „Sag mir nicht, das ist…"

Lena drehte die Karte zwischen den Fingern, ein Hauch von Hoffnung in ihrer Stimme. „Es könnte Robins sein."

Bodo zückte sein Handy. „Wir lassen sie analysieren. Vielleicht gibt es eine letzte gespeicherte Nummer. Eine Nachricht."

Lena atmete tief durch.

Zum ersten Mal seit Stunden fühlte es sich an, als würden sie nicht völlig im Dunkeln tappen.

Robin hatte keine Nachricht hinterlassen können. Aber Aniko hatte es versucht. Jetzt mussten sie nur noch herausfinden, wohin die Spur führte.

Kapitel 26

Die Luft im Besprechungsraum war schwer – eine Mischung aus abgestandenem Kaffee, Papierstaub und unausgesprochener Anspannung. Draußen hatte der Regen noch vor wenigen Minuten gegen die Scheiben gepeitscht, jetzt war es still. Doch das Gefühl drohender Gefahr blieb.

Robin war verschwunden. Und Aniko mit ihm.

Seit Stunden durchkämmte das Team jeden noch so kleinen Hinweis. Auf dem Bildschirm liefen die nächtlichen Überwachungsaufnahmen aus Anikos Wohnstraße.   Corinna Stein, die Forensikerin, spulte das Video zurück.

02:37 Uhr.

Eine Schwarz-Weiß-Aufnahme. Eine leere Straße. Straßenlaternen warfen kaltes Licht auf den nassen Asphalt. Dann – Bewegung.

Ein dunkler Lieferwagen tauchte auf. Lautlos. Bedächtig. Ein Jäger, der sein Opfer bereits fixiert hatte.

Lena Berg trat näher. „Halt an. Zoom auf das Kennzeichen."

Corinna versuchte es. Das Bild blieb unscharf, die Zahlen unleserlich.

„Manipuliert", sagte sie knapp. „Jemand hat die Zeichen abgeklebt oder übermalt. Kein Zufall."

Lars Lammerts' Stirn legte sich in Falten. „Amateur oder Profi?"

Corinna zögerte nicht. „Definitiv Profi. Wäre es nur übermalt, könnten wir mit Infrarot etwas sichtbar machen. Aber hier wurde eine spezielle Folie verwendet – entwickelt, um Überwachungskameras zu täuschen."

Lena presste die Lippen zusammen. „Jemand wusste genau, wann er zuschlagen musste."

Bodo Zimmermann verschränkte die Arme. Sein Blick war kalt. „Also wurde entweder Aniko seit Tagen beobachtet – oder Robin war das eigentliche Ziel."

Dann vibrierte Lars' Handy.

Eine anonyme Nachricht. Ein einziger Satz:

„Fragt Thomas. Der weiß mehr."

Stille.

Lars hob das Display. Die Worte lasteten schwer im Raum. „Das ist entweder eine raffinierte Finte – oder jemand setzt uns gezielt auf die richtige Spur."

Zehn Minuten später

Lena und Jan Müller standen vor Thomas Broders Wohnungstür. Der Flur roch nach kaltem Rauch und feuchtem Teppich. Hinter den Vorhängen – nichts. Kein Licht, kein Geräusch.

Jan klopfte. Einmal. Zweimal. Keine Reaktion.

„Scheiße", murmelte er. „Was, wenn er wirklich abge-hauen ist?"

Lena zog ihr Diensthandy und wählte Thomas' Nummer.

Einmal Freiton. Zweimal. Dann sprang die Mailbox an.

„Er geht nicht ran." Sie aktivierte ihr Funkgerät. „Corinna, check die Funkzelle von Thomas' Handy. Ich will wissen, wo er zuletzt eingeloggt war."

Sekunden verstrichen, dann meldete sich Corinna. „Bin dran … Moment … Okay. Letzter bekannter Stand-ort: **B72**. Danach – Funkstille."

Lena sah Jan an.

„Die Hauptstraße aus der Stadt raus. Perfekter Ort, um unterzutauchen."

Jan hielt ihrem Blick stand. „Oder um abgefangen zu werden."

Zurück im Präsidium.

Gespenstische Stille. Das Team arbeitete fieberhaft – doch die Ungewissheit fraß sich in jeden von ihnen.

Lars stand vor dem Whiteboard. Namen, Orte, Indizien – ein chaotisches Puzzle, das sich nicht fügen wollte.

„Was haben wir über Thomas?" fragte Lena.

Corinna blätterte durch die Akten. „Massive finanzielle Probleme mit der Werft. Seit Jahren. Und dann gibt es eine interessante Zahlung: Vor zwei Wochen hat Thomas 50.000 Euro von einem Offshore-Konto in Zypern erhalten."

Lars' Augen verengten sich. „Schwarzgeld?"

Corinna nickte. „Die Firma dahinter tauchte in einem Geldwäsche-Verfahren in der Ukraine auf."

Bodo pfiff leise. „Verdammt. Erst finanzielle Probleme, dann eine hohe Zahlung – und jetzt ist er verschwunden." Lena ließ den Gedanken sacken. „Wenn Thomas involviert ist – warum sollte er Robin und Aniko entführen? Was bringt ihm das?"

Jan verschränkte die Arme. „Oder er wurde selbst unter Druck gesetzt."

Dann klingelte Lenas Handy. **Unbekannte Nummer.**

Sie hob ab. „Berg." Am anderen Ende – eine verzerrte Männerstimme. Ruhig. Präzise.

„Er läuft euch direkt in die Arme."

Ein Klick. Die Leitung tot.

Lena starrte auf das Display. Ihr Herz hämmerte. Dann hob sie langsam den Kopf.

Ihre Augen funkelten entschlossen. Sie riss die Tür auf. „Jan, ruf das SEK! **Jetzt!**"

Kapitel 27

Robin erwachte in einer Finsternis, die ihn zu verschlingen drohte. Sein erster bewusster Gedanke war Schmerz – ein dumpfes Hämmern in seinem Kopf, das jeden klaren Gedanken erstickte. Ein brennender Druck zog sich über seine Schläfe, als wäre sein Kopf in einen Schraubstock gespannt. Der Boden unter ihm war feucht, kalt und roch nach modrigem Beton. Als er sich bewegen wollte, spürte er sofort den Widerstand: Seine Arme waren hinter dem Rücken gefesselt.

Ein leises Geräusch durchschnitt die Stille – ein stetiges, rhythmisches Tropfen. Langsam, unheilvoll. Es sickerte durch die Dunkelheit wie eine geisterhafte Mahnung, dass Zeit hier keine Bedeutung hatte.

Robin atmete flach, seine Sinne schärften sich langsam. Er spürte die raue Oberfläche unter sich, die klamme Luft, die in seinen Lungen brannte. Rost lag in der Luft, vermischt mit der abgestandenen Feuchtigkeit eines Raums, in dem es kein Entkommen gab.

„Wo... bin ich?" Sein Flüstern klang fremd, rau und heiser. Er zwang sich, die Panik zurückzudrängen, die sich in ihm ausbreitete. Seine Finger tasteten vorsichtig über den Boden – rissiger Beton, uneben, kalt. Keine Wärme, keine Bewegung, außer ihm selbst.

Allein.

Oder doch nicht?

Irgendwo, jenseits der Schwärze, war eine Präsenz. Kein Geräusch, keine Bewegung, nur ein Gefühl, tief in seinem Inneren. Aniko.

Er biss die Zähne zusammen, zwang sich zur Ruhe. Seine Arme zogen schmerzhaft an den Fesseln, als er sich auf die Seite rollte. Ein Stechen fuhr durch seine Schultern, doch er ignorierte es. Er musste sich konzentrieren.

Da. Ein Geräusch.

Dumpf. Entfernt. Als würde jemand gegen eine Wand schlagen – oder sich dagegen lehnen.

„Aniko?" Sein Flüstern war kaum mehr als ein Hauch, von der Dunkelheit verschluckt.

Keine Antwort.

Die Stille wurde dichter, drückender, als würde sie mit jeder Sekunde enger um ihn schnüren.

Dann – ein leiser Atemzug. Kurz, unsicher. Doch unbestreitbar menschlich.

Robin hielt inne. Die Erkenntnis jagte seinen Puls in die Höhe.

Sie war hier. Irgendwo.

Doch das bedeutete auch: Sie waren nicht allein.

Aniko erwachte mit einem stechenden Schmerz in der Schläfe. Ihr Kopf dröhnte, als wäre er gegen eine Wand geschlagen worden – vielleicht war er das sogar. Ihr Atem ging flach, zittrig. Die Dunkelheit war allumfassend, zäh wie Teer, als wolle sie jede Hoffnung ersticken.

Langsam testete sie ihre Glieder. Ihre Arme waren nach hinten gebunden, die Fesseln schnitten unangenehm in ihr Fleisch. Ihre Finger tasteten über den Boden – feucht, kalt, rau. Beton. Sie lehnte sich zurück, spürte eine Wand hinter sich. Feucht, rissig, durchzogen von winzigen Spalten, in denen sich die Kälte sammelte.

Ein brennender Schmerz durchzuckte ihre Schläfe, als sie den Kopf bewegte. Vorsichtig tastete sie nach der Stelle, spürte eine offene Wunde, verklebt mit geronnenem Blut.

Was war passiert?

Ihr Magen zog sich zusammen.

Die letzte Erinnerung – ein dunkler Wagen, Robins besorgtes Gesicht, eine plötzliche Bewegung. Dann: ein Schlag. Stille.

Und jetzt?

Sie versuchte, durch die Schwärze zu blicken, doch es gab nichts. Kein Licht, keine Konturen. Nur Finsternis. Ein Geräusch ließ sie erstarren. Tropfen. Ein leises, regelmäßiges Tropfen irgendwo in der Ferne. Wie ein bösartiger Herzschlag dieser Hölle. Sie spürte, wie ihre Kehle trocken wurde.

Sie war nicht allein. Mehr als eine Ahnung, ein Gefühl.

Robin. War er hier? Ihre Lippen formten seinen Namen, doch kein Laut kam über ihre Lippen. Sie schluckte trocken, versuchte es erneut.

„Robin?" Schweigen.

Doch dann – ein Laut. Ein Hauch von Bewegung, ein Atemzug. Er war hier. Ein winziger Moment der Erleichterung – nur um sofort von der eiskalten Realität hinweggerissen zu werden.

Sie waren gefangen. Gefesselt. Getrennt. Dann, abrupt, durchbrach ein weiteres Geräusch die Stille.

Schritte. Schwer. Langsam. Jemand näherte sich.

Ein Riegel wurde zurückgeschoben, metallisch kreischend, als würde die Tür selbst protestieren. Ein dumpfer Schlag folgte.

Dann Stille.

Aniko hielt den Atem an.

Eine Stimme erhob sich. Tief. Kalt. Berechnend.

„Eure Leute sollten besser aufhören zu suchen. Sonst finden sie nur noch Leichen."

Die Worte sanken in die Dunkelheit wie ein tödliches Versprechen.

Aniko schloss die Augen, obwohl sie nichts sehen konnte. Ihre Fingernägel bohrten sich in ihre Handflächen, während ihr Herz in wilder Panik raste. Sie mussten hier raus.

Leichen.

Der Mann hatte es kalt und nüchtern gesagt. Ohne Zögern, ohne Zorn. Eine simple Feststellung – oder ein Versprechen. Robin biss die Zähne zusammen. Sein Puls hämmerte, sein Atem ging flach. Er durfte sich nicht von der Angst lähmen lassen. Angst bedeutete Schwäche. Und Schwäche bedeutete Tod.

Er spannte die Muskeln an, zog an den Fesseln, suchte nach einem Schwachpunkt. Die Seile waren straff, aber nicht unzerstörbar. Er konzentrierte sich auf jede kleine Bewegung, auf jeden Millimeter Spielraum.

Dann hörte er es. Ein leises Kratzen. Kaum wahrnehmbar. Direkt neben ihm? Nein – aus der Dunkelheit heraus. Entfernt. Vielleicht aus einem angrenzenden Raum.

Aniko.

Sie war wach. Sie kämpfte. Ein Funke Hoffnung loderte in ihm auf. Sie waren nicht allein. Dann – Schritte. Schneller. Härter.

Das Kreischen der Tür. Ein Schatten fiel in den Raum. Und eine Stimme, leise, gefährlich nah:

Kapitel 28

Lena Berg saß in ihrem Büro, die Finger schwebten über der Tastatur. Auf dem Bildschirm stand:

„Robin Ahlers und Aniko Kiss sind wohlbehalten gefunden worden. Die Ermittlungen laufen weiter."

Eine sorgfältig inszenierte Lüge – genau nach Plan.

„Meinst du wirklich, dass sie darauf reinfallen?" Bodo verschränkte die Arme, als wolle er sich gegen die wachsende Anspannung abschirmen. In seinen Augen lag Skepsis.

Lena erwiderte seinen Blick mit fester Entschlossenheit. „Wenn sie glauben, die Gefahr sei vorüber, werden sie nachlässig. Und genau das ist unsere Chance."

Lars Lammerts trat mit entschlossener Miene an den Schreibtisch. Sein Gesicht war so unbeweglich wie Stein. „Dann ziehen wir es durch."

Mit einem präzisen Klick schickte Lena die Nachricht in die Welt hinaus – Online-Presse, lokale Radiosender, überall sollte die Meldung Wellen schlagen. Jetzt blieb nur noch das Warten.

Das Büro lag im Halbdunkel. Die Monitore tauchten die Gesichter der Ermittler in kühles Blau, während der abgestandene Geruch von kaltem Kaffee und Elektronik die Luft erfüllte. Ein leises Surren des Serverlüfters vermischte sich mit dem fernen Tropfen aus einem Rohr.

Fünf Minuten. Zehn Minuten. Fünfzehn.

Lenas Blick wanderte immer wieder zur Uhr. Die Sekunden dehnten sich unerträglich. Die Stille wurde schwer, fast greifbar.

Bodo rieb sich das Kinn. „Vielleicht sind sie zu schlau, um anzubeißen."

Lars schüttelte den Kopf. „Oder sie wissen, dass wir sie beobachten."

Lena spürte ein unangenehmes Ziehen in der Magengrube. Hatten sie zu hoch gepokert? Gerade als sie etwas sagen wollte, vibrierte ihr Handy. Eine einzige Nachricht.

„Interessant."

Ihre Kehle wurde trocken. „Verdammt", hauchte sie. „Sie wissen, dass wir sie erwarten."

Ein leises Ticken ihrer Fingernägel auf der Tischplatte verriet ihre Anspannung. Hatten sie den richtigen Schachzug gewählt – oder den Gegner nur noch weiter in die Schatten getrieben?

Dann flackerte unerwartet eine Meldung auf Bodos Bildschirm.

Ein Signal.

Lars trat näher, seine Stimme blieb ruhig, aber angespannt. „Das kann nur eines bedeuten: Sie haben angebissen." Lena nickte langsam, ihr Puls zog an. „Wir haben sie aus der Reserve gelockt.

Jetzt müssen wir herausfinden, wohin sie sich bewegen."

Bodo lehnte sich nach vorne, die Stimme gedämpft: „Wenn wir Pech haben, treiben wir sie nur noch tiefer ins Dunkel."

Lena schüttelte den Kopf. „Nein. Sie glauben, sie seien uns überlegen. Und genau das wird ihr Fehler."

In einem dunklen Raum, beleuchtet nur von einer flackernden Neonröhre, hing abgestandener Rauch in der Luft. Der Mann stand mit dem Rücken zur Tür, die Hände flach auf der Tischplatte.

„Sie behaupten, sie hätten die beiden gefunden." Seine Stimme war ruhig, fast belustigt.

Der jüngere Mann neben ihm verschränkte unruhig die Arme. „Wenn das stimmt, dann …"

„Dann sind wir erledigt?" Der Ältere ließ ein amüsiertes Schnauben hören. „Blödsinn.

Sie hoffen, dass wir nervös werden. Aber wenn sie denken, wir entspannen uns …" Er ließ den Satz in der Luft hängen, griff stattdessen nach einem kleinen Gerät auf dem Tisch.

Ein GPS-Sender. Das rote Licht blinkte gleichmäßig.

Der Jüngere sah ihn fragend an. „Hast du …?" Der Ältere schüttelte den Kopf. „Nein. Aber jemand hat es aktiviert."

Einen Moment lang herrschte Schweigen. Dann hob er langsam den Blick. „Dann zeigen wir ihnen, dass wir immer einen Schritt voraus sind."

Die kalte Luft schmeckte nach Salz und Rost, während am Südkai in Emden die Schatten alter Lagerhallen emporragten. Zerbrochene Fenster starrten wie tote Augen in die Dunkelheit. Ein Windstoß trug den Geruch von Algen und Maschinenöl heran – unheilvoll und schwer.

Kein Licht. Keine Bewegung.

Corinna Stein zog ihre Taschenlampe aus der Jacke und ließ den Strahl über den feuchten Beton wandern. Dunkle Flecken hafteten auf dem Boden.

„Wenn sie hier waren, haben sie jede Spur verwischt", murmelte sie. Lena erstarrte. Ein eiskaltes Prickeln lief ihr den Nacken hinauf. „Das ist eine Falle", flüsterte sie. Bodo schnaubte leise. „Aber für wen? Für uns – oder für sie?"

Lena atmete flach. Es passte alles zu gut. Zu sauber. Doch sie waren längst zu tief in diesem Spiel, um jetzt zurückzuweichen.

Lars bewegte sich vorsichtig durch den verlassenen Raum. Seine Stiefel knirschten auf dem staubigen Boden. Der Wind pfiff durch die zerborstenen Fenster.

Dann blieb er abrupt stehen. „Hier."

In einer verstaubten Ecke lag ein zerknittertes Blatt Papier. Darauf standen Koordinaten. Ein Datum. Und eine Skizze – ein schwarzer Rabe.

Lena runzelte die Stirn, ihr Atem stockte.

Dieses Datum ...

Ihre Stimme war kaum mehr als ein Flüstern. „Das ist der Tag, an dem Heinrich Broder als vermisst gemeldet wurde." Stille. Schwer wie Blei.

Bodo brach sie mit einem leisen Murmeln. „Das kann kein Zufall sein."

Lena spürte, wie sich ihr Magen verkrampfte. Das hier war keine zufällige Spur. Es war eine Einladung.

Ihr Blick wanderte zu den anderen. Dann zog sie langsam ihr Handy hervor.

„Wir drehen den Spieß um."

Ein Moment lang lag förmliche Erwartung in der Luft. Lars nickte knapp. „SEK und verdeckte Einheiten?"

Lena hielt seinem Blick stand. „Ich gebe der Einsatzleitung Bescheid. Wir sichern das gesamte Gelände. Diesmal bekommen wir sie."

Die Spannung war fast greifbar. Jeder wusste, was auf dem Spiel stand. Kein Zurück. Kein Fehler. „Dieses Mal", sagte Lena mit fester Stimme, „spielen wir nicht nach ihren Regeln. Diesmal schreiben wir die Regeln."

Kapitel 29

Die Luft im Präsidium war stickig, schwer von Kaffee und dem monotonen Summen der Neonröhren, die in ihrer Kälte fast höhnisch wirkten. Robin war verschwunden.

Lenas Blick klebte an den spärlichen Spuren auf dem Tisch – oder besser gesagt: an der beängstigenden Leere dazwischen. Der Stuhl gegenüber von ihr war leer. Robins Platz. Seit Tagen.

Bodo stand vor der Tafel, auf der alle Hinweise zusammengetragen waren. Sein Kiefer mahlte, während seine Finger langsam an der Kaffeetasse entlangfuhren. Ein Mann, der ein Muster suchte, das sich einfach nicht fügen wollte.

Die Tür zum Besprechungsraum flog abrupt auf. Lars Lammerts trat ein, das Gesicht eine Maske aus Entschlossenheit und Anspannung. In der Hand hielt er einen Ausdruck.

„Wir haben eine Spur."

Lena schnellte nach vorne, als hätte jemand einen Funken in ihre Muskeln getrieben. Lars legte das Dokument auf den Tisch.

Ein schwarzer Kastenwagen mit polnischem Kennzeichen.

Das Bild zeigte eine unscharfe Überwachungsaufnahme aus dem Hafengebiet. Der Wagen wirkte anonym, gesichtslos – ein Phantom aus Blech und Glas. Doch sein Inhalt war klar.

„Diese Aufnahme stammt aus der Nacht, in der Robin und Aniko verschwanden",

sagte Lars mit einem Unterton, der keinen Zweifel ließ: Es ging um Leben und Tod.

Lena beugte sich über das Bild, ihr Blick scharf wie ein Skalpell. „Wenn wir dieses Auto finden, finden wir sie."

Draußen setzte Regen ein. Die Lichter von Emden spiegelten sich in den Pfützen wie geisterhafte Zeichen. Lena stand am Fenster, spürte den Blick der Täter. Vielleicht genau jetzt.

„Wir müssen sie austricksen", sagte sie schließlich und drehte sich um.

„Wir geben eine falsche Spur an die Presse weiter. Lassen durchsickern, dass Robin in einem leerstehenden Haus nahe der Knock gesehen wurde."

Bodo hob die Augenbrauen. „Du willst sie aus der Reserve locken."

„Genau. Wenn sie glauben, dass wir an der falschen Stelle suchen, könnten sie sich bewegen – und wir werden da sein."

Lars nickte langsam. „Das ist riskant."

Lena ließ ihre Schultern kreisen, als würde sie das Gewicht der Verantwortung abschütteln.

„Alles, was wir tun, ist riskant. Aber wenn wir nicht handeln, könnte es zu spät sein."

Drei Stunden später.

Bodo und Corinna saßen in einem unauffälligen Wagen, geparkt an einer dunklen Seitenstraße. Die Presse hatte die Falschinformation veröffentlicht – nun hieß es warten.

Bodo beobachtete die Straße durch das beschlagene Fenster. Plötzlich verengten sich seine Augen.

„Da."

Corinna folgte seinem Blick. Eine Gestalt tauchte auf, blieb an einer Straßenlaterne stehen, zog das Handy heraus – und verschwand wieder in der Dunkelheit.

„Das ist keine zufällige Bewegung", murmelte Corinna.

Bodo griff zum Funkgerät. „Lena, wir haben jemanden."

Die Hafenluft war schwer von Salz und Öl, ein scharfer Kontrast zur feuchten Kälte des Regens. Corinna Stein und Jan Müller bahnten sich ihren Weg durch das verlassene Hafengelände, ihre Taschenlampen durchschnitten die Dunkelheit. Der Wind trieb eine Plane klatschend gegen einen Container. Irgendwo schrie eine Möwe – ein klagender Laut, fast wie eine Warnung. Dann:

„Hier drüben!" Corinnas Stimme hallte durch das Nichts.

Bodo eilte zu ihr. Was er sah, ließ seine Brust eng werden.

Ein blutiges Stoffstück, verfangen zwischen rostigen Metallteilen.

Bodo starrte darauf. Eine Sekunde lang war er sich sicher: Das war Robins Jacke. Dieselbe Farbe, der abgerissene Saum. Sein Herz stolperte.

Doch als Corinna die Lampe drehte, wurde es klar – nicht Robins Jacke, aber jemandes. Blut benetzte die Ränder, kein frisches Rot, sondern tiefschwarz im Neonlicht.

„Verdammt, das kann nicht gut sein." Seine Stimme klang rau.

Lena und Lars trafen Minuten später ein. Lena nahm den Stoff, fuhr mit dem Daumen über die getrocknete Oberfläche. Zu frisch, um alt zu sein. Zu klein, um nichts zu bedeuten.

Ihr Herz schlug dumpf gegen ihre Rippen.

„Wenn sie verletzt sind, haben wir nicht mehr viel Zeit." Während Lena und Lars den Hafen weiter absuchten, durchkämmte Jan das Netz nach Informationen zum polnischen Kastenwagen.

Dann – ein Treffer. „Das Fahrzeug gehört offiziell einer Scheinfirma, die mit osteuropäischem Menschenhandel und illegalem Waffenhandel in Verbindung steht."

Bodos Kiefer spannte sich. „Scheiße."

Aber es war nicht das Schlimmste. Am Eingang einer verlassenen Lagerhalle fanden sie ein mit Kreide gezeichnetes Symbol an der Wand.

Ein schwarzer Rabe.

Die Linien waren präzise gezogen, beinahe kunstvoll. Doch die Botschaft war alles andere als schön.

Lars rieb sich übers Gesicht.

„Ich hab das schon mal gesehen. In den 90ern, bei einem Fall in Stralsund. Die ‚Schwarzen Raben', eine Gruppe von Auftragskillern, hinterließen solche Zeichen, bevor sie zuschlugen."

Bodo kniete sich hin. Neben dem Symbol lag etwas.

Eine Feder. Schwarz wie die Nacht, leicht gekrümmt, als hätte jemand sie zwischen den Fingern gerollt. Lena rieb sich über den Nacken.

„Vielleicht ist es eine Markierung. Ein Hinweis für ihre Leute."

„Oder eine Warnung", murmelte Bodo. Eine Warnung für uns.

Während das Team fieberhaft nach Robin suchte, klingelte plötzlich Lenas Handy. Sie nahm ab. Eine verzerrte Stimme, kaum mehr als ein Atem in der Leitung:

„Sie kommen zu nah."

Lena erstarrte.

„Hören Sie auf zu suchen. Sonst stirbt er."

Eisige Stille.

Dann ein Lachen. Kaum hörbar, als käme es von weit her. Danach nur noch das Tuten.

Lena starrte auf ihr Telefon. Eine eiskalte Wut breitete sich in ihr aus.

„Wir geben nicht auf." Bodo sah sie an. „Das wird gefährlich."

Lena ließ ein kaltes Lächeln aufblitzen. „Es war nie sicher."

Draußen heulte der Wind über das Hafengebiet.

Die Jagd hatte begonnen.

Kapitel 30

Das monotone Tropfen in der Dunkelheit nagte an den Nerven wie eine rostige Säge an blankem Fleisch. Jeder Laut hallte zwischen den kalten Betonwänden wider, verzerrt, verstärkt – eine Qual für das Gehör. Die Luft war stickig, schwer von Feuchtigkeit und Angst, als hätte sie Jahrzehnte gestanden. Jeder Atemzug fühlte sich an wie ein Kampf gegen etwas Unsichtbares, das sich um ihre Kehlen legte.

Robin lehnte mit dem Rücken an der Wand. Die Handschellen gruben sich tief in sein Fleisch, seine Gelenke brannten. Der linke Arm war taub, ein stechender Schmerz zog sich von der Schulter bis in die Fingerspitzen. Er zwang sich zur Ruhe. Panik war sein Feind. Denken. Handeln. Überleben.

Gegenüber kauerte Aniko. Ihr blondes Haar klebte in feuchten Strähnen an der Stirn. Ihr Atem ging zu schnell. Ihre blauen Augen, sonst voller Leben, waren weit aufgerissen, flackerten in der schwachen Neonbeleuchtung wie zwei eisige Flammen. Ihre Finger tasteten unruhig über den Boden – suchten, fanden. Und blieben stehen.

„Robin …" Ihre Stimme war kaum mehr als ein Zittern in der Dunkelheit. „Hier. Eine Schraube."

Robin blinzelte, rutschte näher. „Was?"

„Die Platte … sie ist nicht richtig befestigt."

Sein Blick folgte ihrem. Eine Metallverstärkung an der Wand – alt, verrostet. Eine Schraube saß locker, hielt sich nur noch an den letzten Gewindegängen. Hoffnung flackerte auf, wurde sofort von der Realität niedergedrückt. Keine Zeit für Fehler.

„Wenn wir die rausbekommen …", begann Aniko.

„Dann haben wir eine Chance." Robin spannte jeden Muskel.

Aniko presste die Lippen aufeinander, setzte einen zitternden Finger an die Schraube und begann zu drehen. Millimeter für Millimeter. Ihre Nägel schabten an rostigem Metall. Jeder Atemzug war zu laut. Jeder Herzschlag ein Echo in der stickigen Finsternis.

Robin nutzte die Zeit. Er hatte vorhin einen dünnen Draht aus der Sohle seines Schuhs gezogen. Ein Werkzeug. Eine Möglichkeit. Eine Hoffnung. Vorsichtig führte er ihn in das Schloss seiner Handschellen. Das kalte Metall schnitt in seine Haut. Fokus. Keine Fehler.

Dann – **Schritte.**

Hart. Schwer. Direkt vor der Tür.

Sie erstarrten. Eine Stimme zerriss die Stille. Tief. Mechanisch. Emotionslos.

„Sorokin will kein Risiko mehr eingehen."

Eine Pause. Dann – ein leises Klicken.

Eine Waffe, entsichert.

Aniko sog scharf die Luft ein. Robin spürte, wie sein Herz raste, ein Vorschlaghammer gegen seine Rippen.

Die Schraube war fast draußen.

Der Draht in der Handschelle kratzte, glitt ab. Robin biss die Zähne zusammen. Noch ein Versuch.

Dann – ein dumpfes Knacken.

Die Handschellen sprangen auf.

Robin atmete tief durch, rieb sich die Handgelenke.

„Beeil dich."

Mit einem letzten, verzweifelten Ruck zog Aniko die Schraube heraus. Die Metallplatte kippte. Dahinter – ein dunkler Schacht. Eng, modrig, aber groß genug.

Robin packte ihre Schulter. „Du zuerst."

Aniko kroch hinein, zog die Beine nach. Robin folgte. Metall kratzte an seiner Haut, riss feine Linien in seine Ellenbogen.

Hinter ihnen – Die Tür wurde aufgestoßen.

Ein grelles Licht durchschnitt die Dunkelheit.

„Verdammt! Sie sind weg!"

Ein Schuss krachte. Das Projektil schlug krachend in den Beton, sprengte eine glühende Spur in die Wand.

„Schneller!" Aniko keuchte. Sie krochen weiter, stießen gegen rostige Rohre. Der Schacht war feucht, stickig. Ein vergessener Versorgungsgang, vielleicht ein Notausgang.

Dann – frische Luft.

Aniko zog sich aus der Öffnung, stolperte in einen Hinterhof. Robin folgte, rollte sich ab, sog die kalte Nachtluft gierig ein. Regen tropfte von rostigen Containern. Der Boden glänzte nass im fahlen Licht einer Straßenlaterne.

Frei. Robin packte Anikos Hand. „Wir müssen—"

Ein Schatten bewegte sich vor ihnen. Ein Mann trat aus der Dunkelheit. Breit gebaut. Ruhig. Seine Augen funkelten unter der Kapuze – zwei tote Sterne.

In seiner Hand – eine Pistole.

Seine Stimme war leise, fast sanft. **„Hat euch jemand erlaubt zu gehen?"**

Robin reagierte instinktiv, wollte Aniko zur Seite stoßen – doch der Mann war schneller. Ein harter Schlag in den Magen riss ihm die Luft aus der Lunge. Er keuchte, taumelte.

Aniko schrie. Starke Arme packten sie von hinten. Ein weiterer Mann trat aus den Schatten.

Robin bäumte sich auf. Zu spät. Alles war vorbei.

Sie wurden zurück in die Dunkelheit gezerrt.

Kapitel 31

Der Himmel über Emden hing schwer wie flüssiges Blei. Die Wolken drückten tief, als würden sie eine unausweichliche Katastrophe vorausahnen. Ein düsterer Schleier legte sich über die Stadt, als hätte die Nacht selbst den Atem angehalten.

Lena saß auf einer verwitterten Holzbank am Gatjebogen, den Blick auf das dunkle Wasser gerichtet. Der Wind schnitt kalt über die Kaimauer, trieb den Geruch von Salz, Algen und abgestandenem Öl durch die Nacht. Die Wellen zerschellten mit dumpfen, rastlosen Schlägen an den Steinen – unaufhaltsam, wie eine drohende Mahnung.

Drei Tage.
Drei qualvolle, endlose Tage.

Robin und Aniko – verschwunden. Kein Lebenszeichen. Nur ein verlassenes Auto und eine Nachricht auf ihrem Handy, so kalt wie der Wind, der ihr durch die Knochen schnitt.

Es ist noch nicht vorbei.

Lena presste Daumen und Zeigefinger gegen ihre Schläfen, suchte verzweifelt nach einer Spur, einem Detail, das sie übersehen hatte. Jeder Gedanke führte ins Leere, eine zermürbende Spirale aus Hoffnung und Furcht.

Dann vibrierte ihr Handy.

Sie zuckte zusammen, riss es aus der Jackentasche. Lars'
Name leuchtete auf dem Display.

Ihr Herz setzte einen Schlag aus.

„Lena", sagte er ohne Umschweife. „Wir haben eine
Leiche."

Ein Eissplitter fraß sich in ihre Brust.

Nicht Robin. Nicht Aniko.

Sie sprang auf. Rannte los.

Die Nacht verschluckte ihre Schritte.

Der Regen hatte nachgelassen, doch die Straßen glänzten
noch nass im fahlen Licht der Laternen. Tropfen sammelten sich in dunklen Pfützen, die den Himmel wie zerbrochene Spiegel reflektierten.

Lena jagte mit dem Wagen durch die Stadt, die Finger wie
ein Schraubstock um das Lenkrad gekrallt. Der Motor
vibrierte dumpf unter ihren Füßen, ein leises, stetiges
Grollen, das im Takt ihres Herzschlags pochte.

Neben ihr saß Bodo, stumm, aber wachsam, die Hände
auf den Oberschenkeln.

„Lena." Seine Stimme war ruhig, aber bestimmt. „Du
brauchst eine Pause."

Sie starrte geradeaus, ihre Schultern verkrampft. „Dafür
ist keine Zeit."

Bodo ließ sie nicht aus den Augen. „Genau darauf spekuliert er. Dass du Fehler machst."

Er.
Wer auch immer das war – er kannte sie. Spielte mit ihr. Führte sie an der Nase herum, als wäre sie eine Figur in seinem perfiden Plan.

Ihre Finger spannten sich noch fester um das Lenkrad. Der Gedanke, versagt zu haben, nagte an ihr wie ein bösartiger Wurm. Was, wenn sie etwas Entscheidendes übersehen hatte?

„Wir haben keine Fehler gemacht", sagte Bodo leise. „Aber jemand will, dass wir es glauben."

Die Ampel vor ihnen schaltete auf Rot. Sie trat abrupt auf die Bremse, der Wagen kam ruckartig zum Stehen. Regenwasser rann in zähen Schlieren über die Windschutzscheibe, die Lichter der Stadt verschwammen zu gespenstischen Schatten.

„Wenn es Robin oder Aniko ist …" Ihre Stimme brach, und ein kalter Schauer lief ihr über den Rücken. Der Gedanke, dass einer von ihnen tot sein könnte, schnürte ihr die Kehle zu.

Bodos Blick blieb ruhig, aber ernst. „Dann finden wir heraus, wer dafür verantwortlich ist."

Das Rotlicht verblasste in Grün. Lena trat das Gaspedal durch.

Pier 3 lag im Halbdunkel. Rostige Stahlträger ragten in den Nachthimmel, Beton bröckelte von den Mauern wie altes Fleisch von einem Gerippe. Ein Absperrband flatterte im Wind, während das Blaulicht der Streifenwagen kalte Schatten über den nassen Asphalt warf.

Lars wartete am Eingang der Lagerhalle, die Schultern verspannt, das Gesicht eine steinerne Maske. Als Lena und Bodo sich näherten, atmete er tief durch.

„Es ist nicht Robin", sagte er sofort. „Nicht Aniko."

Lena nickte knapp, wagte es aber nicht, Erleichterung zuzulassen. Stattdessen folgte sie ihm in die Halle.

Das Licht der Taschenlampen schnitt durch die Dunkelheit – und enthüllte die Leiche.

Der Tote kniete, die Hände auf dem Rücken gefesselt, den Kopf gesenkt, als hätte er in stiller Verzweiflung gebetet. Doch das dunkle Blut, das sich um ihn herum ausbreitete, erzählte eine andere Geschichte.

Dann fiel Lenas Blick auf sein Gesicht.

Die Augen waren weit aufgerissen – und mit schwarzer Farbe übermalt.

Ein Schauer lief ihr über den Rücken. Es war, als hätte jemand den Mann in eine leblose Puppe verwandelt, ein gesichtsloses Abbild eines Menschen, der nichts mehr sah, nichts mehr wusste.

Bodo trat einen Schritt näher. Seine Stimme klang belegt.

„Das ist eine Inszenierung."

Lena spürte, wie sich ihre Finger unbewusst über die Arme rieben, als könnte sie die plötzliche Kälte abschütteln.

Etwas an ihm kam ihr bekannt vor.

„Ein Informant", murmelte Bodo, als er den Mann erkannte.

Lars streckte die Hand aus. Ein Beamter reichte ihm eine kleine Plastiktüte.

Darin – eine Speicherkarte.

Ein winziger, blutiger Fleck prangte an der Kante.

Lars drehte die Tüte in den Fingern, sein Blick finster.

„Das ändert alles."

Lena betrachtete die Speicherkarte. Warum jetzt? Warum an diesem Tatort? Ihr Magen zog sich zusammen. Wer hatte gewollt, dass sie genau das hier fanden?

Im Technikraum des Präsidiums war die Luft stickig, schwer von Anspannung. Corinna saß vor ihrem Bildschirm, die Augen auf die Daten gerichtet, die von der Speicherkarte geladen wurden.

Dann fror sie ein.

„Das kann nicht wahr sein", hauchte Lars.

Auf dem Monitor lief ein Video. Eine dunkle Lagerhalle. Flackerndes Licht. Eine Gestalt in einem langen Mantel.

Der Mann drehte sich zur Kamera. Seine Gesichtszüge waren müde, abgekämpft, gezeichnet von etwas, das er nicht mehr unter Kontrolle hatte.

Thomas Broder.

Die Erkenntnis schlug ein wie ein Fausthieb.

Lena spürte, wie der Boden unter ihren Füßen nachgab. Instinktiv griff sie nach der Tischkante, als müsste sie sich an der Realität festhalten.

Thomas.

Ein Name, den sie nie in diesem Zusammenhang erwartet hätte – und doch machte jetzt alles schmerzhaft Sinn.

Ihr Handy vibrierte. Eine Nachricht.

Ihr habt ihn gesehen. Er wusste zu viel. Ihr wisst es auch.

Lena starrte auf die Worte, spürte, wie sich ein dunkler Schatten in ihrem Innern ausbreitete.

„Haben wir noch Zeit?" fragte sie leise.

Niemand antwortete. Denn die eigentliche Frage war:

War Thomas Broder bereits das nächste Opfer?

Kapitel 32

Über dem Gatjebogen erwachte der Morgen, doch die Sonne hatte keine Chance gegen die schwere Wolkendecke. Ein regenschwangeres Grau lag über der Stadt, das fahle Licht kämpfte sich mühsam durch die Schwaden. Möwen kreischten über dem Hafen, ihr Ruf durchschnitt die träge Stille. Das Wasser plätscherte monoton gegen die Kaimauer, während der salzige Geruch des Meeres sich mit dem öligen Dunst des Hafens und dem modrigen Atem des nassen Kopfsteinpflasters vermischte.

Die Straßen glänzten vor Feuchtigkeit. Pfützen spiegelten den bleiernen Himmel. Ein Taxi raste durch eine Senke, spritzte eine Wasserfontäne in die Höhe. Irgendwo schlug eine Tür zu. Dann – Stille. Eine unnatürliche, lauernde Stille.

Lena lag in Bodos Armen. Seine Haut war warm, sein Atem gleichmäßig. Doch ihre Gedanken wirbelten rastlos. Sie fühlte sich gefangen, als säße sie in einem Raum ohne Fenster.

Thomas Broder.

Sein Name hallte in ihr nach, ein Echo in der Leere. Er war verschwunden, noch bevor er das Krankenhaus erreichte.

Flucht? Entführung? Oder war das von Anfang an der Plan?

Jede Antwort fühlte sich falsch an. War er geflohen – wohin? Wurde er entführt – warum gerade jetzt?

Und wenn das alles ein Plan war, steckte mehr dahinter, als sie geahnt hatte.

Ein Schauder lief ihr über den Rücken, wie eine kalte Hand, die sich an ihrem Nacken festkrallte. Sie sog scharf die Luft ein.

„Er steckt tiefer drin, als wir dachten", murmelte sie. Ihre Stimme klang rau vom Schlaf.

Bodo war bereits wach. Seine Augen lagen im Halbdunkel, wachsam, scharf.

„Alles spricht gegen ihn", sagte er leise. „Die Entführung von Robin und Aniko. Seine Flucht. Aber warum? Was hatte er zu verbergen?"

Lena fuhr sich mit den Fingern über die Stirn, als könnte sie ihre Gedanken ordnen. Doch das Chaos in ihrem Kopf wurde nur lauter.

„Falls er wirklich dahintersteckt – warum dann diese Nachricht? ‚Es ist noch nicht vorbei.' Jemand will, dass wir ihn für den Schuldigen halten."

Bodo schüttelte den Kopf. „Oder jemand will ihn loswerden, bevor wir ihn finden."

Ein ungutes Gefühl kroch in ihre Magengrube, ein dunkles, schweres Ziehen. Es war, als würde sie durch einen Tunnel rennen – und jemand am anderen Ende löschte das Licht. Jemand zog im Dunkeln die Fäden. Und sie liefen hinterher.

Lena warf die Bettdecke zurück, griff nach ihrer Jacke. „Lass uns ins Präsidium fahren. Vielleicht hat Corinna etwas Neues."

Draußen erwachte die Stadt. Der Regen hatte nachgelassen, doch die Luft war schwer und feucht. Das Pflaster glänzte, Straßenlaternen warfen lange Reflexe auf den Asphalt. Arbeiter in Warnwesten standen an einer Ecke, ihr Atem dampfte in der Kälte. Radfahrer glitten lautlos vorbei, die Lichter ihrer Räder warfen flackernde Muster auf die Fensterscheiben der alten Backsteinhäuser.

Lena startete den Wagen, schaltete das Funkgerät ein. Rauschen. Dann – ein harter Knackton.

„Einsatzleitung an Berg und Zimmermann – schwerer Unfall auf der Johannes-Ohrling-Straße, kurz vor dem Schöpfwerk Knock. Fahrzeugidentifikation: BMW. Kennzeichen bestätigt: Thomas Broder."

Lenas Herz setzte einen Schlag aus. Ihre Finger umklammerten das Lenkrad.

Thomas.

Eiswasser schien sich durch ihre Adern zu ergießen, ließ ihre Haut prickeln.

Ein dumpfer Druck breitete sich in ihrer Brust aus, als hätte jemand eine unsichtbare Faust um ihr Herz geschlossen. Bodo drehte den Kopf zu ihr. Sein Blick war messerscharf.

Sie griff nach dem Funkgerät. „Verstanden. Ankunft in wenigen Minuten."

Dann trat sie das Gaspedal durch.

Der Wagen schoss nach vorn. Der Motor jaulte, Reifen fraßen sich in die nasse Straße. Die Lichter der Stadt verschwammen zu streifigen Reflexen, während der Regen den Asphalt in eine heimtückische Falle verwandelte. Sie ignorierte die Ampeln. Der Verkehr war dünn. Ihr Puls dröhnte lauter als der Motor.

Als sie die Unfallstelle erreichten, zog sich ihr Magen zusammen.

Der schwarze BMW – Thomas' Wagen – war frontal in die steinerne Mauer des Deichs gekracht. Das Heck ragte noch auf die Straße, die Front ein einziger Trümmerhaufen. Die Motorhaube war zerquetscht, als hätte eine Faust sie mit einem brutalen Schlag zertrümmert. Risse zogen sich durch die Windschutzscheibe wie ein zerborstenes Spinnennetz. Blaulichter warfen gespenstische Reflexe auf den nassen Asphalt. Feuerwehrleute und Sanitäter hasteten um das Wrack.

Ein markerschütterndes Kreischen durchschnitt die Nacht. Das hydraulische Werkzeug biss sich ins Metall. Sekunden später rief ein Sanitäter:

„Er lebt! Aber er ist bewusstlos! Wir bringen ihn ins Krankenhaus!"

Dort erwartete sie steriles Licht, der Geruch von Desinfektionsmitteln, das monotone Piepen der Maschinen.

Dr. Heinemann wartete bereits. „Frau Berg. Herr Zimmermann. Sie sind wegen Herrn Broder hier, nehme ich an?"

Lena nickte. „Wie steht es um ihn?" Der Arzt blätterte durch die Akte. „Schädel-Hirn-Trauma, innere Verletzungen. Kritischer Zustand, aber stabil. Er liegt im Koma. Keine Prognose."

Bodo verschränkte die Arme. „Gibt es sonst noch etwas? Etwas … Ungewöhnliches?"

Heinemann zögerte. Dann schob er die Akte über den Tisch. „Nun … Es gibt da eine Sache."

Lena griff nach der Akte, blätterte. Ihr Blick blieb an einer Zeile hängen. Blutwerte. Unregelmäßigkeiten.

„Was ist das?"

Der Arzt seufzte. „Wir haben in seinem Blut geringe Mengen von Nitroglycerin gefunden."

Stille.

Bodo trat einen Schritt näher. „Das heißt, wir haben es mit einer geplanten Exekution zu tun."

Lena presste die Lippen zusammen. Plötzlich ergab alles Sinn. Der Notfall war inszeniert. Jemand hatte

sichergestellt, dass Broder aus dem Polizeirevier kam –
und ihn dann ausgeschaltet.

„Kann ich ihn sehen?" „Kurz."

Das Piepen des Herzmonitors klang wie ein langsamer
Countdown.

Thomas lag blass da, Schläuche ragten aus seinem
Körper. Für einen Moment sah Lena nicht ihn – **sondern
Bodo.**

Erinnerungen flackerten auf. Sein Gesicht, bleich,
Maschinen, steriles Licht. Der Moment, als sie dachte,
ihn zu verlieren.

Das Gefühl, das sie damals fast zerbrochen hätte, über-
rollte sie wie eine Welle. Die Hilflosigkeit. Die Angst.

Ihre Finger krallten sich in den Stoff ihrer Jacke.

Sie sog scharf die Luft ein und zwang sich zurück in die
Gegenwart.

Bodo legte eine Hand auf ihre Schulter. „Lena?"

Sie nickte langsam. Ihre Stimme war kaum mehr als ein
Flüstern. „Für einen Moment dachte ich, du wärst es.
"Er hielt ihren Blick. „Dann sollten wir besser hinhören."

Kapitel 33

Der Regen schlug mit unbändiger Wut gegen die Fensterscheiben des Besprechungsraums, als wollte er die Schatten der vergangenen Tage hinwegwaschen. Doch nichts wurde fortgespült. Die Dunkelheit hing schwer über der Stadt, als spüre sie, dass etwas nicht stimmte.

Lena stand am Fenster, die Arme vor der Brust verschränkt. Ihr Magen war ein einziger harter Knoten. Vier Tage. Vier gottverdammte Tage. Robin und Aniko waren verschwunden – und sie hatten nichts. Jeder Hinweis zerrann ihnen zwischen den Fingern wie die Tropfen auf der Scheibe.

Hinter ihr krachte eine Faust auf den Tisch.

Das Holz vibrierte, das Echo hallte unheilvoll in der Stille nach.

„Verdammt nochmal! Was soll das hier eigentlich?!" Lars' Stimme schnitt durch die Luft, scharf wie ein Messer – laut, angespannt, am Rande der Verzweiflung.

Niemand reagierte. Nicht, weil sie ihm nicht zustimmten. Sondern weil niemand eine Antwort hatte.

„Vier Tage, Lena!" Lars' Augen brannten. „Vier Tage, in denen wir im Dunkeln tappen! Ich kann es nicht mehr hören! Keine Hinweise, keine Erpresserforderung, nichts! Was, wenn sie längst tot sind?"

Lena drehte sich langsam um. Ihr Blick war eiskalt.

„Das sind sie nicht."

Ihre Stimme war fest. Doch in ihrem Inneren tobte ein Sturm. Zweifel durften keinen Raum finden. Nicht jetzt. Nicht hier.

Lars' Kiefer mahlte. „Und wenn doch? Sag es mir, Lena! Was, wenn wir sie nie wiederfinden?"

Stille. Dicht wie Nebel. Schwer wie Blei.

Dann öffnete sich die Tür.

Ein Beamter trat ein, klopfte sich den nassen Mantel ab. Sein Blick war düster.

„Lena. Lars." Seine Stimme klang gedämpft, fast widerwillig. „Ich komme gerade aus der Klinik."

Lena wusste es, noch bevor er es aussprach.

„Thomas Broder ist tot."

Ein Moment lang regte sich niemand.

„Er ist seinen Verletzungen erlegen. Die Ärzte konnten nichts mehr für ihn tun." Die Worte lagen schwer im Raum, als könne ihr Gewicht den Atem nehmen.

Niemand sprach es aus. Doch jeder dachte es.

Das war kein Unfall gewesen.

Lars lehnte sich zurück, rieb sich übers Gesicht. „Verdammt." Lenas Stimme war ruhig. Zu ruhig. „Hat die Gerichtsmedizin eine Einschätzung?"

Der Beamte zögerte. „Vorläufig? Die Verletzungen passen zu einem Hochgeschwindigkeitsaufprall. Aber es gibt Unregelmäßigkeiten."

Lena spürte, wie sich eine unangenehme Kälte in ihr ausbreitete.

„Welche Unregelmäßigkeiten?"

Der Mann presste die Lippen zusammen. „Ich darf nicht spekulieren. Aber es sieht aus, als hätte jemand nachgeholfen."

Mehr musste er nicht sagen.

Bus-Sabotage.

Lena und Lars tauschten einen Blick. Kein Zweifel mehr. Jemand hatte Thomas Broders Tod bewusst herbeigeführt.

Am Kopfende des Tisches stand Corinna, das Tablet in der Hand. Ihre Finger umklammerten es so fest, dass ihre Knöchel weiß hervortraten.

„Wir haben etwas."

Alle Augen richteten sich auf sie.

„Sag schon", drängte Lena.

Corinna schluckte. „Die Fahrzeugmanipulation. Sie wurde nicht vor Ort vorgenommen. Jemand hat das Signal aus einem Gebäude der Werft gesendet."

Ein Moment der Verwirrung – dann die Erkenntnis.

Lars beugte sich vor. „Das heißt, unser Täter muss entweder direkten Zugang zur Werft haben – oder jemanden, der für ihn arbeitet."

Corinna nickte. „Und es gibt noch etwas."

Sie schob ein Foto über den Tisch. Ein Metallfragment. Verrußt. Zersplittert. Ein Teil der Anhängerkupplung des Wagens, der Broders BMW gerammt hatte.

Lena nahm es vorsichtig in die Hand. Die schartige Oberfläche fühlte sich rau an. Ein dunkler Fleck – Ruß oder etwas anderes?

„Dunkler SUV." Sie sah auf. „Wenn wir den Fahrer finden, haben wir unseren nächsten Anhaltspunkt." Lars starrte auf das Fragment. „Das ist unser erster greifbarer Hinweis auf den Aufenthaltsort von Robin und Aniko."

Lena spürte, wie eine neue Energie in ihr aufstieg. „Wir holen sie zurück." Dann schob Corinna das Tablet in die Mitte des Tisches.

„Ich glaube, ihr habt alle etwas übersehen."

Auf dem Bildschirm stand nur ein einziger Satz.

Es ist noch nicht vorbei.

Die Luft im Raum wurde mit einem Mal bleischwer. Lena fühlte, wie sich ihr Nacken verspannte, als hätte eine eiskalte Hand nach ihr gegriffen.

„Woher kommt das?", fragte sie scharf.

Corinna zögerte. „Es wurde gestern an Broders Klinikrechner geschickt. Exakt eine Stunde, bevor er starb."

Ein Schauer kroch Lenas Rücken hinauf. Dann bemerkte sie den Anhang. Sie klickte ihn an.

Ein Bild erschien. Verschwommen. Regenverhangen.

Zwei Gestalten. Hinter einem schmutzigen Fenster.

Lena sog scharf die Luft ein. Ihre Finger krallten sich um das Tablet, als könnte sie die zwei Menschen daraus befreien.

Robin und Aniko.

Lars sprang auf. „Verdammt! Wann wurde das geschickt?" Corinnas Stimme war kaum mehr als ein Flüstern. „Vor zwei Stunden."

Lena riss ihr Handy aus der Tasche und wählte eine Nummer.

„Lars. Ich will die Zugangslisten der Werft. Jetzt." Der Regen prasselte auf sie herab, kalt, gnadenlos. Doch sie blieb nicht stehen. **Jemand hatte sich verrechnet. Und es würde sein letzter Fehler gewesen sein.**

Kapitel 34

Das fahle Licht des Monitors spiegelte sich in Lenas müden Augen. Sie lehnte sich zurück, massierte ihre Schläfen. Ihr Instinkt schrie. Irgendetwas stimmte nicht.

Wochenlang hatte ihr Team Thomas Broder als Drahtzieher der Entführung von Robin und Aniko verfolgt. Jetzt war er tot – und mit ihm zerfiel das gesamte Puzzle.

Die Tür öffnete sich. Corinna trat ein, das Tablet fest umklammert. Ihr Blick war ernst, ihr Gang angespannt.

„Ich hab mir seine Finanzdaten nochmal angesehen." Sie hielt kurz inne. „Da passt was nicht."

Lars und Bodo traten näher. Corinna drehte das Tablet um. Auf dem Bildschirm leuchtete eine Zahl.

„Vor drei Wochen wurde eine hohe Summe auf Broders Konto eingezahlt. Kurz danach floss das Geld in mehrere Offshore-Konten ab. Jemand hat ihn benutzt."

Lenas Herz schlug schneller. Ein dumpfer Druck breitete sich in ihrer Brust aus.

„Er war ein Bauernopfer." Ihre Stimme klang hohl.

Lars fluchte leise. „Verdammt. Dann haben wir die ganze Zeit in die falsche Richtung geschaut."

Die Tür flog erneut auf. Ein Beamter trat ein, blass, die Finger um einen USB-Stick gekrallt.

Seine Stimme war angespannt: „Wir haben etwas gefunden."

Der Überwachungsraum lag in Dunkelheit. Nur das bläuliche Schimmern der Monitore tauchte die Gesichter der Ermittler in gespenstisches Licht.

Corinna steckte den Stick in den Computer. Eine Datei öffnete sich.

Ein Video. Drohnenaufnahmen.

Die Kamera glitt über das Südkai. Verlassene Hafenviertel. Rostige Container, verfallene Lagerhäuser, dunkles Wasser, das kaum eine Bewegung zeigte. Der Mond spiegelte sich auf den feuchten Pflastersteinen.

Lars' Stimme war kaum mehr als ein Flüstern. „Das ist der alte Frachthafen. Da geht niemand mehr hin."

Die Kamera tastete das Gelände ab.

Dann – Bewegung in der Dunkelheit.

Ein schwarzer SUV rollte langsam über das Kopfsteinpflaster, hielt vor einer alten Backsteinhalle. Die Scheinwerfer warfen lange Schatten auf die Fassade.

Die Fahrertür öffnete sich.

Das Video stoppte.

Ein Gesicht. Kalt. Berechnend. Alexei Sorokin.

Ein Moment absoluter Stille.

Lena atmete tief durch. Ihre Finger krallten sich in die Sessellehne.

„Wenn Sorokin hier ist, dann nicht ohne Grund."

Bodo beugte sich vor, die Augen auf den Bildschirm geheftet. „Das ist unsere beste Spur. Wir müssen da hin."

Corinna spulte das Video zurück. Zoomte. Der SUV tauchte mehrfach auf – immer kurz, nie lange. Zwei Männer sicherten die Halle. Bewaffnet.

Und dann – eine Gestalt.

Eine Frau verließ das Gebäude. Unscharf. Kaum zu erkennen.

Doch Lena wusste es. Spürte es.

Ihr Herz setzte aus.

„Das ist Aniko."

Ein eiskalter Schauer rann ihre Wirbelsäule hinab. Ihr Magen zog sich schmerzhaft zusammen.

Robin und Aniko waren dort. Sie mussten dort sein.

Lars deutete auf den Bildschirm. „Hier. Der alte Zugang zur Kanalisation. Vielleicht unser Weg rein."

Bodo nickte. „Wenn sie noch leben, dann im Untergeschoss. Da versteckt man Geiseln."

Lena starrte auf die Aufnahme. War das der Ort?

Oder eine Falle?

Ein Fehler – und sie liefen direkt in den Tod.

Lena griff zum Handy. Ihre Stimme war fest.

„Wir müssen Sorokin glauben lassen, dass wir woanders suchen. Lockt ihn raus."

Bodo grinste schief. „Wir treiben ihn in die Falle – und gehen von hinten rein."

Lars runzelte die Stirn. „Wenn wir das vermasseln …"

Lena unterbrach ihn. Ihre Augen brannten vor Entschlossenheit.

„Dann war's das." Niemand widersprach.

Jeder wusste, dass dieser Einsatz ihre einzige Chance war.

Lars verließ den Raum. Telefonierte. Minuten zogen sich endlos. Dann kam er zurück. Seine Miene hart wie Stein.

„Grünes Licht. Aber wir haben genau ein Zeitfenster."

Lena sah zu Bodo. Ihre Blicke trafen sich.

Draußen peitschte der Regen gegen die Fensterscheiben.

Die Nacht wartete.

Es war Zeit.

Kapitel 35

Das Verlies war eine Gruft aus Dunkelheit und Kälte. Modrige Feuchtigkeit klebte an den Wänden, sickerte durch Ritzen, legte sich wie eine zweite Haut auf Robin und Aniko. Der stickige Geruch von nassem Beton, altem Rost und Verfall füllte die Luft, drang in ihre Lungen, während sie in der Stille verharrten.

Robin saß mit dem Rücken gegen die raue Mauer gepresst. Seine Handgelenke brannten – die Fesseln hatten das Fleisch wundgescheuert. Jeder Atemzug schmerzte, jede Bewegung riss an den offenen Stellen. Irgendwo in der Dunkelheit hörte er Anikos gleichmäßigen Atem – leise, kontrolliert. Ein trotziges Zeichen, dass sie noch da war.

Dann: Schritte. Stimmen.

Oben, in der Lagerhalle, hallte ein aufgebrachter Streit durch das Gebälk.

„Wir können sie nicht länger hier behalten!" Einer der Entführer fauchte wie ein gereiztes Tier. „Die Bullen sind dran!"

„Sorokin will sie am Leben." Eine zweite Stimme – ruhiger, dunkler, gefährlicher. Dann eine angespannte Pause. **„Noch."**

Ein Schlag. Etwas Hartes krachte gegen Holz. Robin sog scharf Luft ein.

„Und wenn sie reden? Wenn sie uns identifizieren?"

Aniko hielt den Atem an. Robin spürte, wie sie sich leicht bewegte – instinktiv, als könnte sie sich in der Dunkelheit verstecken. Doch es gab kein Versteck. Nur Wände. Kälte. Angst.

Die Tür flog auf.

Metall quietschte, als die schweren Scharniere nachgaben. Ein schmaler Lichtstrahl zerschnitt die Dunkelheit wie eine Klinge, blendete Robin und trieb ihm Tränen in die Augen.

Zwei Männer. Schattenrisse gegen das grelle Licht.

Der größere hielt eine Taschenlampe. Der Strahl bohrte sich in Robins Augen, brannte sich wie ein glühender Dorn in seine Netzhaut. Er kniff sie zusammen, blinzelte. Zeigte nichts. Zeigte keine Schwäche.

„Steh auf."

Robin rührte sich nicht. Schweigen. Eine tödliche Sekunde verstrich.

„Ich sagte, steh auf!"

Eine Hand packte ihn grob am Kragen, riss ihn hoch. Schmerz schoss durch seine Schultern, als würden glühende Nadeln seine Muskeln zerfetzen.

Dann bewegte sich der zweite Mann. Lautlos. Berechnend.

Ein Messer blitzte im Licht auf – kalt, präzise, tödlich.

„Wenn eure Freunde uns zu nahe kommen, seid ihr tot." Die Stimme des Mannes war glatt wie Glas – kühl, emotionslos, endgültig. „Und damit sie's verstehen, brauchen sie einen Beweis."

Robin spannte sich an. **„Lasst sie in Ruhe."**

Der Mann beachtete ihn nicht. Stattdessen zückte er ein Handy, hielt es Aniko hin.

„Sag ihnen, dass alles in Ordnung ist. Dass sie aufhören sollen zu suchen."

Aniko schwieg. Ihre Augen suchten Robins Blick. Ein stummer Austausch. Ein verzweifeltes Verstehen. Sie konnten nichts tun – aber sie konnten lenken.

„Tu es!" Der Entführer drückte das Messer näher an ihre Haut.

Aniko schloss kurz die Augen. Dann atmete sie aus – leise, kontrolliert. Als hätte sie jede Emotion mit einem einzigen Schnitt ausgeblendet, sagte sie tonlos:

„Lars... hört auf zu suchen. Es hat keinen Sinn."

Ein Lächeln zog sich über das Gesicht des Entführers. Kantig. Unheilvoll.

Er beendete den Anruf.

Die Tür schloss sich wieder. Zurück blieb Dunkelheit. Aniko sackte an die Wand. Ihr Atem kam unregelmäßig.

Ihr Körper bebte – nicht aus Angst, sondern aus der Anspannung der letzten Minuten.

Robin presste die Zähne zusammen. „Wir dürfen nicht aufgeben."

Ein leises Nicken. Sie wussten es beide.

Sie hatten gesprochen – aber Lars war nicht dumm. Er kannte Anikos Stimme. Ihre Tonlage. Er würde wissen, dass etwas nicht stimmte.

Doch würden sie ihn lange genug in die richtige Richtung lenken können?

Robin ballte die Fäuste.

Die Zeit lief ab.

Und sie wussten: Der nächste Fehler wäre ihr letzter

Das Verlies roch nach feuchtem Stein und Verfall. Die kalten, nassen Wände schienen jeden Atemzug zu verschlingen. In einer düsteren Ecke saß Robin – doch statt passiv zu verharren, rieb er unauffällig an den Fesseln, als suchte er nach einem Hebel, um sich zu befreien. Sein Blick war hart, vor Schmerz und Trotz gleichermaßen. Neben ihm lag Aniko, ihr Gesicht gezeichnet von innerem Zwiespalt. In ihren Augen flackerte Furcht, aber auch ein unbändiger Wille, sich nicht zu brechen.

Plötzlich schwang die schwere Tür auf. Zwei Männer traten ein – ihre Präsenz verbreitete sofort eine erdrückende Bedrohung. Der Erste packte Robin am Kragen, ein dumpfer Schmerz durchzog seinen Körper, doch er spannte sich innerlich an, um nicht den Willen zu verlieren. Der Zweite trat direkt auf Aniko zu, das Mobiltelefon fest in der Hand, und sein Blick war kalt und fordernd.

„Aniko, sprich jetzt!" dröhnte er mit messerscharfer Klarheit.

Ihre Lippen öffneten sich, und für einen quälenden Moment schien die Zeit stillzustehen. In ihrem Inneren tobte ein Sturm – Zweifel, Angst und der verzweifelte Drang, die Wahrheit zu schützen, kämpften miteinander. Jede Sekunde war von der Erkenntnis durchdrungen, dass ein falsches Wort tödlich enden könnte.

Plötzlich ertönte über das Gerät eine unverwechselbar kalte Stimme – Sorokins Stimme, als stünde er direkt vor ihnen:

„Aniko, ich erwarte sofort eine klare Antwort: Wo sind die Tagebücher? Oder soll ich dich gleich fragen, wo Heinrich Broder sich verbirgt?"

Ein kalter Schauer lief Aniko über den Rücken. Diese Worte waren mehr als bloße Forderungen – sie waren ein unheilvoller Befehl, der jede Faser ihres Seins erzittern ließ. Mit bebender Stimme antwortete sie: „Ich … ich weiß, dass sie in den alten Archiven liegen. Aber ich kann Euch nicht verraten, wo genau …"

Kaum hatte sie gesprochen, schnitt Sorokins Stimme scharf durch die Stille: „Deine Worte allein genügen mir nicht, Aniko. Zeig mir einen Beweis, oder ich werde. persönlich dafür sorgen, dass du und dieser lästige Robin den höchsten Preis zahlt."

In diesem Moment packte der Mann, der Aniko gegenüberstand, Robin heftig an der Schulter – ein drohender, körperlicher Einschlag, der ihm klarmachen sollte, dass jeder Widerstand nicht nur Worte, sondern Schmerz bedeuten konnte. Robins Augen verengten sich, und in ihrem stillen Austausch lag ein stummes Versprechen: Wir geben nicht kampflos auf.

Anikos innerer Konflikt entfaltete sich in einem Augenblick intensiver Qual. Ihre Stimme bebte, als sie erneut ansetzte:
„Ich … ich werde es euch sagen – aber ihr müsst mir versprechen, dass Robin verschont bleibt."

Sorokins Lachen, kalt und höhnisch, erfüllte den Raum. „Dein Versprechen ist wertlos, Aniko. Deine Worte sind jetzt dein Schicksal. Denk daran: Ein einziger Fehler, und eure ganze Welt versinkt im Dunkel."

Die Spannung erreichte ihren Höhepunkt. Während Aniko um ihr Leben rang, suchte Robin weiterhin unauffällig nach einem Weg, sich zu befreien – sein stummer, entschlossener Widerstand sprach Bände. Jeder Herzschlag, jeder flüchtige Blick zwischen den beiden trug den Hauch eines unausweichlichen Schicksals in sich.

Die feuchten Schatten der Wände schienen sich zu verdichten, als ob sie Zeugen eines Moments wurden, der bald alles entscheiden würde. Der Vorhang der Dunkelheit zog sich langsam zu, und in dieser erdrückenden Stille hing alles an einem hauchdünnen Faden – bereit, in einem ungewissen, gefährlichen Spiel zu zerreißen.

Der Raum blieb still, als die nächste Sekunde wie eine Ewigkeit verstrich. Was Aniko als Nächstes sagen würde, konnte den Verlauf ihres Schicksals besiegeln – und in diesem Augenblick stand alles auf Messers Schneide.

Kapitel 36

Lena spürte, wie ihr Herz schneller schlug, als Lars das vibrierende Handy vom Tisch nahm. Unbekannte Nummer. Ihr Magen zog sich zusammen. Jeder Anruf war jetzt entscheidend – doch dieser hier war anders.

Lars nahm ab. Für einen Moment herrschte Stille. Dann eine Stimme.

„Lars… hört auf zu suchen. Es hat keinen Sinn."

Lena erstarrte. **Aniko.** Doch etwas stimmte nicht. Ihre Stimme klang tonlos, leer – als würde sie Worte ablesen, die nicht die ihren waren. Kein Zittern, keine Angst. Und genau das war der Punkt.

Lars versuchte es erneut. „Aniko?"

Keine Antwort. Nur ein leises Klicken. Die Leitung wurde unterbrochen.

Für einen Moment bewegte sich niemand. Das Büro war erfüllt von dieser unheilvollen Stille, die sich wie ein dunkler Schatten über das Team legte. Alle Blicke hingen an Lars. Dann brach Lena als Erste das Schweigen.

„Das war nicht sie." Ihre Stimme war schärfer, als sie beabsichtigt hatte.

Jan Müller zog die Brauen hoch. „Doch, das war ihre Stimme."

„Ja, aber nicht sie selbst. Sie wurde dazu gezwungen." Lena wusste es. Aniko war stark. Wenn sie so ausdruckslos klang, bedeutete das nur eines – keine Wahl.

Lars atmete tief durch. „Robin hat nichts gesagt."

Lena drehte sich zu ihm. „Genau. Und das heißt?"

Lars' Blick verfinsterte sich. „Dass er bewusst geschwiegen hat. Vielleicht ein Zeichen."

Jan kratzte sich nachdenklich am Kopf. „Ich checke die Aufnahme auf Hintergrundgeräusche."

Lena ballte die Hände zu Fäusten. Jedes verdammte Detail konnte jetzt über Leben und Tod entscheiden.

Während Jan die Analyse durchführte, trat sie ans Fenster. Draußen war es dunkel. Der Hafen von Emden lag still unter dem kalten Licht der Laternen, während das Wasser träge gegen die Kaimauer schlug.

Wo seid ihr?

Das war das Schlimmste an einer Ermittlung wie dieser: Das Wissen, dass die Zeit gegen sie arbeitete – und dass ein einziger Fehler alles kosten konnte.

Hinter ihr klickte eine Tastatur. Jan drehte sich um. „Hier haben wir's. Metallisches Echo. Hohe Wände. Große offene Fläche."

„Lagerhalle?" fragte Lars. Jan nickte. „Und hier – hört ihr das?" Er ließ die Aufnahme erneut laufen. Ein dumpfes Brummen. Dann ein kurzes metallisches Quietschen.

Lena spürte, wie ihr Körper sich anspannte.

„Das ist ein Kran."

Jan sah sie an. „Ja. Und wenn wir das mit der Funkzellenortung abgleichen…" Er tippte eine Reihe von Befehlen in den Computer, dann erschien eine Karte auf dem Monitor. „Hier. Ein stillgelegtes Werftgelände. Seit zehn Jahren nicht mehr in Betrieb."

Lars trat näher. „Verdammt, das passt. Das könnte unser Ort sein." Bodo Zimmermann verschränkte die Arme. „Oder eine Falle." Lena sah ihn an. Er hatte recht. **Sorokin war nicht dumm.** Vielleicht wollte er sie genau dorthin locken, sie in einen Hinterhalt treiben.

Aber wenn sie nichts taten?

Sie atmete tief durch. Sie konnten nicht warten. Der Raum füllte sich mit Stimmen. Alle sprachen durcheinander. Möglichkeiten wurden abgewogen, Risiken analysiert. „Wir brauchen visuelle Bestätigung, bevor wir reingehen", sagte Jan bestimmt. „Ich schicke eine Drohne rüber", entschied Lena.

Während die Technik lief, gingen in ihrem Kopf die Szenarien durch:

- Wenn sie zu lange zögerten, könnten Aniko und Robin tot sein.
- Wenn sie stürmten und es eine Falle war, liefen sie direkt in Sorokins Hände.
- Wenn die Information falsch war, verschwendeten sie wertvolle Zeit.

Es gab keine perfekte Lösung. Dann erschienen die Drohnenbilder auf dem Monitor. „Da", sagte Jan und zoomte heran. Zwei Fahrzeuge. Ein Transporter und ein SUV. „Lichtquellen im Inneren?" Lars' Stimme war angespannt. „Nein. Aber Wärmebild zeigt drei Personen." Lena kniff die Augen zusammen. „Wir suchen zwei."

Bodo runzelte die Stirn. „Einer könnte ein Bewacher sein." Lars' Miene verhärtete sich. „Oder jemand, der sie verhört." Lena spürte, wie ihr Körper sich anspannte. Das war die beste Spur, die sie hatten.

„Bestätigt das SEK das Bildmaterial?"

Lars drehte sich zu einem Beamten, der mit dem Einsatzkommando sprach.

„Noch keine vollständige Bestätigung, aber es passt zum Muster."

Lena atmete tief durch. Jetzt oder nie. „Wir brauchen den Zugriff", sagte sie fest. „Aber geplant. Kein Chaos."

Taktische Maßnahmen:

- Ein leiser Zugang über die Rückseite der Halle.
- SEK-Team mit Scharfschützen zur Absicherung.
- Falls nötig, Ablenkung durch eine verdeckte Einheit.

Lars strich sich übers Gesicht. „Wenn wir es versauen, sind sie tot."

Lena nickte. „Wir haben nur diesen einen Versuch." Dann knackte plötzlich das Funkgerät.

Ein leises, verzerrtes Signal. Eine Stimme, schwach.

„Hier... Ahlers..."

Lena erstarrte.

Jan drehte sich mit weit aufgerissenen Augen um. „Robin?!"

Mehr Rauschen.

Dann – Stille.

„Verdammt", flüsterte Lena.

Sie sah Lars an. „Das war unser Beweis."

Lars zog sein Funkgerät. „Wir starten den Zugriff. Jetzt."

Kapitel 37

Der Besprechungsraum der Polizei Emden lag in drückendem Schweigen. Nur das leise Summen der Neonröhren durchbrach die Stille, als wären sie die letzten, die sich trauten, ein Geräusch zu machen. Die Luft war stickig, aufgeladen mit unausgesprochener Anspannung – als hinge das nächste Wort über Leben und Tod.

Lars Lammers stand am Kopfende des Tisches, die Arme verschränkt, die Kiefermuskeln angespannt. Seine hochgekrempelten Ärmel verrieten eine latente Ungeduld. Jeder im Raum wusste, dass er sich am liebsten selbst in diesen Einsatz werfen würde. Sein Blick war auf das Funkgerät in der Mitte des Tisches geheftet. Stumm. Tot. Ohne jedes Signal.

Robins letzter Funkspruch lag genau dreißig Minuten zurück.

Dreißig Minuten, in denen die Welt auseinanderbrechen konnte. Dreißig Minuten, in denen zwei Menschen vielleicht schon ums Überleben kämpften.

Jan Müller saß vor seinem Laptop, seine Finger huschten über die Tastatur. Auf dem Bildschirm flimmerten Drohnenaufnahmen in kühlem Schwarzweiß, verpixelte Wärmesignaturen flackerten auf dem Display.

"Drei Personen im Inneren", sagte er mit mechanischer Präzision. Seine Stimme war ruhig, aber das Glimmen in seinen Augen verriet die Anspannung. "Zwei nahe beieinander. Eine entfernt. Keine Bewegung außerhalb."

Lena Berg beugte sich vor, ihre Stirn in Falten gelegt. "Keine Verstärkung?" Jan schüttelte den Kopf. "Nicht sichtbar." Lars atmete tief ein, langsam aus. Die Zeit rann ihnen durch die Finger wie Sand. Warten war keine Option.

"Wenn wir nicht jetzt zuschlagen, verlieren wir sie", sagte er. Niemand widersprach.

Lars' Finger fuhren über die ausgebreitete Karte auf dem Tisch. Die Lage war klar: eine Lagerhalle, ein begrenztes Fluchtfeld, ein Hauch von Chance.

Der Plan war brutal einfach.

- Vordringen über den Hintereingang. Das SEK verschafft sich lautlos Zugang zur Halle.
- Scharfschützen am Wasser. Kein Verdächtiger verlässt das Gelände.
- Blockade der Fluchtwege. Die Fahrzeuge setzen sich so, dass kein Entkommen bleibt.
- Kein Verhandeln. Ein Zögern könnte zwei Leben kosten.

Lars zog mit einem roten Stift eine Linie über die Karte. "Wir sichern das Gelände, bevor wir reingehen. Niemand feuert, außer es ist absolut notwendig." Lena sah ihn an. Ihre Stimme war leise, ein Schatten von Zweifel darin. "Und wenn sie Robin oder Aniko als Schutzschild nehmen?"

Ein Moment der Stille.

Lars' Kiefer mahlte, die Spannung in seinen Schultern steigerte sich. Ein dunkler Schatten huschte über seine Züge.

"Dann improvisieren wir."

Niemand fragte nach einem Plan B.

Die Kolonne der Einsatzfahrzeuge bewegte sich lautlos durch Emden. Keine Sirenen. Kein Blaulicht. Nur das leise, bedrohliche Brummen der Motoren hallte durch die Straßen.

Lena saß auf dem Beifahrersitz neben Lars, ihre Finger um das Funkgerät geschlossen. Ihr Blick wanderte über die schlafende Stadt. Friedlich lag sie da, eingehüllt in den Schein der Straßenlaternen. Kopfsteinpflaster glitzerte feucht im Licht. Hinter geschlossenen Rollläden atmeten Menschen ruhig in ihren Betten, während zwei von ihnen um ihr Leben kämpften.

Das alte Rathaus ragte dunkel in den Himmel. Am Delft spiegelten sich die Laternenlichter auf der reglosen Wasseroberfläche. In den Booten knarrten Masten leise im Wind, während der Geruch von Salzwasser und altem Öl die Luft schwängerte. Lars drehte das Armaturenbrettlicht herunter, tauchte den Innenraum in Dunkelheit.

"Erinnerst du dich an unsere erste Observation in der Werft?" fragte er leise. Lena nickte kaum merklich, ihre Stimme ein Hauch. "Ja. Damals war es Routine." Lars' Blick blieb auf die Straße gerichtet. "Jetzt nicht mehr."

Am Horizont erhoben sich die dunklen Umrisse der Werftkräne. Die Hallen schoben sich näher, stumme Zeugen der letzten Minuten, bevor die Hölle losbrechen würde.

SEK-Beamte huschten durch die Schatten, Waffen entsichert, die Helme tief ins Gesicht gezogen. Schwarze Silhouetten, Teil der Nacht, bereit für das, was kommen würde. Lena stieg aus. Die kühle Brise vom Hafen trug den Geruch von Teer, Rost und Salzwasser heran. Der Boden unter ihren Stiefeln war feucht. Der Nebel, der über das Gelände kroch, machte die Dunkelheit dichter, schneidender. Lars trat neben sie, sein Blick starr auf die Lagerhalle gerichtet. Die Tür stand noch immer verschlossen.

Zu ruhig. Zu still.

Ein Schatten bewegte sich hinter einem Fenster. Ein kurzer, verrauschter Laut aus dem Funkgerät. Verzerrt. Fast unverständlich. Robins Stimme. "Nicht..."

Dann ein dumpfes Geräusch. Stille. Lena spürte, wie ihr Herz einen Schlag aussetzte. Ein SEK-Kommandoführer trat an sie heran, das Funkgerät in der Hand. "Alle Einheiten bereit." Seine Stimme war ruhig, doch in seinen Augen stand der Ernst der Lage geschrieben. "Euer Signal entscheidet."

Lena schloss einen Moment die Augen. Robin. Aniko. Haltet durch. Dann öffnete sie sie wieder. Ihr Blick war klar. Ihre Stimme fest. "Zugriff."

Kapitel 38

Die Nacht lag wie ein bleierner Schleier über dem Gelände. Nur das dumpfe Geräusch von Stiefeln auf nassem Asphalt durchbrach die Stille. Kein überflüssiges Wort. Kein Atemzug zu viel. Jeder wusste, was auf dem Spiel stand.

Lars lag flach auf dem Boden, das Nachtsichtgerät vor den Augen. Die grünen Silhouetten auf dem Display zeigten drei Gestalten – zwei eng beieinander, die dritte ein Stück entfernt.

Robin. Aniko. Ihr Bewacher.

Neben Lars kniete Lena, die Waffe fest im Griff. Ihr Herz hämmerte in der Brust, doch ihre Hände blieben ruhig. Präzision. Kontrolle. Kein Spielraum für Fehler.

Ein leises Knistern im Funk.

„Scharfschützen in Position."
„SEK bereit. Zugriff auf dein Kommando."

Lars atmete tief ein. Die Welt hielt den Atem an. Sekunden dehnten sich ins Unendliche. Dann:

„Los."

Schatten lösten sich aus der Dunkelheit. Zwei Gruppen – eine am Hintereingang, die andere bereit, durch die Vordertür zu stürmen.

Dann explodierte die Nacht.

Ein ohrenbetäubender Knall. Holz splitterte, Metall ächzte. Der Rammbock durchbrach die Tür, ließ Chaos aus der Stille hervorbrechen.

Schüsse.

Mündungsfeuer riss Blitze in die Dunkelheit, verzerrte Schatten an den Wänden.

„Deckung!"

Lena hechtete hinter eine Kiste. Ihre Finger umklammerten das Tablet, das Display zuckte unter den schnellen Bewegungen. Drei Silhouetten. Ein Schrei – scharf wie ein Skalpell durch das Getöse.

Robin.

Adrenalin explodierte in ihr. Sie sprang auf, ignorierte die Rufe hinter sich. Drei dunkle Gestalten. Ein Mann riss den Arm hoch – ein kurzer Lichtblitz.

„Blendgranate!"

Lena riss den Arm vors Gesicht. Dann – das gleißende Licht. Ein greller Blitz, ein Donnerschlag. Die Druckwelle fegte durch die Halle, ließ Stahlträger erzittern. Ihr Gleichgewicht kippte. Der Boden kam ihr entgegen. Ein dumpfer Aufprall.

Jemand stöhnte. Lena kämpfte gegen den flammenden Nachhall in ihren Augen, blinzelte den Schmerz weg.

Dann sah sie ihn. Robin.

Er lag auf dem Boden, klammerte sich an eine Kiste. Dunkle Spritzer tropften auf den Beton. Lena schnappte nach Luft. Ihr Körper reagierte, bevor ihr Verstand es tat. Sie kam auf die Beine.

Eine Bewegung über Robin. Pistole an die Schläfe. „Zurück, oder er stirbt!" Lena richtete die Waffe. Ihre Stimme war eiskalt.

„Lass ihn los."

Der Entführer erstarrte. Der Finger am Abzug zitterte. Panik glänzte in seinen Augen. Ein Schatten bewegte sich am Rand ihres Blickfelds. Ein SEK-Mann glitt lautlos heran. Der Entführer wusste, dass es vorbei war.

Seine Zähne knirschten, sein Atem ging hektisch. Dann – eine plötzliche Entscheidung. Ein Ruck, eine Drehung. Er rannte.

„Halt!"

Lena sprintete los. Ein Schuss durchzuckte die Nacht. Der SEK-Scharfschütze feuerte. Die Kugel pfiff durch die Dunkelheit. Ein metallisches Klirren. Die Kugel traf eine Stütze. Funken sprühten.

Der Entführer war schon in der nächsten Deckung, verschwand in einem Labyrinth aus Containern.

Lars fluchte.
Robin keuchte.

Lena sank auf die Knie, ihre Hände fanden Robin. Blut färbte das Hemd dunkelrot. Seine Stimme war heiser, gebrochen.

„Aniko…?"

„Hier." Aniko stand am Rand der Halle, die Hände noch gefesselt. Ihre Augen – weit, voller unausgesprochener Emotionen. Lena zog den Schlüssel aus der Tasche, löste die Handschellen mit einem schnellen Griff.

„Es ist vorbei." Eine Lüge.

Die Luft vibrierte vor Anspannung. Der Geruch von Schießpulver, Schweiß und Angst lag schwer im Raum.

Dann – ein leises Geräusch. Lars drehte sich ruckartig um. Sein Blick fiel auf den Boden. Etwas Glänzendes im Staub. Er hob es auf, drehte es zwischen den Fingern. Lena trat näher. „Was ist das?" Lars' Kiefermuskeln spannten sich an. **„Ein Zeichen von Sorokin."**

Lenas Atem stockte. **Er war immer noch da.** Und es war noch lange nicht vorbei.

Kapitel 39

Lena sah es immer noch vor sich. Robin, reglos auf dem Boden, das Hemd blutgetränkt. Sein Atem flach, sein Blick verschwommen vor Schmerz. Und Aniko – ihre Hände auf seiner Brust, verzweifelt versuchend, den Blutfluss zu stoppen. Kein Laut war über ihre Lippen gekommen.

Lena schloss die Augen, rieb sich über die Schläfen. Das Bild ließ sie nicht los. In diesem Moment hatte sie gewusst: Wenn sie Robin verlieren, verlieren sie auch Aniko.

Jetzt saß sie allein in ihrer dunklen Wohnung. Ein Glas Wasser stand auf dem Tisch – unberührt. Die Nacht hatte sie wachgehalten. Gedanken, Schuldgefühle, die nagende Angst, dass nichts mehr so sein würde wie zuvor.

Bodo war da. Natürlich war er da. Er lehnte im Türrahmen, die Arme verschränkt, Stirn in Falten gelegt. Sein Blick ruhte auf ihr – prüfend, aber nicht drängend.

„Hast du mit ihr gesprochen?" fragte er leise.

Lena schüttelte den Kopf.

„Sie war die ganze Nacht bei ihm", sagte Bodo schließlich. „Ich war kurz dort. Sie saß einfach nur da. Hat nichts gesagt. Hat nicht geschlafen."

Lena atmete tief ein. „Er ist alles für sie", murmelte sie.

Bodo nickte langsam. „Ja."

Stille.

„Was ist, wenn sie nicht mehr spricht?" flüsterte Lena.

Bodo trat näher, legte sanft eine Hand auf ihre Schulter. „Dann holen wir sie zurück."

06:30 Uhr – Krankenhaus Der scharfe Geruch von Desinfektionsmittel brannte in der Nase. Der bittere Dunst von abgestandenem Kaffee lag in der Luft. Kalter Stahl, fahles Neonlicht – eine surreale Szenerie.

Aniko saß neben Robin. Die Arme um den Körper geschlungen, die Muskeln verspannt, der Nacken schmerzhaft verkrampft. Aber das war egal.

Er lebt.

Dieser eine Gedanke hatte sie durch die Nacht getragen. Doch tief in ihr wusste sie: Es war nicht vorbei.

Was wäre, wenn sie zu spät gewesen wäre? Wenn Robin nicht rechtzeitig ins Krankenhaus gekommen wäre? Wenn sie nicht schnell genug reagiert hätte?

Sie hatte nicht geweint. Nicht, weil sie es nicht konnte – sondern weil sie nicht wusste, was danach käme.

Die Tür öffnete sich.

Lena trat ein.

Aniko blinzelte, löste langsam die Arme. Ihr Körper fühlte sich fremd an, als hätte sie ihn seit Stunden nicht mehr bewegt.

„Wie geht es weiter?" fragte sie leise.

Lena musterte sie einen Moment lang. „Robin wird sich erholen. Aber…" Sie zögerte.

Aniko spürte sofort, dass etwas nicht stimmte. „Was ist los?"

Lena atmete langsam aus. „Thomas Broder ist tot."

Stille.

Anikos Magen zog sich schmerzhaft zusammen. Die Luft im Raum wurde dünn. Sie wusste, dass Thomas in etwas Gefährliches verstrickt war. Aber tot?

Ihre Finger verkrampften sich an der Stuhlkante. „Wie?"

Lena setzte sich auf die Bettkante. „Manipulation am Auto. Wir vermuten, dass es Sorokin war."

Sorokin.

Ein eisiger Schauder lief Aniko über den Rücken. Ihr Puls beschleunigte sich.

Fünf Tage in Gefangenschaft. Der modrige Geruch des Kellers. Die Stimmen.

„Alles endet im Schatten."

Sie schluckte. Das Zittern in ihren Fingern ignorierte sie.

Ihr Blick glitt zu Lena. „Was wird jetzt aus mir?" Ihre Stimme klang brüchig. Sie sah zu Robin, dann zurück zu Lena. „Mein Job… die Werft… was mache ich jetzt?"

Lena sah sie ernst an. „Aniko… du kannst nicht zurück in dein altes Leben." Ein Kloß bildete sich in ihrer Kehle. „Was?"

„Es ist zu gefährlich. Sorokin hat bereits einen Mord begangen – wir wissen nicht, ob er nach dir sucht."

„Aber… mein Zuhause, mein Job—"

„Wir bringen dich in ein Safe House." Das Blut wich aus Anikos Gesicht.

„Ich… soll untertauchen?" Lena nickte. „Zumindest für eine Weile."

Aniko schüttelte langsam den Kopf. Das konnte nicht wahr sein. Sie wollte nicht irgendwo eingesperrt sein, in einer fremden Wohnung, mit falschem Namen und neuer Adresse. „Nein…"

„Es ist die einzige Möglichkeit, dich zu schützen." Aniko atmete flach. „Ich habe noch etwas." Ihre Stimme war kaum mehr als ein Hauch. „Ich habe vor der Entführung Sorokin bei Thomas gesehen."

Lena erstarrte. „Bist du sicher?" Aniko nickte. „Ja. Er war kurz vor meinem Feierabend dort. Und er war nicht allein." Lena beugte sich vor. „Wer war bei ihm?"

„Eine Frau."

Lena und Aniko sahen sich an. „Hast du ihr Gesicht gesehen?" fragte Lena angespannt. Aniko schüttelte den Kopf. „Nein. Sie saß auf dem Beifahrersitz. Ich habe nur den Schatten gesehen, aber ich weiß, dass es eine Frau war." Lena dachte nach. Eine Frau. Wer könnte das gewesen sein?

„Und es gibt noch etwas", sagte Aniko plötzlich.

Lena hob die Augenbrauen. „Ich habe im Gespräch gehört, dass Sorokin etwas über das Große Meer gesagt hat. Ein Versteck."

Lena tauschte einen Blick mit Bodo, der gerade durch die Tür trat. „Das könnte unsere nächste Spur sein", sagte er leise. Lena nickte langsam.

Ein Versteck. Eine Frau im Auto. Und Sorokin…

Das Puzzle begann sich zu fügen.

07:45 Uhr – Kriminalpolizei Emden Lena und Bodo betraten das Präsidium. Aniko war nicht dabei. Sie wurde bereits in ein Safe House gebracht. Sie hatte keine Wahl.

Und sie wusste, dass es das Richtige war.

Aber es fühlte sich an, als würde ihr die Luft zum Atmen genommen. Währenddessen saßen Lars, Jan und Corinna im Besprechungsraum. Lars warf eine Mappe auf den Tisch. „Wir haben Sorokin auf den Drohnenaufnahmen." Ein körniges Bild erschien auf dem Bildschirm. Eine Gestalt – ein Schatten – verschwand aus einer Lagerhalle. „Das ist Sorokin", sagte Bodo leise. Jan klickte weiter. Ein weiteres Bild erschien.

Ein Zettel. Zerknittert. Blutverschmiert.

Lena beugte sich vor.

„Alles endet im Schatten." Und darunter – die kunstvoll gezeichnete Feder.

Lena schloss die Augen. Sorokin hatte Thomas getötet. Aber warum? Und wer war die Frau in seinem Auto?

Bodo seufzte. „Also gehen wir als Nächstes zum Großen Meer." Lars nickte. „Aber vorsichtig. Wenn das wirklich Sorokins Versteck ist…"

Lena legte die Hände auf den Tisch.„…dann müssen wir ihm zuvorkommen."

Kapitel 40

Das Präsidium lag in gespenstischer Stille. Nur das leise Summen der Neonröhren durchbrach die Dunkelheit, ihr kaltes Licht schnitt scharfe Konturen in den Raum. Draußen peitschte der Regen gegen die Scheiben, ein monotoner Rhythmus, der sich tief in Lenas Gedanken grub.

Sie saß allein an ihrem Schreibtisch, umgeben von einem Chaos aus Akten, Notizen und vergilbten Beweisstücken. Der schwere Geruch von Papierstaub mischte sich mit dem abgestandenen Dunst alter Zigaretten. Vor ihr lag ein dicker Ordner. Ein Monument aus Fakten und Zahlen. Eine Spur, die eine einzige, unumstößliche Wahrheit zu enthalten schien.

Thomas Broder. Hauptverdächtiger.

Sein Tod hatte sie erschüttert. Die Manipulation seines Fahrzeugs – präzise, gnadenlos, endgültig – hatte ihn binnen Sekunden ausgelöscht. Doch da war etwas. Ein nagendes Gefühl, ein Detail, das ihr keine Ruhe ließ.

Ihr Blick wanderte über die Seiten. Dann hielt sie inne.

Ein winziges Detail. Kaum wahrnehmbar. Und doch – eine Unstimmigkeit.

Ein Buchstabe. **K.**

Immer wieder tauchte er auf. Eingeflochten in die Finanztransaktionen, unscheinbar, kaum der Rede wert.

Und doch war er jetzt, in diesem Moment, unübersehbar. Daneben ein Name, der wie ein dunkler Schatten über der gesamten Ermittlung lag.

Sorokin.

Lenas Herzschlag beschleunigte sich. Hatten sie sich geirrt? Hatten sie Thomas Broder für den Täter gehalten, obwohl er nur eine Marionette war?

Die Tür öffnete sich.

Bodo trat ein, legte eine Mappe vor ihr ab und setzte sich langsam ihr gegenüber. Sein Blick war wachsam, abschätzend.

"Ich habe die Finanzdaten und die Überwachungsaufnahmen noch einmal durchgesehen," sagte er leise. "Da passt einiges nicht. Thomas war kein Drahtzieher, Lena. Er war ein Opfer."

Die Worte hallten nach. Sie griff nach ihren Notizen, blätterte hastig. Ihre Finger glitten über die Einträge.

K. Die Geldflüsse. Heinrich Broders vergilbtes Tagebuch.

Die Puzzleteile fügten sich zusammen.

Sie hob den Kopf. Ihr Blick traf Bodos. **"Karin Broder."**

Er erstarrte für einen Moment. Dann nickte er langsam.

251

"Sie hat uns manipuliert," sagte Lena. Ihre Stimme klang ruhig, doch in ihr loderte Wut. "Die vermeintliche Unwissenheit, die gezielten Hinweise – sie hat uns gelenkt. Sie wollte, dass wir Thomas verdächtigen."

Bodo zog das Tagebuch zu sich heran, blätterte. Seine Stirn legte sich in Falten.

"Hier." Er tippte auf eine Zeile. "Nur ein kleines Rädchen in einem viel größeren Getriebe …" Lena spürte, wie sich ihre Nackenhaare aufstellten.

Ein Schatten huschte über die Glaswand des Büros. Draußen bewegte sich jemand – leise, unauffällig. Lena hielt inne. Ihre Finger schlossen sich fester um die Akte. Dann schlug sie sie mit einem entschlossenen Knall zu.

"Wir haben einen neuen Fokus," sagte sie, ihre Stimme fest, unerschütterlich. "Wir suchen nicht mehr nach Beweisen gegen Thomas. Wir suchen nach der Wahrheit. Über Sorokin. Über Karin. Und über das, was Heinrich Broder uns mit seinem letzten Atemzug sagen wollte."

Bodo richtete sich auf. "Dann fangen wir an."

Draußen klatschte der Regen gegen die Scheiben, als würde er applaudieren für das, was kommen würde.

In dieser Nacht änderten sich die Regeln. Und Lena Berg war bereit, die Wahrheit ans Licht zu zerren – egal, was es kosten würde.

Kapitel 41

Die Luft im Präsidium war stickig, geschwängert vom abgestandenen Geruch alter Akten, Druckertinte und kaltem Kaffee. Neonröhren summten leise, ihr fahles Licht legte sich wie ein Schleier auf den massiven Eichentisch. Darauf verstreut: Ausdrucke, Notizen, vergilbte Fotografien – Fragmente eines Puzzles, das sich jetzt, in diesem Moment, endlich zusammensetzte.

Lena, Lars, Bodo und Jan saßen schweigend um den Tisch. Jeder hing seinen Gedanken nach. Doch diesmal war es anders. Diesmal hatten sie den Wendepunkt erreicht. Der Schlüssel lag direkt vor ihnen.

Ein Zufall – oder vielleicht auch nicht – hatte sie dazu gebracht, Sebastian Broder erneut zu befragen. Zunächst hatte er gelogen, behauptet, keine Aufzeichnungen seines Vaters zu besitzen. Doch als Lena ihm das Foto der Handschrift vorgelegt hatte, war es vorbei gewesen. Die Maske war gefallen.

Seine Finger hatten leicht gezittert, als er sie in seine Werkstatt führte. Der Geruch von frischem Holz und Maschinenöl lag in der Luft, scharf und unverkennbar. Die schweren Geräte standen still, doch es war nicht die Stille, die ihn nervös machte. Es war das, was sich hinter einer unscheinbaren Wand verbarg.

Ein Panel, so perfekt eingepasst, dass es kaum auffiel. Ein leises Knacken. Eine schmale Nische tat sich auf. Und dort, zwischen Holzspänen und verstaubten Ersatzteilen, lagen sie. Elf Bücher. Eingebunden in dunkles, fast schwarzes Leder. Die Ecken abgestoßen, das Papier vergilbt. Zeitzeugen einer Vergangenheit, die mit aller Macht begraben werden sollte.

Jetzt lagen sie vor Lena auf dem Tisch. Mit den Fingerspitzen strich sie über den abgenutzten Einband, spürte das Gewicht der Jahre, der Geheimnisse. Als sie die erste Seite aufschlug, schlug ihr modriger Geruch entgegen. Heinrich Broders Handschrift war akribisch genau, stellenweise ausgeblichen, doch immer noch lesbar.

Sie begann zu lesen.

"Die Kontrolle über die Werft entgleitet mir. Die Schatten reichen weiter, als ich dachte. Man hat mir zu verstehen gegeben, dass Widerstand zwecklos ist. Ich sehe ihre Gesichter, doch ihre Namen bleiben verborgen. Sorokin …"

Ein eisiger Schauer lief ihr über den Rücken. Das war kein Tagebuch. Das war ein Vermächtnis.

Jan hatte bereits begonnen, die Seiten zu scannen. Das sanfte Summen seines Laptops durchbrach die gespannte Stille. Lars lehnte sich vor, strich mit den Fingerspitzen über die Notizen, als könnte er die Wahrheit aus ihnen herausziehen. Dann stockte er.

„Thomas – der kleine Mittelsmann. Nur ein Rädchen im Getriebe. Die wahren Fäden laufen woanders zusammen."

Lena runzelte die Stirn. Wochenlang hatten sie Thomas für den Drahtzieher gehalten. Doch was, wenn sie von Anfang an in die falsche Richtung geschaut hatten?

Dann entdeckte sie es.

Am Rand einer Seite, fast unsichtbar: eine Kritzelei.

Ein Name.

Karin.

Daneben ein Symbol. Eine stilisierte Feder.

Lars' Gesicht verhärtete sich. Er stieß hörbar die Luft aus. „Die Feder …", murmelte er. „Verdammt. Ich wusste, dass ich sie irgendwo gesehen habe."

Er stand auf, zog einen Ordner vom Tisch, blätterte hastig durch die Seiten. Dann – ein vergilbtes Foto. Eine alte Notiz. In der Ecke das Symbol. Die Feder.

Lena hielt die Luft an. Sie hatte es schon früher gesehen. Immer wieder tauchte es im Zusammenhang mit Sorokin auf. Doch diesmal stand es neben Karins Namen.

„Das kann nicht sein."

Doch es konnte. Und es änderte alles.

Lars' Miene verfinsterte sich. „Dann hatten wir also den falschen Fokus", sagte er rau. „Wir haben uns auf Thomas konzentriert, aber Karin … sie war die ganze Zeit im Zentrum."

Lena blätterte weiter. Heinrich Broder hatte mit erschreckender Genauigkeit notiert, wie das Geld in die Werft floss, wie die Kontrolle schleichend entglitt. Wie Thomas in ein Spiel hineingezogen wurde, das größer war, als er je verstanden hatte.

Und wie im Hintergrund jemand die Fäden zog. Jemand, der weitaus mächtiger war als Thomas.

Bodo lehnte sich nach vorne, seine Augen ruhten auf einer Zahlenkolonne. „Diese Summen …", sagte er leise. „Das ist kein Geschäft für einen Einzelnen. Das hier ist viel größer."

Lars nickte langsam, seine Stimme klang schärfer. Entschlossener. „Wir dachten, Thomas sei der Kopf. Aber was, wenn er nur eine Figur auf dem Schachbrett war?"

Lenas Blick flog über die Zeilen. Dann blieb sie hängen.

Ein Datum.

Ein Tag vor Heinrich Broders Verschwinden.

„Ich habe zu lange weggesehen. Die Zeichen waren da, doch ich wollte sie nicht sehen.

Karin war dort, als Sorokin kam. Ich sah sie. Ich hörte ihre Worte. Und ich weiß jetzt, dass ich zu viel weiß."

Lena legte eine Hand auf das vergilbte Papier.

Das war der Grund, warum Heinrich Broder sterben musste.

Jan tippte bereits auf seinem Laptop. „Ich vergleiche die Finanzströme mit den alten Überwachungsdaten.

Wenn wir herausfinden, wohin das Geld floss, haben wir endlich einen Beweis."

Lars trat ans Whiteboard. Seine Finger tippten auf ein Bild von Karin Broder.

„Dann wird es Zeit, das Netz zu zerreißen."

Stille.

Jeder im Raum wusste, dass es ab jetzt keinen Weg mehr zurückgab.

Kapitel 42

Die Abenddämmerung legte sich wie ein dunkler Schleier über das Große Meer. Der stille See nahe Emden lag reglos da, als hielte er den Atem an. Am Ufer standen die verwaisten Ferienhäuser, blass und leblos, Schatten vergangener Sommer. Die letzten Sonnenstrahlen kämpften vergeblich gegen den aufziehenden Nebel. Ihre Reflexionen zuckten auf der Wasseroberfläche, verzerrt, unruhig – als ob das Wasser selbst sich gegen die drohende Dunkelheit sträubte.

In der Ferne kreischten Möwen. Ihr Ruf verlor sich in der Düsternis, verschluckt von der Nacht. Das Klatschen der Wellen gegen den Steg klang wie ein geheimes Geständnis, das niemand hören durfte.

Karin Broder stand in der Tür eines abgelegenen Ferienhauses. Sie schlang die Arme um ihren Körper, als könnte sie die Kälte damit abwehren. Doch es war nicht der Wind, der sie frösteln ließ. Ihr Atem ging flach, ihre Finger zitterten kaum merklich. Der modrige Geruch der feuchten Holzbalken mischte sich mit einer Note, die ihr Magen erkannte, bevor ihr Verstand es tat.

Zigarrenrauch.

Es war, als hätte jemand die Vergangenheit in diesen Wänden konserviert. Ein Geräusch in ihrem Kopf – das Knarren alter Dielen, ihr Vater, gereizt, ungeduldig. Dann ein dumpfer Aufprall. Ein Röcheln. Stille. Ein Motorengeräusch riss sie in die Gegenwart zurück. Langsam, viel zu kontrolliert, um zufällig zu sein.

Ein schwarzer Wagen glitt lautlos die enge Straße entlang, hielt direkt vor dem Haus. Die Tür öffnete sich – erschreckend sanft.

Alexei Sorokin.

Karin erstarrte. Adrenalin schoss ihr in den Magen, schnürte ihr die Luft ab. Sie hatte gewusst, dass er kommen würde. Aber nicht so schnell. Nicht so lautlos.

Er stieg aus. Ruhig, kontrolliert. Der Mantel makellos, die Hände tief in den Taschen. Sein Blick war kalt, doch dahinter lauerte etwas – ein leises Beben, ein untrügliches Wissen.

Er wusste es.

Karin zwang sich, sich zu bewegen. Sie ging auf ihn zu, langsam, als würde jeder Schritt sie tiefer in Treibsand ziehen. Ihre Hand suchte Halt, fand den Stoff seines Mantels. Ihre Finger verkrallten sich darin, als wäre er der letzte Anker in einer Welt, die sie zu verschlingen drohte. „Alexei…" Ihre Stimme war kaum mehr als ein Hauch.

Er ließ sie gewähren, musterte sie reglos.

„Ich kann nicht hierbleiben. Die Kripo ist mir auf den Fersen." Sorokin neigte den Kopf, zog sie sanft zur Seite – weg von der Tür, weg von möglichen Blicken.

Seine Bewegungen waren mühelos, selbstverständlich.

„Beruhige dich." Seine Stimme war leise, aber unerbittlich. „Du weißt, dass ich dich nicht hängen lasse."

Sie schluckte. Die Worte hätten Trost spenden können. Doch da war etwas in seinem Tonfall – eine letzte, ungesagte Bedingung. Ihre Finger verkrampften sich um seinen Ärmel. „Ich… war dabei, als mein Vater starb." Ein Zittern in ihrer Stimme, ein Bruch in der Fassade. „Ich hätte etwas tun können. Ich habe es zugelassen."

Sorokins Miene blieb ausdruckslos. Kein Mitgefühl. Kein Tadel. Nur eine leicht erhobene Braue, als sei ihre Schuld belanglos.

„Ein Gewissen? Jetzt?" Kein Spott. Keine Verwunderung. Nur eine nüchterne, vernichtende Feststellung. „Das wird dich nicht retten, Karin."

Der Wind frischte auf, ließ eine silberne Feder aus dem Gebälk tanzen. Sie taumelte, drehte sich, kämpfte gegen die Schwerkraft. Ein letzter Tanz im sterbenden Licht des Tages.

Dann fiel sie. Lautlos. Endgültig.

Karin hob sie auf, drehte sie zwischen den Fingern. „Siehst du?" Ihre Stimme war brüchig. „Nichts bleibt verborgen."

Sorokin betrachtete sie lange. Sein Blick unergründlich. Dann schüttelte er kaum merklich den Kopf.

„Wir haben keine Zeit für Omen, Karin." Seine Stimme war jetzt härter. „Entweder du vertraust mir – oder du stellst dich deinem Schicksal allein."

Ein Geräusch schnitt durch die Nacht. **Sirenen.** Nah, Unaufhaltsam.

Karin schloss die Augen. Die Entscheidung lastete schwer auf ihrer Brust, drückte sie nieder wie eine Welle, die über scharfe Felsen schlug.

„Ich vertraue dir." Die Worte waren kaum mehr als ein Flüstern.

Sorokin wartete nicht. Ohne zu zögern packte er ihre Hand, zog sie mit sich. „Dann los. Wir holen deine Sachen." Sie rannten zum Wagen. Karin stolperte, fing sich im letzten Moment. Ein letzter Blick über das Wasser – die Feder trieb davon. Verschwunden in der Dunkelheit.

Sorokin startete den Motor.

Die Villa der Broders lag nur wenige Straßen entfernt.

Ein letztes Mal.

Bevor die Schatten der Vergangenheit sie verschlangen

Kapitel 43

Der Regen fiel in dichten Strömen, peitschte gegen den Asphalt und zog silbrige Schlieren über die Windschutzscheiben der parkenden Autos. Die Dunkelheit war schwer, drückend, fast greifbar. Straßenlaternen warfen mattes Licht auf den nassen Boden, doch die Stadt wirkte leblos, als hätte sie sich unter der Wucht des Unwetters zurückgezogen.

Katrin Broder hastete durch die Nacht, ihre Pumps klatschten in Pfützen, kaltes Wasser spritzte gegen ihre Beine. Sie spürte es nicht. Ihr Herz hämmerte in ihrer Brust, ihr Atem ging stoßweise. Jeder Schritt fühlte sich an wie ein verzweifelter Versuch, einer unausweichlichen Katastrophe zu entkommen.

Sorokin war weg. Kein Auto. Keine Nachricht. Nur Stille.

Er hatte sie im entscheidenden Moment fallengelassen – wie eine wertlose Figur in einem Spiel, das er längst für sich entschieden hatte.

Mit zitternden Fingern zog sie ihr Handy aus der Manteltasche. Die Nummer, die sie unzählige Male gewählt hatte, leuchtete ihr entgegen. Sie drückte auf „Anrufen". Kein Freizeichen. Nur Leere.

„Verdammt …" Die Silbe verflog im Prasseln des Regens.

Sie biss sich auf die Lippe, schmeckte Kupfer. Keine Zeit für Zweifel. Keine Zeit für Angst. Es gab nur noch einen Weg.

Mit einem Ruck riss sie die Tür ihres Audi A6 auf, warf ihre Tasche auf den Beifahrersitz und startete den Motor. Der V6 erwachte mit einem tiefen Grollen zum Leben – ein Versprechen von Kraft und Geschwindigkeit. Sie riss das Lenkrad herum. Die Reifen kreischten auf dem nassen Asphalt. Dann schoss sie hinaus in die Nacht.

Der silber-blaue VW Passat Variant der Polizei pflügte durch den strömenden Regen. Blaulicht zerschnitt die Dunkelheit mit zuckenden Blitzen, reflektierte in den regennassen Straßen wie geisterhafte Finger aus Licht.

Lena saß angespannt auf dem Beifahrersitz, die Finger umklammerten das Funkgerät. Der Scheibenwischer arbeitete im Höchsttempo, doch die Sicht blieb miserabel. Tropfen prasselten wie kleine Hammerschläge auf die Windschutzscheibe, verschluckten Konturen, ließen die Welt verschwimmen.

Dann – eine Bewegung. Ein Schatten, viel zu schnell.

„Da! Das ist Katrin!"

Bodo reagierte sofort, trat das Gaspedal durch. Der Passat schoss nach vorn. „Halt dich fest."

Lena aktivierte das Funkgerät. „Zentrale, hier Berg. Verdächtige Katrin Broder flieht mit einem dunklen Audi A6, Richtung A31. Wir nehmen die Verfolgung auf." Der Motor heulte auf.

Die Reifen krallten sich in den nassen Asphalt. Der Tachometer kletterte – 140. 150. 160 km/h.

„Sie wird nicht anhalten", murmelte Lena.

Bodo nickte knapp. „Dann müssen wir sie dazu bringen."

Katrin presste das Gaspedal durch. Die Tachonadel stieg – 140. 160. 170. Der Regen peitschte gegen die Windschutzscheibe, als ob die Natur selbst sie aufhalten wollte. Die Reifen kämpften um Halt, jeder Lenkimpuls musste präzise dosiert werden.

Im Rückspiegel zuckten die Lichter des Polizeiwagens, verzerrt durch die Wassermassen. „Lasst mich einfach in Ruhe!" presste sie hervor. Niemand konnte sie hören.

Mit einem riskanten Manöver zog sie nach links, raste an einem Lkw vorbei, schnitt knapp vor ihm wieder ein. Ein gefährliches Spiel – ein einziger Fehler, und sie würde in den Leitplanken enden.

Doch Bodo ließ sich nicht abschütteln. Er kannte dieses Muster. Panik. Verzweiflung. Der Moment, in dem der Flüchtige den entscheidenden Fehler machte.

„Irgendwann baut sie Mist", sagte er ruhig. Lena presste die Lippen aufeinander. „Oder sie baut einen Unfall."

Plötzlich – ein Schild. Ausfahrt Timmel – 500 Meter.

Katrin wusste, dass sie nicht ewig auf der Autobahn bleiben konnte. Sie musste von den großen Straßen runter. Unsichtbar werden.

Mit einem jähen Ruck riss sie das Lenkrad nach rechts. Der Audi brach aus, die Reifen verloren kurz den Grip, dann fing sie ihn wieder ab. Adrenalin schoss durch ihre Adern.

„Sie fährt runter!" rief Lena.

Bodo folgte ihr, kontrollierte das Tempo. Die Landstraße war schmal, gesäumt von hohen Bäumen, die sich unter dem Sturm bogen. Kein Straßenlicht, nur Dunkelheit und der tosende Regen.

Dann – Lichter.

Ein Traktor. Direkt vor ihr.

Katrin riss das Steuer herum. Reifen quietschten. Die Welt drehte sich. Ein unkontrollierbarer Sog zog sie mit sich.

Der Audi schleuderte, krachte seitlich gegen einen Baum, wurde herumgeschleudert und prallte mit voller Wucht in den Graben.

Ein dumpfer Aufprall. Dann Stille. Nur der Regen füllte die Nacht. Bodo trat voll auf die Bremse. Der Polizeiwagen kam wenige Meter entfernt zum Stehen. Lena riss die

Tür auf. Ihr Herz pochte heftig, als sie auf den zerstörten Audi zuging.

Der Motor lief noch, stotternd.

Die Beifahrertür stand halb offen. Katrin saß im Wagen. Ihre Finger umklammerten das Lenkrad wie ein Ertrinkender einen Rettungsring. Ihr Brustkorb hob und senkte sich heftig.

Ihr Gesicht war bleich, feucht von Regen und Schweiß. Langsam drehte sie den Kopf. Ihre Augen waren leer. Ihre Lippen bebten. Dann ein Flüstern:

„Ich hätte es schaffen können …"

Lena hielt ihrem Blick stand. „Nein, Katrin. Das war dein letzter Fehler."

Katrins Schultern sackten nach unten. Der letzte Rest Widerstand verflüchtigte sich in der Kälte der Nacht. Bodo trat vor, zog ruhig die Handschellen hervor. Ein leises Klicken. Ein letztes Kapitel, das sich schloss.

„Katrin Broder, Sie stehen unter Arrest." In der Ferne heulten Sirenen durch den Regen. Verstärkung war da.

Katrins Flucht war vorbei. Doch Lena wusste: Das hier war noch nicht das Ende. **Sorokin war noch da draußen.**

Und er würde nicht warten.

Kapitel 44

Das Ticken der Standuhr durchschnitt die Stille wie ein Skalpell. Jeder Schlag vibrierte durch den Raum, präzise, unausweichlich – wie das entfernte Grollen eines heraufziehenden Sturms. Heinrich Broder saß reglos an seinem Mahagonischreibtisch. Die Fingerspitzen auf der kühlen Oberfläche, während die Dämmerung durch das Fenster fiel und Schatten über sein Gesicht zog.

Doch hinter der Maske aus Gelassenheit gärte etwas – eine Unruhe, dünn wie Seidenpapier, das reißen konnte. Dieser Tisch hatte einst Macht bedeutet – hier besiegelte er Verträge, formte Karrieren, zerstörte Existenzen. Ein Bollwerk aus Holz und Stahl, an dem er das Schicksal anderer diktierte. Heute war er nur noch ein stummer Zeuge schwindender Kontrolle.

Draußen peitschte der Wind über das Werftgelände, ließ rostige Container erbeben. Der Regen trommelte gegen die Fenster, rann in schmutzigen Rinnsalen die Gräben hinab, als würde der Boden selbst bluten. Die Luft war gesättigt mit dem Geruch von Öl, Metall und feuchtem Beton.

Auf dem Schreibtisch lag ein einzelnes Blatt Papier. Ein Name. Dmitri Sorokin. Heinrichs Finger schwebten über den Buchstaben. Der Kloß in seiner Kehle wurde fester. Er hatte ihn unterschätzt. Zu lange geglaubt, unantastbar zu sein. Sein Reichtum, seine Verbindungen, seine Macht

– sie hatten ihn stets geschützt. Doch Schutz war eine Illusion. Ein leises Klopfen zerriss die Stille. „Herr Broder?" Marie Hoffmanns Stimme war ruhig, doch ein kaum wahrnehmbarer Unterton verriet sie. Sie arbeitete seit Jahren für ihn – loyal, diskret. Doch heute zögerte sie.

„Jemand wartet draußen auf Sie." Heinrich schloss für einen Moment die Augen. Er wusste, wer es war. Sein Blick glitt durch das Büro – die hohen Aktenschränke, die Modelle alter Schiffe, das große Fenster zum Dock. Und die Standuhr.

Unaufhaltsam. Unerbittlich. Langsam erhob er sich, als könne er damit den Lauf der Dinge verzögern. Der Mantel über der Stuhllehne fühlte sich fremd an.

„Ich komme gleich."

Er öffnete die Tür. Der Riegel schloss sich mit einem trockenen Klicken. Draußen glänzten Metallstege unter den Werftscheinwerfern. Die wenigen Arbeiter hielten den Kopf gesenkt gegen den Regen. Niemand sah ihn an. Ein schwarzer BMW stand unter einem der Lastkräne. Der Motor lief im Leerlauf. Die getönten Scheiben verhüllten, was im Inneren geschah – doch Heinrich wusste, dass sein Schicksal längst entschieden war.

Eine Gestalt trat aus dem Schatten. Bedächtige Schritte. Keine Eile. Zwischen zwei Fingern glühte eine Zigarette auf. Dann verlosch sie unter einem kontrollierten Tritt.

Alexei Sorokin.

Sein Blick war ruhig. Unnachgiebig. „Heinrich." Keine Frage, kein Befehl. Nur ein leises Urteil.

„Steig ein."

Langsam setzte Heinrich sich in Bewegung. Die Tür des BMWs schloss sich mit einem dumpfen Klicken.

Niemand sprach während der Fahrt. Der Regen schlug gegen das Wagendach, ein monotoner Rhythmus, der schwerer wurde. Sie fuhren nicht weit. Hinunter. Tief ins Innere der Werft. Die Gänge wurden schmaler, kälter. Rohrleitungen zogen sich wie Adern durch die Decke, aus manchen tropfte rostiges Wasser. Der Beton unter Heinrichs Füßen war rissig, feucht. Das große Stahltor glitt lautlos auf. Dahinter wartete Dunkelheit. Ein einzelner Neonstreifen flackerte, warf fahlblaues Licht auf den Boden.

Sorokin stand an einem kleinen Metalltisch. Zwei Gläser, eine geöffnete Flasche Cognac.

„Komm, Heinrich. Ein letzter Drink." Broder zögerte. Sein Blick blieb an der bernsteinfarbenen Flüssigkeit hängen.

Eine Geste der Gnade? Oder ein Urteil? Sorokin hob sein Glas. „Auf alte Zeiten." Heinrich nahm das Glas. Seine Finger zitterten. Der Cognac brannte in seiner Kehle –

mit einem Nachgeschmack, den er nicht benennen konnte. Eine Bewegung im Schatten. Karin. Ihr Blick gesenkt, die Schultern angespannt.

„Karin …?"

Ihr Name verließ seine Lippen kaum hörbar. Sie sah ihn an. Kein Zittern. Keine Tränen. Nur das kalte Echo einer längst gefällten Entscheidung.

„Du hast es verdient, Vater."

Sorokin nickte. Zwei Männer packten Heinrich, zerrten ihn durch einen schmalen Gang. Er stolperte. Der Boden kippte unter seinen Füßen, sein Körper wurde schwer, die Muskeln gehorchten nicht mehr.

Sein Herz raste. Vergiftung. Der Cognac. „Gib ihm noch ein paar Minuten", sagte Sorokin. „Er soll alles spüren."

Karin wandte den Blick ab. Ihre Hände zu Fäusten geballt, doch sie sagte nichts. Heinrichs Atem wurde flach. Ein Prickeln durchzog seine Glieder. Schatten tanzten vor seinen Augen. Das letzte, was er hörte, war das dumpfe Schaben von Steinen. Mörtel, der zwischen Fugen gepresst wurde. Die Welt wurde eng. Sein Herz stolperte. Sein Körper wurde kalt.

Dann war es dunkel.

Und Heinrich Broder war verschwunden – für immer.

Kapitel 45

Der Regen fiel in dichten, kalten Schleiern auf den Gatjebogen, ließ die Straßen glänzen und den Wind gegen die Fenster peitschen. Die Dunkelheit des frühen Morgens legte sich wie eine schwere Decke über die Stadt, während feine Nebelschwaden über den Gehwegen krochen.

Drinnen, in der warmen Stille ihres Bungalows, saß Lena auf der Couch, die Beine angewinkelt, die Finger fest um ihre Kaffeetasse geschlossen. Die Stehlampe tauchte den Raum in gedämpftes Licht, ließ Schatten über die Möbel tanzen. Doch trotz der Behaglichkeit war da keine Spur von Geborgenheit. Ihr Blick hing an den regennassen Fenstern, während ihr Geist bereits im Verhörraum war.

Bodo trat aus der Küche, eine weitere Tasse Kaffee in der Hand. Er ließ sich lautlos neben ihr nieder, die Wärme seines Körpers ein unaufdringliches Zeichen seiner Präsenz. Für einen Moment saßen sie schweigend da, während das entfernte Trommeln des Regens das einzige Geräusch war.

„Schläfst du eigentlich noch irgendwann?" fragte er schließlich, seine Stimme leise, aber bestimmt. Lena nahm die Tasse entgegen, ein müdes Lächeln zuckte um ihre Lippen. „Heute Nacht nicht."

Er musterte sie einen Moment, dann legte er eine Hand auf ihre – warm, beruhigend. Nur ein Atemzug lang. Dann war die Berührung wieder fort. „Wird nicht einfach heute."

„Ich weiß."

Ihre Augen folgten einer einzelnen Tropfenspur, die über das Fensterglas rann. „Karin ist kein leichter Gegner."

„Nein." Bodo lehnte sich zurück, fuhr sich mit der Hand übers Gesicht. „Aber jeder macht irgendwann einen Fehler." Lena nickte langsam. „Und wir sind verdammt nah dran." Sie atmete tief durch, stellte die Tasse ab und richtete sich auf. Ihre Müdigkeit verschwand in einem entschlossenen Blick. „Lass uns losfahren."

Bodo erwiderte ihren Blick. „Bereit?"

Sie zog sich ihre Jacke über. „Immer."

Der Verhörraum war eine graue Box aus Beton und Glas, nüchtern und kalt. Hier klangen Worte schärfer, als sie sollten. Die Überwachungskamera an der Wand blinkte rot – jedes Detail, jede Regung wurde aufgezeichnet.

Hinter der getönten Glasscheibe standen Lars Lammers und Oberstaatsanwalt Dr. Roland Becker, stille Beobachter des bevorstehenden Duells. Lena drückte den Knopf des Aufnahmegeräts und lehnte sich nach vorne. Ihre Stimme war ruhig, doch ihre Augen funkelten vor Entschlossenheit:

„Heute ist der 15. Oktober 2024. Anwesend sind Oberkommissarin Lena Berg und Kommissar Bodo Zimmermann. Das Verhör beginnt um 8:12 Uhr." Sie ließ die Worte einen Moment in der Luft hängen, bevor sie sich ihrem Gegenüber zuwandte.

Karin Broder saß steif auf dem Stuhl, ihre Hände ineinander verkrampft. Ihr Blick huschte über die leeren Wände, suchte Orientierung – oder einen Ausweg. Doch hier gab es keinen.

„Frau Broder, Sie stehen unter Verdacht, an der Tötung von Heinrich Broder beteiligt gewesen zu sein." Lenas Stimme war messerscharf. „Ihnen sind Ihre Rechte bekannt. Sie wissen, dass dieses Gespräch aufgezeichnet wird. Bestätigen Sie das?"

Karin hob langsam den Kopf. Ihr Gesicht war eine Maske, doch in ihren Augen flackerte etwas – eine Spur von Angst? Für einen Moment schien es, als würde sie etwas sagen, doch stattdessen befeuchtete sie ihre Lippen, während ihre Finger sich verkrampften. Ihre Brust hob und senkte sich schneller als zuvor.

„Ja."

Stille. Sekunden verstrichen. Lenas Blick blieb unerbittlich auf ihr haften.

„Warum haben Sie Heinrich Broder getötet?"

Ein kaum wahrnehmbares Zucken ihrer Mundwinkel. Ihre Finger krallten sich in den Stoff ihrer Hose. Sie öffnete den Mund – ein Reflex, um sofort zu leugnen – doch keine Worte kamen. Ihre Atmung wurde flacher, unregelmäßiger. Ihre Schultern sanken leicht ein, als würde sie versuchen, sich unsichtbar zu machen.

Bodo lehnte sich entspannt zurück, sein Tonfall ein Hauch von Spott. „Karin. Komm schon." Sein Blick bohrte sich in ihren. „Wir haben genug Indizien, um Sie festzusetzen. Die Frage ist nur: Arbeiten Sie mit uns, oder lassen Sie sich für jemanden opfern, der längst nicht mehr an Sie denkt?"

Karin zuckte kaum merklich zusammen. Ihr Blick flackerte, als hätte er einen wunden Punkt getroffen. Ihre Fingernägel drückten sich so tief in ihre Handflächen, dass es schmerzen musste.

Lena verschränkte die Arme. „Sie haben geglaubt, alles unter Kontrolle zu haben, nicht wahr? Aber jetzt gibt es keinen Plan B mehr. Keinen, der Sie raushaut. Nur noch die Wahrheit."

Karin atmete tief ein, doch der Atem stockte auf halbem Weg. Ihre Hände zitterten leicht. Sie senkte den Kopf, als würde sie noch einmal alle Optionen durchgehen, bevor sie schließlich den Blick hob.

Bodo beugte sich leicht vor. Seine Stimme war sanft, fast mitfühlend. „Dann erklär's uns."

Ein Zittern durchlief Karins Schultern. Dann – endlich – löste sich ihre Anspannung in einem resignierten Seufzen. Ihre Lippen bebten, und ihre Stimme war kaum mehr als ein Flüstern, als sie die ersten Worte formte.

Und begann zu sprechen. Der Verhörraum war noch immer erfüllt von Stille, doch sie hatte ein anderes Gewicht.

Worte hatten sich in die Wände gegraben, unausweichlich und endgültig.

Bodo rieb sich die Schläfen. „Verdammt."

Seine Stimme war kaum mehr als ein Flüstern. „Sie steckt tiefer drin, als wir dachten." Lena starrte auf den Tisch, ihr Magen zog sich zusammen. „Das hier ist nicht nur ein Mordfall."

Ihre Stimme war tonlos. „Es geht um Macht. Einfluss. Und Karin ist nicht das Ende – sie ist erst der Anfang."

Hinter der Glasscheibe bewegte sich Lars Lammers, sein Blick hart, sein Kiefer angespannt. Dr. Becker sprach leise mit ihm, doch jedes Wort schien ein neues Puzzlestück ins Bild zu rücken.

Bodo stand langsam auf, verschränkte die Arme. „Also fangen wir von vorne an." Lena sah ihn an. „Wir?" Er hob eine Braue. „Hast du ernsthaft geglaubt, ich lass dich mit dem Mist allein?"

Einen Moment lang blieb es still. Dann atmete Lena tief durch – und ein Hauch eines Lächelns huschte über ihre Lippen. „Okay." Sie richtete sich auf. „Dann bringen wir Licht ins Dunkel."

Draußen peitschte der Regen weiter gegen die Scheiben, doch dieses Mal fühlte er sich nicht mehr erdrückend an.

Dieses Mal bedeutete er einen Neubeginn.

Kapitel 46

Der Wind hatte über Nacht gedreht. Jetzt peitschte er mit unbändiger Kraft vom Meer herüber, rüttelte an den Fenstern des Emder Polizeipräsidiums, als wolle er den Menschen dort drinnen etwas zurufen – eine Warnung, ein drohendes Grollen. Kalter Regen klatschte gegen die Scheiben, rann in trägen Bahnen herab, als würde die Stadt weinen.

Im Besprechungsraum herrschte Stille. Keine, die beruhigte – sondern eine, die lastete. Das Licht der Neonröhren war grell, schnitt harte Konturen in die Gesichter der Anwesenden, ließ Müdigkeit, Zweifel und Anspannung noch gnadenloser hervortreten. Der Raum war funktional, zweckmäßig – ein Ort für Fakten, nicht für Gefühle. Und doch lag eine unausgesprochene Schwere in der Luft.

Auf dem Tisch zwischen ihnen lag die Wahrheit – oder zumindest der Teil davon, den sie bis jetzt entrissen hatten. Zwei schwarze Notizbücher, deren Ledereinbände von den Jahren gegerbt waren. Ausdrucke der jüngsten Laboranalysen, die noch nach Druckerschwärze rochen. Autopsieberichte, die auf kühlem Papier eine Geschichte erzählten, düsterer als alles, womit sie gerechnet hatten.

Lena ließ ihren Blick über die Männer am Tisch wandern. Lars Lammers, der sonst stets souverän war, hatte heute die Stirn in tiefe Falten gelegt. Bodo, ihr engster Vertrauter und Partner, saß mit verkrampften Schultern da, sein

Gesicht hart wie gemeißelt. Und Dr. Roland Becker, der Oberstaatsanwalt, zog mit zwei Fingern über seine Stirn, als könnte er so den unsichtbaren Druck vertreiben, der auf ihnen allen lastete.

Lars war der Erste, der das Schweigen zerschnitt. „Die Tagebücher sind fast vollständig ausgewertet." Seine Stimme war ruhig, doch das, was er sagte, ließ die Spannung im Raum weiter steigen. „Einträge bis 2004. Immer wieder dieselben Namen: Sorokin. Fedorov. Lasker. Falk. Einige Passagen geschwärzt, andere schwer lesbar – aber es reicht, um ein Netz zu spannen, aus dem keiner mehr entkommt."

Er wandte sich an Becker. „Was sagt die Rechtsmedizin?"

Der Oberstaatsanwalt zögerte. Dann, mit schwerem Blick: „Heinrich Broder wurde mit Arsen vergiftet."

Stille.

Becker fuhr sich mit einer Hand über den Nacken. „Die Tagebücher bestätigen es. Broder schrieb von einem unbestimmten Unwohlsein, von Angst. Vom Gefühl, beobachtet zu werden. Er wusste, dass jemand ihn töten wollte."

Lena spürte, wie sich ihr Magen verkrampfte.

„Dieser ‚Jemand' bleibt oft vage. Aber Sorokins Name taucht zu oft auf, um noch an Zufall zu glauben." Sie strich mit den Fingern über das Leder des Tagebuchs. Das Material fühlte sich seltsam kalt an. „Und Karin

Broder? Sie behauptet, nur eine Randfigur gewesen zu sein. Doch die Einträge zeigen ein anderes Bild. Sie wusste es. Sie wusste es lange."

Das Klopfen eines Stiftes durchbrach die Stille. Bodo hielt ihn zwischen den Fingern, ließ ihn in gleichmäßigem Rhythmus auf den Tisch tippen, während seine Gedanken rasten. Dann hob er den Kopf. „Die entscheidende Frage ist: Wie bringen wir sie zum Reden?" Seine Stimme war ruhig, doch in ihr lauerte ein inneres Feuer. „Wenn wir sie frontal mit den Beweisen konfrontieren, macht sie dicht. Wir brauchen einen Hebel. Einen, den sie nicht ignorieren kann."

Becker nickte langsam. „Bisher steht sie unter Verdacht, Beihilfe zum Mord geleistet zu haben. Doch sie gibt kaum etwas zu. Wenn wir ihr klarmachen, dass Sorokin sie längst aufgegeben hat, dass sie ihm nichts mehr bedeutet – dann bricht sie vielleicht ein."

Lars schlug eine Akte auf, sein Daumen strich über eine Notiz. „Die Tagebücher sprechen von einem zweiten Mann. Jemandem, der im Schatten agiert. Falls wir Karin zu stark unter Druck setzen, könnte das für sie … und für uns … gefährlich werden."

Lena erinnerte sich an Karins Gesicht beim letzten Verhör. Die dunklen Ränder unter den Augen. Die Schultern, die tief hingen. Die Angst, die sich in winzigen Zuckungen in ihrem Mundwinkel zeigte – und doch war da etwas anderes gewesen. Trotz. Ein letzter Funken Hoffnung, dass Sorokin sie nicht fallen ließ.

„Sie klammert sich an eine Lüge", sagte Lena leise. „Vielleicht hat er ihr versprochen, sie zu schützen. Vielleicht glaubt sie noch daran. Aber wir wissen beide, wie solche Versprechen enden."

Bodo schnaubte leise. „Also so: Wir legen ihr gezielt einzelne Passagen aus den Tagebüchern vor. Lassen sie glauben, wir hätten weniger als wir haben. Solange sie denkt, es gebe ein Schlupfloch, wird sie versuchen, sich hin durchzuwinden – und dabei einen Fehler machen."

Becker lehnte sich zurück. „Und wenn das nicht reicht?"

Lars schloss die Akte vor sich. „Dann stelle ich einen Durchsuchungsbefehl für ihre privaten und geschäftlichen Unterlagen in Aussicht. Falls wir dort noch mehr finden, sitzt sie endgültig in der Falle."

Für einen Moment sagte niemand etwas.

Draußen peitschte der Regen gegen die Fenster. Ein Schatten huschte über die nasse Straße, verzerrt durch die Tropfen, die an der Scheibe herabflossen.

Lena massierte ihre Schläfen. Müdigkeit kroch durch ihre Gedanken, doch dafür war jetzt keine Zeit. „Wir bereiten alles vor. Verhörzimmer. Aufnahmegeräte. Die relevanten Passagen markieren. Und dann … dann sehen wir, wie weit Karin Broders Loyalität reicht."

Dr. Becker stand auf. Sein Blick wanderte über die Gesichter im Raum. „Seien Sie vorsichtig. Dieser Fall hat eine Dimension erreicht, die wir nicht mehr kontrollieren können. Es gibt Leute, die alles tun würden, um uns zu stoppen."

Lars, Bodo und Lena tauschten Blicke. Sie wussten es. Sie wussten, dass der nächste Schritt sie weiter in den Abgrund zog. Aber es gab keinen Weg zurück.

Lena atmete tief durch, zwang sich zu einer Entschlossenheit, die sie nicht ganz fühlte. „Dann los."

Ihr Herz schlug schneller.

Vor ihnen lag ein langer Tag

Kapitel 47

Der Regen peitschte unablässig gegen die vergitterten Fenster des Verhörraums, während draußen der Sturm der Nacht tobte. Die raue See war nicht fern, und in den Böen lag eine unbarmherzige Kälte, die durch jede Ritze in den altmodischen Gemäuern der Polizeistation kroch. Das Neonlicht an der Decke flackerte kurz, als wolle es sich gegen die Dunkelheit aufbäumen, bevor es resignierend in seinen sterilen Schein zurückfiel.

Lena saß reglos am abgewetzten Holztisch, ihr Blick scharf wie eine Rasierklinge. Vor ihr lag das in schwarzes Leder gebundene Tagebuch – ein Relikt dunkler Vergangenheit. Die vergilbten Seiten duckten sich vor dem Licht, als hätten sie zu lange im Schatten gelegen. Der modrige Geruch alten Papiers vermischte sich mit der beißenden Sterilität des Desinfektionsmittels. Lena strich mit den Fingerspitzen über den Einband, spürte die feinen Rillen des Leders. Eine Berührung, die mehr war als nur eine Geste. Es war ein stiller Pakt mit der Vergangenheit.

Ein leiser Atemzug. Dann klappte sie das Buch auf.

Die feine, fast kalligrafische Handschrift von Heinrich Broder breitete sich vor ihr aus wie eine Landkarte in eine längst vergessene Welt.

Auf der anderen Seite des Tisches saß Karin Broder. Ihre Augen, gerahmt von dunklen Schatten, huschten unstet über den Tisch. Sie wirkte wie eine Frau, die gegen einen Feind kämpfte, den nur sie sehen konnte.

Ein Schatten, der sich langsam, aber unaufhaltsam über sie legte. Ihr Atem war flach, ihre Finger ineinander verkrallt.

Lena ließ die Stille wirken. Sie wusste, dass dies der Moment war – der schmale Spalt zwischen Lüge und Wahrheit.

Das Verhörzimmer war klein. Ein Raum aus kahlen Wänden, die mit der Zeit schwer wurden. Die Enge, die Einsamkeit, das Bewusstsein, dass es hier kein Entkommen gab – all das nagte an den Menschen, die auf dieser Seite des Tisches saßen. Lena wusste das. Sie hatte es unzählige Male erlebt. Jetzt war es so weit.

„Wir haben alles, Frau Broder."

Ihre Stimme war ruhig, messerscharf. Karin zuckte kaum merklich. Ein Blinzeln. Ein leises Zittern des linken Mundwinkels.

Lena sah es.

Der Vorhang der Lügen begann zu bröckeln. Draußen schlug eine Böe gegen das Fenster, ließ die Scheibe erzittern. Lena blätterte langsam durch die Seiten. Der Hauch von alter Tinte und Papier stieg in ihre Nase, während die

Worte wie Relikte aus einer anderen Zeit auf sie hinabblickten.

Dann begann sie zu lesen.

„29. April 2004. Er weiß zu viel. Ich habe Angst, dass er reden wird. Aber Sorokin sagte mir, es gäbe eine Lösung…" Ein Atemzug von Karin stockte. Ihre Hände krampften sich fester ineinander.

Lena legte das Buch sanft ab. Ihr Blick hob sich.

„Sorokin sagte Ihnen, es gäbe eine Lösung?" Ein harter Schüttler. „Nein… nein, das… das kann nicht sein." Ihre Stimme war belegt. Nicht laut, nicht aufgebracht – zu kontrolliert. Und genau das war das Problem. „Es ist Ihre Handschrift, Karin."

Stille.

Dann schüttelte sie erneut den Kopf, aber es war kein entschiedenes Nein mehr. Es war ein Aufbäumen gegen die eigene Wahrheit. „Das stimmt nicht", flüsterte sie.

Lena nahm das Tagebuch, blätterte weiter. „3. Mai 2004. Ich habe Angst. Er hat mich gezwungen. Wenn ich nein sage, bin ich als Nächste dran…"

Der Raum wurde enger.

Der Luftzug des Sturms schlug dumpf gegen das Fenster, ein unheilvolles Pochen aus der Nacht. Karin presste die Lippen aufeinander. Ihre Fingernägel schabten über das Holz der Tischkante.

„Er hat mich gezwungen…" wiederholte Lena. „Wer hat Sie gezwungen, Karin?"

Nichts.

Ein Augenaufschlag, ein Zittern der Wimpern. „Wir wissen, dass Sie es wussten." Lenas Stimme war jetzt nur noch ein Hauch, aber sie traf wie ein Skalpell. Karin sog scharf die Luft ein. Ihr Blick irrte durch den Raum, suchte eine Flucht, eine Tür, ein Loch im Netz, das sich um sie zog.

Dann, leise: „Ich hatte keine Wahl." Ein Zittern in der Stimme.

„Jeder hat eine Wahl", erwiderte Lena kalt.

Hinter ihr verschränkte Bodo Zimmermann die Arme. Er war ein Fels in der Brandung – groß, massig, unerschütterlich. Er sah es kommen. Diesen Moment, in dem eine Wahrheit zu schwer wurde, um sie noch zu tragen.

„Er hat mir gesagt, dass sie ihn umbringen werden… und dass ich nichts dagegen tun kann." Lena nickte langsam. „Wer?" Karin schloss die Augen, als könnte sie damit die Antwort aus der Welt wischen.

„Sorokin."

Ein Wort, das wie ein Schatten durch den Raum glitt.

Dann – ein Zucken in ihren Schultern. Ein leises Schluchzen. „Und ein anderer. Jemand, den ich nicht kannte… aber er war immer da. Im Hintergrund. Er zog die Fäden." Lenas Herzschlag beschleunigte sich unmerklich.

Ein anderer. Ein Name, der gefehlt hatte. Der letzte Riss in der Fassade. Karin hob langsam den Kopf. Ihre Augen waren weit, getrieben von einer Angst, die tiefer reichte als jede Lüge.

„Ich habe ihn nicht umgebracht." Ein leises Flüstern, an Wahnsinn grenzend. „Aber ich habe zugesehen."

Dann zerbrach sie.

Lena ließ die Stille schneiden wie eine Klinge. „Dann erzählen Sie mir alles." Ein Zittern, ein tiefes Atemholen. Dann kam es. Die Worte, die durch den Raum peitschten wie ein Hammerschlag.

„Sein Sohn."

Die Nacht lag schwer über der Stadt. Eine bleierne Schwüle hing in der Luft, als Lena das Polizeipräsidium verließ. Der Regen hatte nachgelassen, doch die Straßen glänzten noch feucht, als würden sie das Geschehene in sich spiegeln. Emden wirkte, als hielte es den Atem an – als wüsste die Stadt, dass sich etwas Unvermeidliches näherte.

Bodo wartete am Wagen. Eine Zigarette steckte zwischen seinen Fingern, doch er hatte kaum daran gezogen. Der Rauch stieg in dünnen Spiralen auf, verschmolz mit dem Nebel über dem Asphalt. Als er Lena ansah, war sein Blick ruhig – zu ruhig. Sie kannte ihn lange genug, um zu erkennen, dass es die Ruhe vor einem Sturm war.

„Harte Nacht", sagte er schließlich.

Lena lehnte sich gegen das Autodach, rieb sich mit zwei Fingern die Schläfen. „Ja. Aber wir haben sie. Karin hat geredet."

Bodo nickte langsam. „Es war nur eine Frage der Zeit." Er nahm einen letzten Zug und trat die Zigarette aus. „Aber das bedeutet nicht, dass es vorbei ist."

Lena spürte den Druck in ihrer Brust. Sie schüttelte den Kopf. „Nein. Es bedeutet, dass wir den letzten Stein umdrehen müssen. Und dass Sorokin jetzt weiß, dass wir ihn haben."

Ohne ein weiteres Wort stiegen sie ins Auto. Der Motor erwachte mit einem tiefen Brummen zum Leben, ein tröstlicher Laut in der bedrückenden Stille. Lena ließ ihren Kopf gegen die Kopfstütze sinken, schloss für einen Moment die Augen. „Fahr los. Einfach irgendwohin. Ich brauche Luft."

Bodo musterte sie aus dem Augenwinkel, hob eine Braue, aber kommentierte es nicht.

Er lenkte den Wagen langsam aus der Parklücke, ließ die Stadt an ihnen vorbeiziehen.

Die Straßen waren fast menschenleer. Nur vereinzelt tauchten Gestalten unter Laternen auf – Schatten, die sich in Hauseingänge verzogen, als wollten sie nicht gesehen werden. In den spiegelnden Pfützen flackerten die Lichter der Stadt wie zersprungene Sterne.

Nach wenigen Minuten hielten sie an der Kaikante des Hafens. Das Wasser lag still, die Schiffe dümpelten sanft in der Strömung, als würden sie schweigend auf etwas warten. Die Lichter warfen lange Reflexionen auf die dunkle Oberfläche, verzerrte Linien, die sich mit jedem kleinen Wellenschlag auflösten.

Lena öffnete die Tür, stieg aus und trat näher an die Kante. Der Geruch von Salz, Diesel und nassem Holz drang ihr in die Nase – eine Mischung, die Erinnerungen weckte. Es war der Geruch von Heimkehr und Abschied, von Anfängen und Enden.

Bodo trat neben sie, verschränkte die Arme. „Du hast nachgedacht." Lena lachte leise. „Das tue ich immer."

„Zu viel." Sie drehte sich zu ihm. Seine dunklen Augen wirkten in der schwachen Beleuchtung noch tiefer, als könnten sie Geheimnisse verschlucken.

„Das hier geht tiefer als wir dachten, Bodo. Karin hat uns nur einen Teil der Wahrheit gegeben. Aber da ist mehr. Und Sorokin wird nicht einfach verschwinden."

Bodo ließ den Blick über das schwarze Wasser gleiten. „Er hat nichts mehr zu verlieren."

„Genau das macht ihn so gefährlich." Lenas Stimme war leiser, als sie wollte. „Und das macht mir Angst."

Er schwieg. Sekunden verstrichen, nur das entfernte Knarren eines Schiffs war zu hören. Dann legte er eine Hand auf ihre Schulter – eine einfache Geste, aber eine, die sie erdete.

„Wir kriegen ihn", sagte er leise. Er versprach nichts, was er nicht halten konnte. Und genau deshalb glaubte sie ihm. Lena atmete tief durch. „Dann sollten wir uns darauf vorbereiten." Sie drehte sich um, ging zum Wagen.

Bodo folgte ihr, doch als sie die Tür öffnete, blieb er kurz stehen, ein schiefes Lächeln auf den Lippen. „Was? Kein spontaner Urlaub? Kein romantischer Ausflug nach Borkum?"

Lena schüttelte den Kopf, ein kleines, erschöpftes Lächeln spielte um ihre Lippen. „Später vielleicht." Sie sah ihn an. „Jetzt haben wir Arbeit."

Sie stiegen wieder ins Auto. Der Motor brummte tief, als sie in die Nacht hinausfuhren.

Hinter ihnen versank der Hafen in der Dunkelheit. Vor ihnen lag das Ungewisse. Und der nächste Schritt würde alles entscheiden.

Kapitel 48

Das dumpfe Dröhnen des Motors hallte gespenstisch zwischen den Lagerhallen wider, während Lena Berg den Wagen durch die engen Gassen des Hafengeländes steuerte. Der Geruch von Salz, Diesel und kaltem Metall lag schwer in der Luft. Neben ihr saß Bodo, schweigend, doch sein Blick huschte immer wieder in den Rückspiegel.

Dann tauchten sie auf.

Zwei Scheinwerfer, weit hinten. Anfangs unscheinbar, aber Lenas Instinkt schrie Alarm. Ihr Magen zog sich zusammen. Als sie den letzten Kai passierten, bog sie abrupt nach rechts. Sekunden später tat der andere Wagen dasselbe.

„Bodo?" Ihre Stimme war ruhig, doch ein Hauch Anspannung vibrierte darin.

Er folgte ihrem Blick, sein Kiefer mahlte. „Definitiv kein Zufall."

Lena zwang sich zur Ruhe. Der dunkle Wagen hinter ihnen hielt genau ihren Kurs, als hätte er sich an sie geklammert. Der Hafen war um diese Uhrzeit menschenleer. Nur das Klappern loser Blechplatten und das Zerren des Windes an alten Kränen durchbrachen die Stille. Ein paar Mülltüten segelten wie verlorene Geister über den Asphalt.

Sie drückte das Gaspedal tiefer. Der Motor grollte, vibrierte unter ihren Fingerspitzen am Lenkrad.

Der Verfolger blieb dran.

Ein Schatten, lautlos, geduldig.

„Festhalten."

Ohne Vorwarnung trat sie aufs Gas. Der Wagen schoss nach vorn, der Motor heulte auf. Der dunkle Wagen hinter ihnen tat es ihr gleich. Kaum hatten sie die schmale Brücke über den Stadtkanal erreicht, tauchte der Verfolger neben ihnen auf.

Reifen kreischten.

Plötzlich drängte er brutal in ihre Spur.

„Scheiße!" Bodo riss sich los, krallte sich am Türgriff fest.

Lena riss das Steuer herum. Das Heck brach aus – nur für einen Moment –, dann fing sie den Wagen ab. Die schmale Seitenstraße vor ihnen war kaum breiter als ihr Fahrzeug. Die Wände der alten Lagerhäuser flogen bedrohlich nah an ihnen vorbei.

„Der will uns nicht nur erschrecken", murmelte Bodo. „Der will uns."

Dann das nächste Problem.

Ein zweiter Wagen tauchte aus einer Seitengasse auf.

Kein Zufall.

Kein Fehler.

Sie hatten auf sie gewartet.

„Lena!" Bodos Stimme war scharf wie ein Messer.

Ihre Brust zog sich zusammen, ihr Herz raste. Links ein Graben, rechts ein endloser Zaun aus verrostetem Metall. Keine Chance zu wenden.

Nur ein Ausweg blieb.

Eine unbefestigte Zufahrt, übersät mit Geröll und Schlamm. Ein Himmelfahrtskommando.

Lena hatte eine Sekunde. Vielleicht zwei.

Dann tat sie das Einzige, was sie tun konnte.

Sie trat das Gaspedal durch.

Der Wagen donnerte über den Schotterweg, Steine spritzten in alle Richtungen. Das Heck brach erneut aus, aber sie hielt den Kurs. Der erste Verfolger zögerte – der zweite nicht. Er blieb dran, sein Fahrer war gut. Keine Amateure.

„Lena, das wird verdammt eng!" rief Bodo, seine Hände verkrampft auf dem Armaturenbrett.

Sie ignorierte ihn. Ihre Augen scannten die Umgebung. Links eine alte Rampe, die ins Nichts führte. Rechts eine Lücke zwischen zwei Containern.

Ein schmaler Zufahrtsweg.

„Festhalten!"

Sie riss das Lenkrad herum. Der Wagen schleuderte durch die enge Gasse. Metall blitzte auf, als ihr Seitenspiegel eine Ziegelwand streifte. Hinter ihnen ein dumpfer Aufprall – einer der Verfolger hatte sich verschätzt. Ein Ruck ging durch das Auto, als etwas von hinten traf, aber sie ignorierte es.

Der zweite Verfolger blieb dran.

Dann plötzlich: Dunkelheit.

Lena riss das Licht aus.

Der Wagen rollte lautlos in eine alte Verladerampe, verborgen zwischen gestapelten Containern. Der Motor vibrierte unter ihrer Hand – dann schaltete sie ihn aus.

Sekunden verstrichen.

Stille.

Dann das tiefe Brummen der Verfolger, die an ihnen vorbeirasten, weiter auf der Suche. Bodo atmete schwer. Sein Brustkorb hob und senkte sich rasch. „Das war verdammt knapp." Lena löste die verkrampften Finger vom Lenkrad, ihr Puls dröhnte in den Ohren. Dann griff sie nach ihrem Handy.

„Jetzt rufen wir Lars an."

Fünfzehn Minuten später hielten sie vor dem Polizeipräsidium. Der Regen hatte eingesetzt, verwandelte das Neonlicht in flüssige Spiegelungen auf dem Asphalt. Der Geruch von nassem Beton und Benzin lag in der Luft.

Lars Lammers wartete bereits am Eingang, die Stirn gerunzelt. „Ihr seht aus, als wärt ihr durch die Hölle gefahren." „Ungefähr so fühlt es sich an", erwiderte Lena trocken, während sie sich mit einer zitternden Hand eine feuchte Strähne aus dem Gesicht strich.

Lars warf einen Blick auf die beschädigte Fahrzeugseite. „Sicht auf die Fahrer?" Bodo schüttelte den Kopf. „Getönte Scheiben. Sie haben uns in die Falle gelockt, aber wir konnten abhauen."

Lars nickte. „Ich lasse Streifen nach den Wagen suchen. Aber ihr solltet nach Hause fahren und euch ausruhen. Wir klären das morgen." Lena tauschte einen Blick mit Bodo. Beide wussten, dass sie keine Ruhe finden würden.

Doch für den Moment war die Jagd vorbei.

Kapitel 49

Der Herbstabend legte sich wie eine schützende Decke über Constantia. Ein feiner Nebel schwebte über den Grachten, tauchte die modernen Einfamilienhäuser in diffuses Dämmerlicht. Straßenlaternen warfen goldenes Flackern auf das nasse Pflaster, während der Wind vereinzelt Blätter über die Gehwege trieb. Kein Regen – als hielte Emden den Atem an.

Als wüsste die Stadt, dass dies kein gewöhnlicher Abend war.

Lena lehnte erschöpft am Türrahmen ihres Bungalows. Die Kälte hatte sich tief in ihre Glieder gefressen, der Einsatz am Südkai und das Verhör hatten sie ausgelaugt. Sie atmete tief durch, spürte, wie die Anspannung langsam nachließ.

Hinter ihr bewegte sich jemand lautlos.

„Schwere Gedanken?"

Bodos Stimme – tief, vertraut, ein Anker in ihrem stürmischen Alltag.

Sie drehte sich um. Sein Blick lag ruhig auf ihr, warm und fest zugleich.

Ein Moment der Stille.

„Es ist einfach … viel." Sie seufzte, ließ die Schultern sacken.

Im nächsten Moment spürte sie seine Arme um sich.

Die Umarmung war stark, aber nicht bedrängend – ein Halt, ohne sie festzuhalten.

„Dann lassen wir es los. Zumindest für ein paar Stunden." Seine Lippen streiften ihr Haar, ein flüchtiger Kuss auf der Stirn.

Lena sog den vertrauten Duft von Leder und einem Hauch Pfefferminz ein. Doch ein dunkler Gedanke nagte an ihr.

Was, wenn sie eines Tages nicht mehr in diese Umarmung zurückkehren konnte?

Der Gedanke war so real, so greifbar, dass sie ihn mit einem tiefen Atemzug fortzuschieben versuchte.

Sie löste sich ein Stück aus seiner Umarmung, sah ihn an. „Und was schlägst du vor? Eine Flasche Rotwein und die alten Akten ignorieren?"

Bodo grinste schief. „Ich dachte an ein heißes Bad. Für uns beide."

Lena lachte leise. Zum ersten Mal an diesem Tag fühlte sich ihre Brust nicht mehr so schwer an.

„Du bist unverbesserlich."

„Nein, ich bin einfach ein Mann mit einem Plan."

Er nahm ihre Hand, zog sie sanft mit sich ins Haus. An verstreuten Unterlagen auf dem Küchentisch vorbei – hin zu dem einen Ort, an dem es keine ungelösten Fälle, keine Schatten aus der Vergangenheit gab.

Nur sie beide.

Doch die Schatten warteten. Und sie würden sich bald zeigen.

Dampf hing in der Luft, tauchte das Badezimmer in einen warmen Kokon. Tropfen rannen an dunklen Fliesen hinab.

Lena lehnte sich zurück, ihr Nacken ruhte auf dem Wannenrand. Die Hitze löste langsam die Verspannungen in ihren Schultern. Aber es war nicht nur das Wasser, das ihr half, loszulassen.

Hinter ihr saß Bodo, seine Arme locker um sie gelegt. Seine Fingerspitzen zeichneten kaum merkliche Kreise auf ihrer Haut – so leicht, dass sie es fast übersehen hätte.

Aber sie spürte jede Berührung.

„Ich weiß, dass du wieder grübelst." Seine Stimme war nah, warm, ein sanfter Gegenpol zu dem Gedankenkarussell in ihrem Kopf.

Lena schmunzelte, strich mit den Fingern über seinen Unterarm. „Ich versuche, es nicht zu tun."

„Und?"

„Ich denke an den Fall. An die Beweise, die nicht zusammenpassen. Und daran, dass ich mir manchmal wünschte, wir hätten einen Abend, an dem nichts anderes existiert außer uns."

Bodo ließ seine Lippen über ihre Schulter gleiten. „Dann lass es zu. Wenigstens jetzt."

Lena ließ ihren Kopf gegen seine Brust sinken, schloss die Augen. Sein Herzschlag war ein ruhiger Rhythmus, ein verlässlicher Takt in ihrem chaotischen Leben.

Aber der Gedanke ließ sie nicht los.

Wie oft hatten sie sich das schon gesagt?

Dass sie den Moment genießen sollten? Und doch holte die Realität sie immer wieder ein – ein neuer Hinweis, eine Spur, eine plötzliche Wendung.

Wie lange würde dieser Frieden diesmal halten?

Bodo schien ihre Gedanken zu lesen. „Weißt du, was ich an dir liebe?"

Sie öffnete die Augen, drehte den Kopf leicht zu ihm.

„Ich bin gespannt."

Er lächelte. „Dass du so verdammt stur bist. Dass du dich nie mit halben Wahrheiten zufriedengibst. Und dass du trotzdem hier bist. Bei mir."

Seine Worte trafen etwas in ihr. Eine Wärme, die nichts mit dem heißen Wasser zu tun hatte, breitete sich aus.

Sie drehte sich zu ihm um, ihr Gesicht nur Zentimeter von seinem entfernt.

„Du bist manchmal ein verdammt guter Ermittler, weißt du das?"

Bodo grinste, bevor er sie küsste – langsam, intensiv, als wollte er jeden Moment in sich aufnehmen.

Dann – ein Geräusch.

Dumpf. Entfernt.

Lena öffnete die Augen. War das …?

Bodo hatte es auch gehört.

Ein Vibrationsalarm.

Ihr Blick traf seinen. Keine Worte. Nur gegenseitiges Verstehen.

Langsam schob sie sich aus der Wanne, griff nach dem Handtuch. Tropfnass trat sie hinaus, wickelte es um sich.

Das Vibrieren verstummte. Doch als sie das Wohnzimmer betrat, blinkte das Handy auf dem Tisch.

Eine neue Nachricht.

Die Realität hatte sie eingeholt. Nummer unterdrückt.

Ein ungutes Gefühl kroch in ihren Magen.

Sie streckte die Hand nach dem Handy aus. Es vibrierte erneut.

„Geh nicht ran", sagte Bodo leise.

Lena ignorierte ihn. Sie nahm den Anruf entgegen.

„Berg." Stille.

Unregelmäßiges Atmen.

Dann eine verzerrte, mechanische Stimme:

„Ihr spielt mit dem Feuer. Der Schatten wird euch verschlingen."

Ein harter Ton. Das Gespräch war beendet. Lena starrte auf das Display. Ihr Herz schlug schneller – nicht aus

Angst, sondern wegen der eiskalten Wachsamkeit, die sich wie ein Jagdinstinkt in ihr ausbreitete.

„Verdammt", murmelte sie.

Bodo nahm ihr das Handy ab, betrachtete den Anrufverlauf. „Nummer unterdrückt. Keine Rückverfolgung möglich."

Lena ballte die Faust. „Ich hasse es, wenn sie mit diesen Spielchen anfangen." Dann – ein Klopfen an der Tür.

Zu spät für Besucher.

Lena griff instinktiv nach ihrer Waffe. Bodo spähte durch den Türspion. „Verdammt. Es ist Lars." Lena öffnete die Tür.

Lars' Gesicht wirkte ernst. „Ihr müsst sofort mitkommen." Lena spürte, wie ihr Puls raste. „Was ist passiert?"

Lars trat einen Schritt näher. „Es gab einen zweiten Anruf. Diesmal hat jemand einen Namen genannt." Bodo straffte sich. „Wessen Namen?"

Lars sah ihn an. Dann Lena.

„Euren."

Draußen heulte der Wind. Es hatte begonnen.

Kapitel 50

Die Stadt erwachte langsam. Nebel hing schwer über den Straßen, zog sich wie fahle Schleier durch die engen Gassen. Die ersten Sonnenstrahlen brachen durch das Grau, warfen verzerrte Schatten über den gepflasterten Bahnhofsvorplatz. Ein entfernter Zug donnerte über die Gleise, sein tiefes Dröhnen vibrierte durch den Boden.

Im Konferenzraum des Emder Polizeipräsidiums stand Lena reglos am Fenster. Ihr Blick wanderte über das Bahnhofsgelände, blieb an den Pendlern hängen, die sich mit gesenkten Köpfen durch die Kälte bewegten.

Der Alltag lief weiter. Doch für sie hatte sich alles verändert.

„Ihr seid die Nächsten."

Die Drohung hallte in ihrem Kopf nach. Ein kalter Schauer kroch ihre Wirbelsäule hinauf, zog sich eisig bis in ihre Fingerspitzen.

Hinter ihr öffnete sich die Tür. Schritte. Dann das dumpfe Geräusch einer Mappe, die auf den Tisch fiel.

„Lars hat mit der Staatsanwaltschaft gesprochen."

Bodos Stimme klang rau, müde.

„Katrin Broder bleibt in U-Haft."

Lena drehte sich um. „Hat sie nach einem Anwalt gefragt?"

Bodo schüttelte den Kopf. „Nein."

„Das ist beunruhigend."

Er lehnte sich gegen den Tisch, verschränkte die Arme.

„Vielleicht weiß sie, dass es vorbei ist."

Lena presste die Lippen zusammen. „Oder sie wartet darauf, dass Sorokin sie rausholt."

Die Luft im Raum fühlte sich schwer an. Dann betrat Lars den Raum, ein Tablet in der Hand. Sein Blick war ernst.

„Wir haben eine neue Spur."

Lena spürte, wie sich ihr Magen zusammenzog. „Welche?"

„Eine Transaktion – 250.000 Euro. Offshore-Konto in Liechtenstein."

Lena blätterte durch die Akten, ihr Blick flog über die Zeilen.

„Dasselbe Muster wie damals bei Heinrich Broder."

Lars drehte das Tablet zu ihnen. Der Name auf dem Bildschirm ließ sie aufhorchen.

Andreas Falk.

Bodo sog scharf die Luft ein.

„Verdammt. Den hatten wir nicht auf dem Schirm."

„Robin hatte Lasker im Visier," sagte Lena.

Lars nickte. „Hatte er. Aber die Zahlung lief über Falk. Ein alter Geschäftspartner von Lasker. Er hat Broders Geld gewaschen – und jetzt versucht er, seine Spuren zu verwischen."

Ein dumpfes Klatschen. Bodo hatte mit der flachen Hand auf den Tisch geschlagen.

„Wir müssen ihn finden."

Lars sah zu ihm rüber. „Dann sprechen wir nochmal mit Aniko. Vielleicht kann sie uns mehr sagen."

Bodo nickte knapp. „Lena, komm mit. Wir fahren ins Safe House."

Safe House

Das Safe House war ein unscheinbares Reihenhaus in einem ruhigen Wohnviertel. Die Fassade wirkte gepflegt, aber belanglos – der perfekte Ort, um nicht aufzufallen. Zwei zivile Beamte der Kripo standen Wache, einer im Haus, einer draußen im Auto.

Aniko saß in der kleinen Küche. Ihre Hände umklammerten eine Teetasse, aber sie nahm keinen Schluck. Ihr Blick war leer, ihre Lippen bebten kaum merklich.

Lena setzte sich ihr gegenüber.

„Wie geht es dir?"

Aniko hob langsam den Kopf, dunkle Schatten lagen unter ihren Augen.

„Ich will zu Robin."

Ihre Stimme war rau, ein dünnes Flüstern.

Lena holte tief Luft. „Das geht nicht. Es ist zu gefährlich."

Aniko ballte die Hände zu Fäusten.

„Er ist verletzt, und ich kann nichts tun! Ich habe Angst, Lena. Sie haben ihn fast getötet, und jetzt sitzt er alleine im Krankenhaus, während ich mich hier verstecken soll?"

Bodo trat ans Fenster, spähte durch einen Spalt in den Vorhang. Der zivile Wagen stand noch immer da. Keine Bewegung. Keine Gefahr – vorerst.

„Wir tun das nicht, um dich einzusperren."

Lena nahm Anikos Hand, ihre Stimme war ruhig, fest.

„Sondern um dich zu schützen. Sorokin ist da draußen. Und er hat uns gewarnt."

Aniko blinzelte, kämpfte mit ihren Tränen.

„Ich kann das nicht. Ich kann nicht hier sitzen und warten."

Bodo drehte sich um. Sein Blick war unerbittlich, aber nicht ohne Mitgefühl.

„Du hast bereits geholfen. Ohne dich hätten wir die Verbindung zu Falk nicht so schnell entdeckt. Aber du musst durchhalten."

Für einen Moment war es still.

Dann nickte Aniko. Zögerlich. Verletzlich. Aber es war genug.

Die A31 lag vor ihnen, ein dunkles Band unter dem grauen Himmel. Der Regen hatte aufgehört, aber der Asphalt glänzte noch feucht.

Bodo saß am Steuer, seine Finger um das Lenkrad gekrallt. Lena neben ihm, den Blick auf das Navi geheftet.

Falks Haus lag am Waldrand. Die Fensterläden waren geschlossen, das Grundstück wirkte verlassen. Kein Licht. Keine Bewegung.

Bodo zog seine Waffe. „Bereit?"

Lena nickte. Lautlos bewegten sie sich über den Kiesweg.

Er klopfte an. „Andreas Falk? Kripo Emden."

Stille.

Ein Schatten hinter den Vorhängen. Kaum sichtbar – aber da.

Dann – ein Schuss.

Nicht aus dem Haus.

Ganz in der Nähe.

Bodo riss den Kopf herum. „Das kam von dort!"

Sie rannten los.

Auf dem Parkplatz lag eine reglose Gestalt. Ein einzelnes Einschussloch über dem Herzen, sauber und präzise.

Daneben – ein Zettel.

„Ihr seid zu langsam."

Lena schloss die Augen.

Sorokin war ihnen wieder einen Schritt voraus.

Kapitel 51

Der Regen hatte sich verzogen, doch die Luft war noch immer gesättigt von Feuchtigkeit und Kälte. Dunkle Pfützen glänzten auf dem rissigen Asphalt wie zerbrochene Spiegel, in denen sich das flackernde Blaulicht der Einsatzfahrzeuge brach. Der metallische Geruch von nassem Beton lag schwer in der Luft, vermischt mit etwas, das Lena nur zu gut kannte. Blut.

Tropfen platschten von den Dachkanten der Betonfassaden, als wollte der Himmel beweisen, dass die Stadt noch nicht trocken war.

Lena zog die Schultern hoch, als eine plötzliche Böe den nassen Stoff ihrer Jacke an ihre Haut presste. Die Kälte kroch tiefer, biss sich in ihre Knochen. Neben ihr stand Bodo, die Hände tief in den Taschen vergraben, reglos wie eine Statue. Sein Blick lag auf dem Leichensack, als könnte er durch das schwarze, glänzende Material hindurchsehen. Aus seinem Haar tropfte Wasser, rann in kalten Bahnen über sein Gesicht – als hätte der Regen selbst ihn gezeichnet.

In der Mitte des gespenstischen Schauplatzes, eingerahmt von rot-weißem Absperrband und dem grellen Licht der Spurensicherung, lag eine weitere Leiche – diesmal unbedeckt. Andreas Falk. Seine Uniform war vom Regen durchtränkt, das Dunkel des Stoffes verschmolz mit dem nassen Beton.

Lena kniete sich neben den Toten, ignorierte die Kälte, die ihre Finger steif machte.

Ein einzelnes Einschussloch über dem Herzen – sauber, präzise. Kein Kampf, keine Spuren eines verzweifelten Abwehrversuchs.

Kein Chaos. Nur Stille. Präzision.

Jemand hatte gewusst, was er tat. Oder wollte genau diesen Eindruck hinterlassen.

Bodo fuhr sich langsam über den Dreitagebart, sein Blick glitt prüfend über die Szene. Sein Gesicht blieb ruhig, zu ruhig. Aber Lena kannte ihn gut genug, um das kaum wahrnehmbare Zucken in seinem Kiefer zu bemerken – ein Zeichen, dass ihm etwas nicht gefiel.

„Saubere Arbeit", murmelte er. „Ein Schuss. Keine Hektik. Kein Chaos. Der Täter war ein Profi – oder will, dass wir genau das denken."

Lena atmete flach durch den Mund. Die Luft schmeckte nach Beton, Öl und etwas Metallischem. Blut.

Das hier war nicht nur ein Mord.

Das war eine Botschaft.

Eine Bewegung aus dem Augenwinkel ließ sie aufblicken. Corinna Stein, die forensische Ermittlerin des Teams, trat mit einem Beweismittelbeutel in der Hand zu ihnen. Zwischen den Spitzen einer Pinzette schimmerte eine kleine Patronenhülse.

„Kaliber .22", sagte sie knapp. „Leise. Effektiv. Ein einziger, gezielter Schuss. Keine Anzeichen für einen zweiten. Keine Panik."

Lena nickte langsam. Ihr Blick wanderte über den Parkplatz, während ihr Verstand bereits nach Mustern suchte. Nach dem größeren Bild. Und dann war er da – der Name, der wie ein Schatten in ihrem Kopf auftauchte, noch bevor sie ihn bewusst dachte.

Sorokin.

„Ich will die Überwachungskameras checken", sagte sie leise. „Irgendwo muss etwas aufgenommen worden sein."

Corinna zuckte mit den Schultern. „Die Kameras hier am Parkplatz waren abgeschaltet. Aber direkt gegenüber ist eine Tankstelle. Vielleicht haben wir Glück."

Lena wollte sich gerade abwenden, als sie es sah.

Etwas Weißes blitzte unter Falks linker Hand hervor. Ein winziges Stück Papier, durchnässt, halb verborgen. Zufall? Oder absichtlich platziert?

Sie beugte sich vor, zog es vorsichtig hervor. Die Ränder waren vom Regen aufgeweicht, die Buchstaben hastig hingeworfen – aber noch lesbar.

„Zwei Züge hinterher."

Eiskalt. Der Schock fuhr ihr bis in die Fingerspitzen. Ihr Atem stockte – nur für einen Moment, aber lang genug, dass sie wusste: Das hier war eine Einladung.

Bodo war inzwischen aufgestanden und sah ebenfalls auf das Papier. Einen Moment lang sagte niemand etwas. Dann legte er ihr eine Hand auf die Schulter.

„Sorokin?"

Oder jemand, der genau wusste, wie er ihre Gedanken lenken konnte?

Lena schluckte trocken. Sie griff mit spitzen Fingern nach dem Zettel und ließ ihn in einen Beweismittelbeutel gleiten. Ihre Finger waren eiskalt.

Ein tiefer, kaum hörbarer Donner grollte in der Ferne.

Der Wind hatte sich gedreht.

Und in Lenas Bauch machte sich die bittere Gewissheit breit:

Sie spielten dieses Spiel nicht.

Sie waren die Figuren darauf.

Der Wind hatte sich gelegt, doch die Kälte blieb. Ein frostiger Hauch zog durch die dunklen Straßen, als Lena mit Bodo durch die Gänge der Rechtsmedizin schritt. Das sterile Neonlicht brannte grell über ihnen, ließ die weißen Wände noch kühler wirken, als würden sie das Unheil widerspiegeln, das sich in diesen Räumen sammelte.

Jeder ihrer Schritte hallte dumpf auf dem kalten Boden wider.

Lena spürte das Knirschen in ihrem Kiefer, als sie die Lippen aufeinanderpresste. Der Zettel mit der Botschaft **„Ihr seid zu langsam"** lag versiegelt in ihrer Jackentasche, doch es war, als würde die Schrift direkt in ihre Gedanken gebrannt.

Bodo lief neben ihr, den Blick starr nach vorne gerichtet. Doch sie kannte ihn gut genug, um seine Anspannung zu spüren – in der Art, wie sich seine Hände zu Fäusten ballten, wie er mit der Zunge über die Innenseite seiner Wange fuhr.

„Es ist nicht nur ein Mord," sagte Lena schließlich, ihre Stimme leise, fast verschluckt vom Brummen der Lüftungsschächte.

Bodo nickte kaum merklich. „Es ist eine Machtdemonstration."

Er blieb vor der Tür mit der Aufschrift

„Rechtsmedizin – Zutritt nur für Befugte"

stehen, atmete tief durch und stieß sie dann auf.

Der beißende Geruch von Desinfektionsmittel und kaltem Edelstahl schlug ihnen entgegen. Dr. Julia Müller, die Rechtsmedizinerin, stand bereits am Seziertisch, eine Pinzette in der Hand. Neben ihr postierte sich Corinna Stein, die Arme vor der Brust verschränkt, ihr Blick wie festgefroren auf die blasse, reglose Gestalt von Andreas Falk gerichtet.

Julia nickte ihnen knapp zu. „Ich habe einen ersten Überblick." Sie berührte mit der Pinzette die leichenblasse Haut des Toten. „Der Einschusswinkel ist präzise. Kaliber .22, wie Corinna schon am Tatort vermutet hat. Der Schuss durchschlug das Herz fast mittig. Perfekte Ausführung."

Lena trat näher. Falks Gesicht wirkte… ruhig. Fast zu ruhig.

„Abwehrspuren?"

Corinna schüttelte den Kopf. „Keine. Er wurde entweder überrascht – oder er wusste, dass er sterben würde."

Ein gezielter Schuss. Keine überflüssige Gewalt. Kein Kampf.

Lena ließ den Blick über den entblößten Oberkörper des Toten gleiten. Alles war erschreckend… sauber.

„Hat er noch etwas gesagt, bevor er starb? Hat irgendjemand etwas gehört?"

Julia trat an einen Edelstahlwagen und zog eine verschlossene Beweismittelschale zur Seite. Ein kleines, silbernes Objekt lag darin – kaum größer als eine Fingerkuppe.

Lena runzelte die Stirn. „Ein… USB-Stick?"

Julia nickte. „Er muss ihn geschluckt haben. Entweder, um ihn zu verstecken – oder weil er keine andere Wahl mehr hatte."

Bodo sog scharf die Luft ein. „Verdammt. Wenn er ihn geschluckt hat, wusste er, dass seine Zeit abgelaufen ist."

Lena starrte auf den Stick.

Ein digitaler Sargnagel.

Was auch immer auf diesem Stick war – es hatte Falk das Leben gekostet.

Julia verschränkte die Arme. „Ich mache eine toxikologische Untersuchung. Wer so stirbt, könnte vorher etwas verabreicht bekommen haben."

Lena nickte. „Danke, Julia. Sobald du Ergebnisse hast, gib mir sofort Bescheid."

Dann wandte sie sich an Corinna. „Was hältst du von dem Stick? Können wir etwas rausbekommen?"

Corinna hob eine Braue. „Kommt drauf an, ob er verschlüsselt ist. Aber wenn er so wichtig war, garantiere ich dir eins – **jemand wird ihn schützen.**"

Lena ließ ihren Blick noch einmal über den toten Falk gleiten.

Er hatte etwas gewusst.

Und irgendjemand hatte verdammt viel dafür getan, dass dieses Wissen mit ihm starb.

IT-Labor, Kripo Emden

Die Türen zum IT-Labor öffneten sich mit einem leisen Surren. Bläuliches Licht flackerte auf, als die Monitore hochfuhren.

Corinna saß bereits an ihrem Schreibtisch, ihre Finger huschten über die Tastatur. Zahlen und Codezeilen rasten über den Bildschirm, kryptische Zeichenfolgen formten sich zu Ordnern und Dateien.

Neben ihr beugten sich Jan Müller und Lars Lammers über den Laptop. Ihre Körperhaltung verriet, dass sie wussten, dass hier gerade etwas

Verdammt-Wichtiges geschah.

Lena betrat den Raum mit Bodo an ihrer Seite.

„Erzähl mir, dass wir Glück haben," sagte sie.

Corinna schüttelte langsam den Kopf. „Das Ding ist bis unters Dach gesichert. Starke Verschlüsselung, fragmentierte Datensätze – aber ich habe ein paar Fragmente extrahieren können."

Auf dem Bildschirm erschienen mehrere Ordner. Einer davon sprang Lena sofort ins Auge:

„Zahlungsprotokolle."

Jan klickte darauf. Eine Liste von Transaktionen öffnete sich. Namen, Beträge, Codierungen – eine Zeile ließ Lena erstarren.

Sorokin – 250.000 Euro.

Einen Moment lang herrschte absolute Stille.

Dann traf ihr Blick auf Bodo.

Das war ein Beweis. Ein echter Beweis.

Doch bevor sie etwas sagen konnte, geschah es.

Der Bildschirm zuckte. Erst ein kurzes Flackern – dann erschien eine neue Meldung, mitten auf dem Monitor.

„Ihr seid zu langsam."

Ein eiskalter Stich durchfuhr Lenas Magen.

„Das ist nicht von uns, oder?" fragte Jan leise.

Corinna saß wie versteinert. Dann bewegte sie sich ruckartig, ihre Finger rasten über die Tastatur.

„Verdammt. Der Stick ist nicht nur ein Datenspeicher – er ist eine Falle.**"**

Bodo beugte sich vor. „Eine Falle? Inwiefern?"

Corinna hämmerte auf die Tasten. Ihre Augen verengten sich.

„Kaum habe ich ihn angeschlossen, hat er eine Verbindung nach draußen aufgebaut. Jemand weiß genau, dass wir ihn untersuchen."

Lars rieb sich über die Stirn. „Das heißt, jemand sieht uns live dabei zu?"

Corinna nickte. „Und nicht nur das. Ich habe mehrere Firewalls hochgezogen, aber das Ding weicht allem aus, was ich ihm in den Weg stelle. Das ist eine verdammte Zero-Day-Backdoor – maßgeschneidert."

Lena spürte, wie sich ihre Finger zu Fäusten ballten. Sie waren in die Falle getappt. „Gibt es irgendetwas, das wir nutzen können?"

Corinna scannte die letzten Fragmente. Dann hielt sie inne. „Hier ist noch etwas… Ein Kürzel: 'V.T.'"

Lars zog die Stirn in Falten. „Was soll das sein?"

Bevor Lena weiter nachhaken konnte, begann der Bildschirm erneut zu flackern.

Eine neue Zeile erschien. **„Ihr seid zu langsam."** Diesmal blinkte sie **rot**.

Corinna erstarrte. Dann riss sie den Stick abrupt aus dem Laptop. Der Bildschirm wurde schwarz.

Einen Moment lang blieb alles still.

Dann wusste Lena: **Dieser Sturm hatte gerade erst begonnen.**

Der Lärm in ihrem Kopf war lauter als jedes Donnern, das von draußen hereindrang. Lena ließ ihren Blick über die abgedunkelten Monitore schweifen – eben noch hatten sie gezuckt, Datenzeilen aufleuchten lassen, als würden sie atmen. Jetzt war alles tot. Nur das rötliche Notlicht der Server flackerte an den Wänden, warf unheimliche Schatten auf die Gesichter im Raum.

Sie spürte Bodos Präsenz hinter sich. Sein Atem war ruhig, kontrolliert, doch Lena wusste, dass es eine Maske war. Sein Puls raste genauso wie ihrer. Auf dem Tisch lag der USB-Stick, den Corinna gerade noch aus dem Laptop gerissen hatte – klein, unscheinbar, und doch eine tickende Bombe.

„Ein teuflisches Geschenk", sagte Corinna leise. Ihre Hände umklammerten die Lehne ihres Stuhls so fest, dass die Knöchel weiß hervortraten.

„Hat schon jemand die IT-Firewall neu gestartet?" Lars' Stimme war schneidend, aber beherrscht. Sein Blick lag auf den blinkenden Serverlampen, als könnte er die Antwort aus dem Chaos herauslesen.

Corinna atmete durch. „Ja. Aber wer immer das hier gesteuert hat, weiß jetzt genau, wo wir stehen – und wie weit wir gekommen sind."

Lena schloss kurz die Augen. Bilder formten sich in ihrem Kopf: Andreas Falk, regungslos auf dem kalten Beton. Das präzise Einschussloch. Der Zettel mit den Worten *„Zwei Züge hinterher."*

Der USB-Stick, die schwer entzifferbaren Datensätze. Und dann dieses Kürzel, das sich in ihr Gedächtnis eingebrannt hatte: **T. F.**

„Wir haben Sorokin – und jetzt T. F.", murmelte sie. „Zwei Spieler auf einem Brett, das wir nicht überblicken."

Bodo trat neben sie. Er hatte seine Jacke ausgezogen, sein Hemd war leicht zerknittert. Noch eben war der Adrenalinschub heiß durch seine Adern geflossen. „Vielleicht ist T. F. nicht nur irgendein Name. Was, wenn er oder sie hinter Sorokin steht? Oder mit ihm zusammenarbeitet?"

Niemand widersprach. Die Stille war schwer – nicht aus Ratlosigkeit, sondern weil sie alle die gleiche Befürchtung teilten.

Corinna wandte sich zurück zu den Monitoren. Ihre Finger huschten über das Touchpad, blieben dann abrupt stehen. „Hier ist noch ein minimaler Datenrest. Kein klarer Hinweis – nur eine Querverbindung zu Offshore-Konten. Dieselbe Ausgangsquelle bei mehreren Transaktionen."

„T. F.", sagte Jan. Seine Stimme klang gedämpft. Er stand hinter Corinna, dunkle Ringe unter den Augen, als hätte er innerhalb einer Stunde ein Stück Unschuld verloren. „Das Kürzel taucht immer wieder auf. Eine Art Phantom, das die Fäden zieht."

Lena richtete sich auf. „Wir müssen Karin Broder noch einmal sprechen.

Wenn ihr Name in den Listen steht – zusammen mit Andreas Falk –, dann führt vielleicht auch eine Spur zu diesem T. F."

Bodo nickte. „Ich habe ihr eine sichere Zelle besorgt. Aber sicher ist hier gerade gar nichts mehr."

Lena spürte die Anspannung in ihren Schultern, als sie die wenigen ausgedruckten Seiten zusammenpackte. Der USB-Stick lag noch immer auf dem Tisch, als warte er nur darauf, erneut Unheil zu stiften. Corinna griff danach, steckte ihn in einen gepolsterten Beweismittelbeutel und verriegelte ihn in einem Stahlschrank. Doppelt.

„Ich kann nicht garantieren, dass wir hier nicht längst verwanzt sind", sagte sie. „Aber wenn das jemand mit einer Zero-Day-Lücke geschafft hat, bleibt uns nichts außer Vorsicht."

Jan fuhr sich fahrig durchs Haar. Lars räusperte sich. „Ich setze ein System-Backup auf. Vielleicht lässt sich noch mehr wiederherstellen, wenn wir die richtigen Tools einsetzen."

Lena nickte. „Tu dein Bestes. Alles, was wir finden, könnte dieses Netz entwirren."

Das Summen der Neonröhren hing schwer in der Luft. Es war, als fehle Sauerstoff in diesem Raum. Ohne ein weiteres Wort traten sie hinaus in den Flur, der in düsterem Notlicht lag.

Die Tür zum IT-Labor schloss sich mit einem leisen Klicken.

Draußen empfing sie die schneidende Nachtluft. Bodo zog sich die Jacke über und hob den Blick. Der Himmel war von tiefhängenden Wolken verhangen, der Regen hatte nachgelassen – doch der Sturm lag noch in der Luft, lauerte wie ein Raubtier, das zum Sprung ansetzte.

„Dieser Sturm hat gerade erst begonnen", sagte Lena leise.

Bodo betrachtete sie einen Moment. In seinen Augen glomm dieser kämpferische Funke, der sie beide schon durch dunklere Zeiten getragen hatte.

„Dann machen wir uns bereit."

Mit einem letzten Blick auf das erleuchtete Polizeigebäude stiegen sie in den Wagen. Der Motor brummte leise, als sie losfuhren. Im Rückspiegel verzerrten sich die Lichter zu langen Streifen, als würden sie in eine andere Welt tauchen.

Und nur wenige Straßen weiter, in einem halb erleuchteten Büro, wartete die nächste Enthüllung.

Kapitel 52

Der Wind riss an den letzten Blättern, zerrte sie von den Ästen wie ein unsichtbarer Jäger, der seine Beute erbarmungslos jagte. Goldene und tiefrote Tupfer wirbelten durch die Straßen, tanzten im Licht der Laternen. Dann erstarben sie, eingesogen von der Dunkelheit. Nebel kroch über den Asphalt, schwer wie ein Schleier des Vergessens, der Geräusche dämpfte und Konturen verzerrte.

IT-Raum, Kripo Emden

Das einzige Licht im Raum flackerte vom Monitor, auf dessen Oberfläche Zahlen und Zeichen in endlosen Strömen hinabrannen. Jan saß nach vorne gebeugt, die Stirn im Lichtschein, die Schultern verspannt. Das leise Summen der Server war der einzige Rhythmus in der Stille – der metallische Pulsschlag der digitalen Welt.

Der Raum roch nach heißer Elektronik, abgestandener Luft und kaltem Kaffee.

Seine Finger huschten über die Tastatur, durchquerten ein Labyrinth aus Codes, Proxyservern, verschleierten Transaktionen. Offshore-Konten, verschlüsselte Dokumente – ein Netz aus Lügen, fein gesponnen wie Spinnenseide.

Dann – ein Ruck. Jans Augen verengten sich. Eine Zeile blitzte auf dem Bildschirm auf.

T. F.

Ein paar Sekunden lang starrte er auf die Buchstaben. Ein vertrautes Kürzel? Nein. Kein Eintrag, keine Verbindung. Aber warum löste es dieses Kribbeln in seinem Nacken aus? Als hätte jemand seinen Namen geflüstert, während er allein war.

Seine Finger verharrten über der Tastatur. Plötzlich fühlte sich der Raum enger an, die Luft dichter, schwerer. Dieses Kürzel war kein loses Puzzlestück.

Es war der Schlüssel.

Und möglicherweise hätte er ihn niemals finden dürfen.

U-Haft-Zelle

Das Neonlicht flackerte und warf harte Schatten an die grauen Wände der Zelle. Der Raum war karg, kaum mehr als ein Loch, in dem die Zeit nicht floss, sondern in sich selbst gefangen lag.

Karin Broder saß auf der schmalen Pritsche, die Schultern nach vorne gezogen, die Hände im Schoß gefaltet. Ihre Finger kneteten den Stoff ihrer Jacke, als könnte sie sich daran festhalten – an dem letzten Stück Kontrolle, das ihr geblieben war.

Die Tür öffnete sich mit einem leisen Klicken.

Lena und Bodo traten ein.

Keine Worte.

Nur Stille, die sich wie ein unsichtbares Gewicht auf die Szene legte.

Die Tür fiel ins Schloss. Ein dumpfer Laut. Ein Urteil.

„Frau Broder," sagte Lena schließlich. Ihre Stimme war ruhig, aber messerscharf.

Karin hob den Blick nur kurz, als fürchtete sie, sich darin zu verlieren.

„Ich habe mit dem Tod von Andreas Falk nichts zu tun."

Die Worte kamen schnell, fast zu schnell. Wie ein Reflex. Aber ihre Finger verrieten sie. Sie hatten aufgehört, den Stoff zu kneten, lagen nun starr in ihrem Schoß.

Bodo trat näher. Sein Blick war ruhig, aber fest.

„Karin."

Kein Titel. Nur ihr Name.

Ein kurzes Zucken.

„Wir wissen, dass Sie mehr wissen, als Sie sagen."

Ihr Atem ging flacher.

„Sorokin lässt niemanden am Leben, der zu viel weiß."

Ein Zittern durchlief ihre Schultern, kaum sichtbar, aber in ihren Augen blitzte für einen Moment pure Furcht auf. Lena sah es. Sie wusste, dass sie genau hier ansetzen musste.

Langsam zog sie den USB-Stick aus ihrer Jackentasche, drehte ihn zwischen den Fingern.

„Jan hat eine Liste entschlüsselt."

Ihre Stimme war sanft, fast beiläufig.

„Dein Name steht darauf. Andreas Falks Name auch."

Ein kurzer, harter Atemzug.

Dann ließ Lena die letzten Worte fast wie ein beiläufiges Detail fallen:

„Und dann noch jemand: T. F."

Die Welt hielt an.

Karins Schultern versteiften sich. Ein feiner, unkontrollierbarer Ruck ging durch ihren Körper. Ihr Blick flackerte.

„Wer ist das?" fragte Lena ruhig.

Keine Drohung. Keine Härte. Nur Ruhe.

Doch die Wirkung war stärker als jedes Verhör.

Karins Lippen öffneten sich einen Spalt. Kein Laut kam heraus.

Ihr Brustkorb hob und senkte sich ungleichmäßig.

Ihre Hände – eben noch starr – verkrampften sich plötzlich in den Stoff ihrer Jacke.

Eine Fluchtbewegung, die es nicht mehr gab.

Ein inneres Ringen.

Ein Blick zur Tür – als könnte sie dort eine Antwort finden, die sie nicht geben wollte.

„Ich…"

Das Wort brach ab.

Lenas Blick blieb ruhig, aber sie ließ ihr Zeit.

Sekunden verstrichen.

Dann – ein Flüstern.

Fast zu leise, um es zu hören.

„Es… es war nicht nur Sorokin."

Bodo verharrte.

Sein Blick bohrte sich in ihren, ließ ihr keine Fluchtmöglichkeit.

„Wer war es dann, Karin?"

Sekunden verstrichen.

Quälend langsam.

Dann veränderte sich etwas in ihrer Haltung.

Der Kampf war vorbei.

Ein tiefer Atemzug.

Ihr Blick hob sich.

„T. F."

Ein Name, der wie eine Wunde in die Stille geschnitten wurde.

„Er… er hat alles gelenkt."

Lena fühlte, wie ihr Puls raste.

Das war es.

Der Moment, auf den sie gewartet hatten.

Bodo lehnte sich näher.

„Wer ist das?"

Karins Lippen öffneten sich.

Ein Hauch von Worten – dann ein Zögern.

Ein letzter verzweifelter Blick zur Tür, als könnte sie dort die Antwort finden, die sie nicht geben wollte.

„Ich… ich kann es nicht sagen."

Draußen rüttelte der Wind an den Fenstern, als wollte er die letzte Lüge aus ihr herauspeitschen.

Kapitel 53

Das kalte Licht der Neonröhren schnitt die Dunkelheit in scharfe Kanten. Der Rhythmus des Herzmonitors zählte die Sekunden – ein leises, unerbittliches Ticken. Draußen, hinter den Fenstern des Emder Krankenhauses, lag die Stadt in gedämpfter Stille. Doch hier drinnen schien die Zeit eingefroren, gefangen in steriler Reglosigkeit.

Robin Ahlers saß aufrecht im schmalen Krankenhausbett. Der Druckverband an seiner Schulter pochte dumpf – ein ständiger Mahnruf seines letzten Zusammenstoßes mit der Wahrheit. Auf seinen Knien lag ein gesicherter Laptop.

Sein Kollege hatte ihn mitgebracht – mit einer knappen Warnung: „Nur für interne Ermittlungen."

Robin atmete tief durch. Die Luft roch nach Desinfektionsmittel und abgestandener Angst. Er wusste, dass er sich auf gefährliches Terrain begab. Seine Finger glitten über die Tastatur – präzise, routiniert. Firewall um Firewall. Sicherheitsschicht um Sicherheitsschicht.

Aber nichts war unüberwindbar. Nicht für ihn.

Dann tauchte der Name auf. **Andreas Falk.** Eine einzige Nachricht. Keine Erklärungen, keine Details.

„Treffen mit T.F. am alten Kai. Diskret."

Robin massierte seine Schläfen, sein Magen zog sich zusammen. **T.F.** – ein Name, der nicht existieren durfte. Doch in seinem Kopf fügten sich Bruchstücke einer alten

Akte zusammen: **Waffenhandel. Internationale Ver-bindungen. Verschwundene Beweise.**

Wenn Falk ihn treffen wollte … dann war das vielleicht der Grund, warum er tot war.

Dann – ein Geräusch. Leise. Kaum wahrnehmbar.

Ein Klacken.

Safe House

Draußen schlief die Stadt nicht. Dumpfe Geräusche drangen durch die Mauern: das heulende Echo einer Sirene, das entfernte Brummen von Motoren.

Aniko stand reglos am Fenster. Ihre Schultern angespannt, die Hände zu Fäusten geballt. Doch in ihren Augen lag mehr als Unruhe.

Entschlossenheit. „Ich will zu Robin"

Lena, an die Tür gelehnt, verschränkte die Arme. Ihre Stimme war so ruhig wie Stahl. **„Vergiss es."**

Ein Befehl. Klar. Endgültig.

„Die Presse will einen Schuldigen für Falks Tod. Sie brauchen ein Gesicht – und du bist das perfekte Ziel."

Aniko schluckte, ihre Finger gruben sich in den Stoff ihrer Jacke. „Und wenn sie Robin wieder angreifen?"

Lena atmete hörbar aus. Ihr Blick flackerte für einen Moment – kaum merklich.

„Glaubst du, das weiß ich nicht?" Sie trat einen Schritt vor. „Aber genau deshalb dürfen wir jetzt keinen Fehler machen."

Dann – ein schrilles Piepen. Lenas Handy vibrierte.

Kein Name. Keine Nummer. Nur eine einzige Nachricht:

„Sie ist die Nächste."

Schwere Stille. Eiskalt.

Aniko starrte auf den Bildschirm. Ihre Atmung blieb ruhig, doch in ihrem Inneren formte sich eine unausweichliche Erkenntnis.

Es gab kein Verstecken. Kein Abwarten.

Sie hob den Blick. „Ich werde nicht warten, bis sie mich finden."

Lena erwiderte den Blick. Nur einen Moment lang schien sie zu überlegen – dann griff sie zum Funkgerät.

„Sicherung hochfahren. Keiner kommt mehr rein oder raus."

Präsidium Emden
Ein dumpfer Schlag.

Die Zeitung landete auf dem Tisch.

„Andreas Falk – Mord vertuscht? Wer schützt die Täter?"

Lars Lammers' Blick wanderte über das Team. Kein Wort wurde gesprochen. Die Luft im Besprechungsraum war gespannt wie ein Drahtseil.

Er atmete tief durch. Dann, ohne die Zeitung aus den Augen zu lassen: „Das eskaliert." Seine Stimme war ruhig, aber hart.

„Wir müssen Sorokin international zur Fahndung ausschreiben."

Corinna Stein nickte. „Wenn er noch im Land ist, muss er raus. Wenn er schon weg ist – dann müssen wir wissen, wohin."

Jan Müller lehnte sich vor. „Und T.F.? Wenn Falk ihn treffen wollte … könnte er Sorokin sein?"

Lars' Kiefer mahlte. „Wenn er es ist, wird es kein leichtes Ziel."

Er schob die Zeitung zur Seite, lehnte sich vor. **„Findet es heraus. Und zwar schnell."**

Krankenhaus Emden

Robin rieb sich die Stirn. Sein Kopf pochte.

Dann – ein Geräusch. Leise. Kaum hörbar.

Ein Klacken an der Tür.

Sein Körper spannte sich.

Langsam öffnete sich die Tür.

Ein Pfleger trat ein.

Robin atmete aus. Erleichterung – für den Bruchteil einer Sekunde.

Doch dann …

- die Haltung

- der Gang

- die falschen Schuhe Schwarzes Leder keine Krankenhaus-Crocs.

Sein Herz hämmerte gegen die Rippen.

Die Tür fiel leise ins Schloss.

Das schwache Licht der Nachttischlampe warf harte Schatten auf das Gesicht des Mannes – kantig, emotionslos. In seiner Hand glänzte etwas Metallisches. Robin schluckte. Seine Finger zuckten in Richtung der Notfalltaste am Bett.

Zu spät.

Der Mann bewegte sich blitzschnell. Ein Griff, fest, kalt, an Robins Arm. Doch dann – ein Geräusch von draußen.

Schwere Schritte.

Ein Schatten fiel auf die Milchglasscheibe der Tür. Der Mann hielt inne, spähte zur Seite. Der Moment der Ablenkung war alles, was Robin brauchte.

Mit aller Kraft warf er sich zur Seite, riss den Infusionsständer mit und schlug ihn gegen den Angreifer.

Die Tür flog auf.

„Polizei!"

Jan Müller stürmte herein, Waffe im Anschlag. Der Mann wirbelte herum, zog etwas aus seiner Jacke – ein Messer. Ein Schuss durchbrach die Stille. Der Angreifer keuchte, sackte gegen das Bett und glitt langsam zu Boden.

Die Klinge fiel klirrend auf die Fliesen. Jan trat näher, trat das Messer außer Reichweite.

„Alles okay?" Robin nickte schwer atmend. Sein Blick fiel auf die Brusttasche des Mannes, wo ein dünner Umschlag herausragte. Jan zog ihn vorsichtig heraus und klappte ihn auf.

Ein einziges Wort stand auf dem Zettel:

„Erledigt?"

Lars und Robin wechselten einen Blick. Keine Unterschrift. Kein Absender. Doch eines war klar:

Jemand wollte sicherstellen, dass Robin diese Nacht nicht überlebt.

Kapitel 54

Der Wind zerrte an den Werftgebäuden, jagte Nebelschwaden durch das düstere Hafenviertel von Emden. Rostige Kräne standen wie gespenstische Skelette im Nachthimmel, Lagerhallen warfen verzerrte Schatten aufs Pflaster. Irgendwo schlug eine lose Kette metallisch gegen eine Schiffswand, das Echo verlor sich in der Finsternis. Der salzige Geruch des Wassers vermischte sich mit modrigem Öl und Rost.

Im Auto lief die Heizung auf Anschlag, doch die Kälte kroch Bodo und Lena trotzdem in die Glieder. Der Wagen stand halb verdeckt zwischen zwei Containern, nur das matte Glimmen der Armaturen durchbrach die Dunkelheit. Bodo trommelte mit den Fingern auf das Lenkrad, angespannt. Lena warf einen Blick auf die Uhr.

Der Informant ließ auf sich warten.

Dann – eine Bewegung im Nebel. Ein Schatten, lautlos, wartend.

Rico trat aus der Finsternis. Abgewetzte Lederjacke, Zigarette im Mundwinkel, Hände tief in den Taschen. Für einen Moment blieb er stehen, ließ sich vom Scheinwerferlicht streifen, als wolle er seine Anwesenheit betonen. Dann blies er langsam den Rauch aus und kam näher.

Lena öffnete die Tür. Ihre Schritte knirschten auf dem Kies.

Bodo blieb im Wagen, scannte das Gelände. Rico kam selten allein.

„Ihr brennt euch die Finger – und merkt es nicht einmal." Seine Stimme war rau, voller Untertöne. Rauch kringelte sich langsam in der kalten Luft. „Sorokin hält sich bedeckt, aber seine Verbindungen reichen tiefer, als ihr glaubt." Lena verschränkte die Arme. „Wie tief?"

Rico zog an seiner Zigarette, musterte sie aus schmalen Augen. „Internationale Geldwäsche. Waffenschmuggel. Falk war nur ein kleines Rädchen in einem verdammt großen Getriebe. Aber das ist nicht euer größtes Problem."

Bodo spürte, wie sich eine unheilvolle Anspannung in ihm ausbreitete. „Sondern?"

Rico trat näher, senkte die Stimme. „Jemand anderes hat übernommen. Broder war nur der Anfang."

Lena warf Bodo einen schnellen Blick zu. „Wer?"

Rico zögerte. Seine Finger trommelten auf das abgewetzte Leder seiner Jacke. Dann, leise:

„T.F."

Lena runzelte die Stirn. „Was soll das heißen?"

Rico ließ die Zigarette fallen, trat sie mit der Schuhspitze aus. Sein Blick war dunkel.

„Wenn es der ist, den ich denke … seid ihr bald nicht mehr die Jäger, sondern die Gejagten."

Die Rückfahrt ins Präsidium verlief schweigend. Der Regen prasselte monoton gegen die Windschutzscheibe, dicke Tropfen zogen unregelmäßige Bahnen über das Glas. Lena hielt ihr Notizbuch aufgeschlagen in den Händen, fuhr mit dem Daumen über die raue Oberfläche des Papiers. Auf der ersten Seite stand nur eine Zeile:

T.F.

Im Präsidium roch die Luft nach altem Kaffee und abgestandener Spannung. Die Neonröhren flackerten kurz, bevor sie das Büro in steriles Licht tauchten. Lena ließ sich in ihren Stuhl fallen, zog die Tastatur zu sich heran und tippte die Buchstaben in die polizeiliche Datenbank.

Keine Treffer.

Sie biss sich auf die Lippe, klickte sich durch internationale Fahndungslisten. Das Summen des Computers war das einzige Geräusch im Raum. Ihre Augen huschten über die Zeilen. Dann – ein Name, der sie abrupt innehalten ließ. Ihre Finger erstarrten über der Tastatur.

Timofej Fedorov.

Bodo, der sich gerade Kaffee einschenkte, hielt mitten in der Bewegung inne. Sein Gesicht verfinsterte sich.

„Verdammt." Seine Stimme war rau, fester als zuvor. „Sag mir nicht, dass das der Fedorov ist."

Lena drehte den Bildschirm zu ihm. Sein Blick blieb regungslos, doch sein Griff um die Kaffeetasse verstärkte sich. Knöchelweiß.

„Osteuropas berüchtigtster Waffenhändler." Lenas Stimme war kaum mehr als ein Flüstern. „Ein Geist. Hat mit Sorokin kooperiert, aber nie direkt in Deutschland operiert. Wenn sein Name jetzt in Emden auftaucht, haben wir ein Problem."

Bodo nahm einen Schluck Kaffee, stellte die Tasse langsam ab. „Wir müssen Becker einweihen."

Lena rieb sich müde die Stirn. „Er wird begeistert sein."

Sie griff zum Telefon. Der leitende Staatsanwalt Dr. Roland Becker war kein Mann für Geduld.

Als er ranging, klang seine Stimme scharf wie eine Rasierklinge. „Sie behaupten, dass ein international gesuchter Waffenhändler in unseren Fall verwickelt ist?"

„Ja." Lenas Stimme blieb ruhig, doch ihr Herz schlug schneller. „Und es gibt Hinweise, dass Sorokin ihn möglicherweise für eine neue Lieferung nutzt." Stille. Dann ein tiefer Atemzug am anderen Ende der Leitung.

„Ich werde mich mit der Bundespolizei in Verbindung setzen. Aber bis dahin – keine Alleingänge, verstanden?"

Lena schloss kurz die Augen. „Natürlich nicht." Sie legte auf – wissend, dass sie gelogen hatte. Ein Räuspern durchbrach die Stille.

Corinna Stein, die Forensikerin, stand in der Tür. In der Hand hielt sie einen schlichten braunen Umschlag. „Das kam vor einer Stunde." Lena nahm ihn entgegen, riss ihn auf. Ein einzelnes Blatt.

Handschriftlich, hastig geschrieben:

Du hast Thomas ruiniert. Wer ist als Nächster dran?

Ihr Herz begann schneller zu schlagen. Bodo trat neben sie, las über ihre Schulter. „Scheiße."

Corinna verschränkte die Arme. „Jemand will euch verunsichern."

„Oder uns aufhalten." Bodo sah zu Lena.

Lena drehte das Blatt zwischen den Fingern. Die Handschrift war anders als bei den bisherigen Drohungen. Unruhig, hastig, verschmiert.

„Jemand hatte es eilig."

Corinna nickte. „Ich lasse eine Analyse laufen. Wir müssen wissen, mit wem wir es hier zu tun haben." Lena sah von dem Blatt auf. Wochenlang hatten sie gegen eine Wand gearbeitet – doch jetzt hatten sie einen   Namen.

Timofej Fedorov.

Und wenn Sorokin wirklich mit ihm zusammenarbeitete, ging es längst nicht mehr nur um Emden.

Dann war das hier eine **tödliche Jagd**.

Kapitel 55

Der frühe Morgen lastete schwer über dem Polizeipräsidium. Grauer Dunst kroch durch die Straßen, feuchter Nebel perlte an den Fensterscheiben. Die ersten Sonnenstrahlen kämpften sich mühsam durch das dichte Grau und warfen fahles Licht auf den nassen Asphalt. Die Stadt lag in einem seltsamen Zwischenzustand – still, lauernd, als hielte sie den Atem an.

Im Inneren des Präsidiums flackerte das Neonlicht in einem der Verhörräume. Das Summen der Lampe war das einzige Geräusch – monoton, unnachgiebig.

Karin Broder saß mit gesenktem Blick am Tisch. Ihr Gesicht wirkte fahl, eingefallen. Die Finger ineinander verhakt, als klammere sie sich an einen unsichtbaren Halt. Ein kaum merkliches Zittern ihrer rechten Hand verriet sie. Ihre Schultern zuckten jedes Mal zusammen, wenn draußen eine Tür zuschlug – als erwarte sie, dass gleich jemand hereinkommen und sie holen würde.

Lena ließ sich Zeit. Schweigen konnte mächtig sein. Es ließ Mauern bröckeln. Sie lehnte sich zurück, ihre Augen kühl, abwartend. Sekunden zogen sich, während das Ticken der Wanduhr den Raum füllte.

„Frau Broder," sagte sie schließlich, sanft, aber scharf wie eine Klinge. „Sie wissen, dass Sie noch nicht alles gesagt haben."

Ein Zittern durchlief Karins Lippen. Ihr Blick huschte über den Tisch, suchte nach einem Ausweg.

Doch es gab keinen. Das unsichtbare Gewicht auf ihren Schultern wurde schwerer. Dann – ein Flüstern, kaum mehr als ein Lufthauch:

„Timofej Fedorov… er war oft in Wolthusen. In einem alten Speichergebäude."

Lena ließ die Worte sacken, beobachtete jede Regung in Karins Mimik.

„Was genau lief dort?"

Karin presste die Lippen aufeinander, als kämpfe sie gegen etwas, das sie nicht aussprechen wollte. Ihre Finger krallten sich in den Ärmel ihres Pullovers. Dann – ein kurzer, unsicherer Atemzug.

„Ich war dort." Heiser, fast gebrochen. „Ich habe gesehen, wie Fedorov sich mit Männern traf …. keine Deutschen. Sie haben Geld, Waffen, Daten ausgetauscht." Ihre Stimme brach für einen Moment. „Ich habe… Sorokin selbst gesehen."

Lenas Magen zog sich zusammen. Ein Name. Ein echter Ansatzpunkt. Doch es fühlte sich nicht wie ein Sieg an. Sorokin machte keine Fehler. Und wenn doch – dann nur die, die er machen wollte.

„Wann war das?"

„Vor einem Monat." Karin atmete flach aus. „Aber Fedorov hatte Angst. Er sagte, So

Ihre Hände zitterten nun stärker. Sie schloss für einen Moment die Augen, als müsse sie sich zwingen, weiterzusprechen. „Er sagte… es gibt eine Liste. Namen. Und jemand, der nicht darauf steht, ist bereits tot."

Lena hielt den Atem an.

„Eine Liste?"

Ein kaum merkliches Nicken. Karin bewegte den Kopf so leicht, dass es kaum mehr als ein Schatten einer Zustimmung war.

„Fedorov meinte, wenn Sorokin herausfindet, dass er nicht mehr gebraucht wird… dann ist er der Nächste."

Hinter der verspiegelten Scheibe tauschten Lars Lammerts, Jan Müller und Bodo ernste Blicke. Dieses Gespräch veränderte alles.

Besprechungsraum
Eine große Karte von Emden lag auf dem Tisch. Wolthusen war mit dicken Linien markiert, das Speichergebäude rot eingekreist. Lars tippte mit dem Finger darauf.

„Das ist unsere Chance. Wenn Sorokin wirklich Fedorov beauftragt hat, dann führt die Spur über ihn."

Bodo verschränkte die Arme, sein Blick kühl, abwägend.

„Wenn Sorokin einen Fehler gemacht hat, dann ist es einer, den wir machen sollen."

„Dann setzen wir Fedorov unter Druck." Lars' Stimme war ruhig, aber bestimmt. „Er muss glauben, dass er für Sorokin bereits ein toter Mann ist. Dann redet er."

Lena nickte. „Bodo und ich übernehmen die Observation. Keine voreiligen Aktionen."

„Jan, du analysierst alle digitalen Spuren. Ich will wissen, ob irgendetwas auf einen geplanten Deal hinweist."

„Verstanden."

Jan beugte sich über seinen Monitor, seine Finger flogen über die Tastatur. Sekunden verstrichen. Dann stockte sein Atem.

„Ich hab was gefunden." Seine Stimme war angespannt.

Lena richtete sich abrupt auf. „Was genau hast du?"

„Die Geldtransfers – sie wurden genau an dem Tag gestoppt, als Falk starb. Und das Konto? Komplett verschwunden. Die Spur führt direkt zu Sorokin."

Plötzlich durchbrach ein schrilles Klingeln die angespannte Stille.

Das Festnetztelefon. Niemand nutzte es. Niemand hatte es klingeln hören.

Alle Köpfe fuhren herum. Lars griff nach dem Hörer.

„Lammerts."

Stille.

Dann knackte es in der Leitung. Eine verzerrte Stimme, das Signal gestört:

„... nicht über die Schwelle... der Erste, der es wagt, stirbt."

Dann – ein Klicken. Aufgelegt.

Sekundenlang rührte sich niemand. Lena tauschte einen Blick mit Bodo, während Jan hastig in die Tasten schlug.

„Jemand hat unsere Leitung gehackt." Seine Stimme war kaum mehr als ein Murmeln. „Kein Rückverfolgungssignal."

In der Ferne – ein dumpfes Geräusch. Kein Schuss. Kein Knall. Etwas Schweres. Ein Fall, ein Aufprall? Sekunden später nur Stille.

Bodo fuhr abrupt herum. Lars warf Jan einen scharfen Blick zu. „Hast du was gefunden?"

Jan schüttelte den Kopf. „Nur eine Sekunde... noch nichts auf den Servern."

Lena zog die Jacke enger um sich.

Irgendetwas stimmte nicht.

Sorokin wusste es. Er wusste es die ganze Zeit. Und jetzt wusste er auch, dass sie ihm näherkamen.

Kapitel 56

Die Nacht lastete schwer über Emden. Wolthusen lag in Dunkelheit, nur das matte Flackern einer fernen Straßenlaterne warf gespenstische Schatten auf das alte Speichergebäude. Der Regen der vergangenen Stunden hatte den Asphalt in eine dunkle, spiegelnde Fläche verwandelt. Wasser rann in schmalen Rinnsalen entlang der gepflasterten Straße, das entfernte Tropfen von Dachrinnen war das einzige Geräusch in der Stille.

Das Ermittlerteam hatte sich strategisch um das Gebäude positioniert. Bodo Zimmermann und Lena Berg kauerten im Observationsfahrzeug, die Scheiben nur einen Spalt geöffnet, um freie Sicht auf den Eingang zu behalten. Jan steuerte die Drohne, deren Kamera nahezu lautlos über das Gebäude schwebte. Jan Müller saß in einem unauffälligen Wagen, die Hand am Funkgerät, bereit für den Zugriff.

Lena hob das Fernglas. „Seit einer Stunde nichts." Ihre Stimme war kaum mehr als ein Flüstern.

Dann – Bewegung.

Zwei Gestalten lösten sich aus den Schatten und näherten sich dem Eingang. Der eine groß und breitschultrig, der andere schlaksig, mit nervösen, hastigen Bewegungen. „Da sind sie." Bodo griff zur Kamera, justierte den Zoom. „Der Große ist Timofej Fedorov."

Lena sog scharf die Luft ein. Fedorov – Sorokins rechte Hand.

Ein Mann, tief verstrickt in dunkle Machenschaften. Doch Sorokin selbst war nirgends zu sehen.

Jan aktivierte das Richtmikrofon. Erst nur Rauschen, dann Stimmen – dumpf, gefiltert durch die dicken Mauern des Speichers.

Ein scharfes Zischen. Ein russischer Fluch.

„… die Kartei darf niemals ans Licht kommen. Verstehst du? Nicht nach dem, was mit Andreas passiert ist."

Lena fuhr herum, ihre Augen weiteten sich. „Andreas?" Ihre Stimme klang rau. „Der Tote aus der Broder-Werft?"

Bodo rieb sich nachdenklich über das Kinn. „Das ist kein Zufall. Wenn sie eine Kartei verstecken …"

„… dann könnte das die Liste sein." Jan saß vor seinem Laptop, die Finger über der Tastatur verkrampft. „Die Liste mit allen Beteiligten."

Ein dumpfer Schlag ließ sie zusammenfahren.

Stille.

Bodo hielt den Atem an. Dann – das Kratzen von Schuhen auf Beton. Ein metallisches Klappern.

„Er hat Verdacht geschöpft." Lenas Stimme war jetzt schneidend. „Bereithalten."

Doch es war zu spät.

Die Tür am Hinterausgang flog auf. Fedorov schoss heraus wie eine gespannte Feder, sein Mantel peitschte durch die Luft.

„Verdammt! Bewegung!"

Bodo riss die Autotür auf, Jan war schon auf den Beinen. Fedorov sprintete los. Seine Stiefel rutschten auf dem nassen Pflaster, doch er fing sich sofort und beschleunigte. Jan hetzte hinterher, dicht gefolgt von Bodo. Doch der Russe war schnell – zu schnell.

Ein schmaler Durchgang zwischen zwei Lagerhäusern. Fedorov tauchte hinein. Jan war keine zwei Sekunden später dort – doch die Gasse war leer.

Nur die offene Hintertür des Speichers schwang noch träge im Nachtwind. Lena presste die Lippen aufeinander. „Verdammt. Wir hatten ihn!"

Bodo ballte die Fäuste, dann hob er langsam den Blick. Sein Blick traf Lena. Nein, nicht alles war verloren.

„Wir wissen jetzt, dass die Kartei existiert." Seine Stimme war ruhig, doch in seinen Augen lag Entschlossenheit. „Und dass Fedorov panische Angst hat, dass sie entdeckt wird."

Jan klappte den Laptop zu. „Bleibt nur eine Frage."

Lena nickte. „Wo ist sie?"

Kapitel 57

Karin Broder saß im kargen Vernehmungsraum des Polizeipräsidiums Emden. Das kalte Licht der Neonröhre ließ keine Gnade walten, zeichnete tiefe Schatten unter ihre Augen. Ihre Hände umklammerten eine Tasse, längst erkaltet. Sie trank nicht – sie hielt sich nur daran fest, als wäre es ihr letzter Halt.

Lena Berg lehnte mit verschränkten Armen gegen die Wand. Ihr Blick ruhte fest auf Karin. „Sorokin hat Sie geopfert. Und Timofej Fedorov ebenfalls."

Ein bitteres Lachen. „Glauben Sie, das überrascht mich?" Karin rieb sich über das Gesicht, als könnte sie die letzten Jahre einfach wegwischen. „Ich habe ihn mein halbes Leben lang gedeckt. Aber als es ernst wurde, hat er mich fallengelassen." Sie hielt inne, ihre Stimme wurde leiser. „Wenn ich Ihnen helfe … kann ich dann mit einer Strafmilderung rechnen?"

Lars Lammers saß am Tisch, schrieb mit. Er tauschte einen kurzen Blick mit Lena, dann nickte er kaum merklich. „Kooperation wird immer berücksichtigt."

Karin atmete tief durch, als würde sie sich für den letzten Schritt entscheiden. Dann flüsterte sie: „Es gibt eine Kartei – eine digitale Kartendatei. Sie enthält alle Geldwäsche-Deals, die über die Broder-Werft liefen. Jedes Geschäft, jede Summe, jeder Beteiligte."

Lenas Puls beschleunigte sich. **„Wo ist sie?"**

„Auf einem verschlüsselten Server in der Werft. Zugriff nur über ein spezielles Terminal – biometrisch gesichert.

Sorokin hat das System so aufgebaut, dass niemand von außen rankommt."

Lars schrieb weiter. „Glauben Sie, dass er noch in Emden ist?" Karin schüttelte den Kopf. „Er ist klug genug, um abzutauchen. Aber bevor er verschwindet, wird er seine Spuren verwischen. Wenn ihr ihn wollt, müsst ihr schnell sein." Lena beugte sich vor. „Wie schnell?"

Karin sah sie an. Ihre Stimme war nicht mehr als ein Flüstern.

„Weniger, als ihr denkt."

Während Lena und Lars die Informationen auswerteten, saß Jan Müller vor einem der Überwachungsmonitore. Er spulte eine Aufnahme zurück, stoppte das Bild.

„Hier." Er deutete auf den Zeitstempel. „Letzte Nacht, 03:47 Uhr. Ein Frachter wurde im Außenhafen beladen. Und ratet mal, wer sich dort herumtrieb?" Auf dem Bildschirm war Timofej Fedorov zu sehen – flankiert von zwei Männern in dunklen Jacken. Sie verschwanden hinter einer Containerreihe.

Lena starrte auf das Bild. „Sorokin will das restliche Geld rausschaffen." Lars rieb sich nachdenklich das Kinn. „Er handelt nie überstürzt. Das heißt, jetzt ist unsere beste Chance, ihn zu erwischen." Jan zoomte auf ein weiteres Detail. „Da."

Ein silberner Van parkte wenige Meter vom Container entfernt. Auf der Seite prangte das Logo einer Reederei. Doch die Firma existierte nicht. Lena kniff die Augen zusammen. „Was, wenn es nicht nur ums Geld geht?"

Lars sah sie an. „Was meinst du?"

Lena deutete auf den Bildschirm. „Sorokin war nie nur am Geld interessiert. Wenn er diesen Deal als seinen letzten plant, könnte er noch ein Ass im Ärmel haben." Sie wandte sich an Jan. „Wir brauchen eine vollständige Liste der Container." Jan nickte, begann die Datenbank des Hafens zu durchforsten. Nach einer Minute hob er den Kopf.

„Das wird euch nicht gefallen."

Der Druck auf das Team wuchs. Robin lag noch im Krankenhaus, Aniko wurde in einem Safe House bewacht, und Lena selbst hatte Drohungen erhalten.

Lars sprach mit ernster Stimme: „Wir müssen unser Team schützen. Ich will keine weiteren Angriffe."

Jan nickte, doch seine Augen verrieten Zweifel. „Und wenn wir zu spät sind? Wenn Sorokin alles mitnimmt und wir wieder mit leeren Händen dastehen?"

Lena legte eine Hand auf seine Schulter.

„Dann machen wir ihn zur Zielscheibe. Er kann nicht ewig untertauchen." Jan sah aus dem Fenster, als könnte er dort die Lösung sehen, die ihm entglitt. „Hoffen wir, dass du recht hast. Sonst war das unser letzter Fehler."

Dann klingelte Lenas Handy.

„Berg."

Stille.

Dann eine Stimme, die ihr das Blut in den Adern gefrieren ließ.

„Sie spielen ein gefährliches Spiel, Kommissarin. Ein Spiel, das Sie nicht gewinnen können."

Lena erstarrte.

„Legen Sie auf, und Ihr Team hat vielleicht eine Überlebenschance." Ein Klicken. Die Leitung war tot.

Lars musterte sie besorgt. „Wer war das?" Lena atmete langsam aus. „Sorokin."

Eine Stille, die schwer wie Blei in der Luft hing. Jan sah sie an. „Also doch nicht so weit weg, wie wir dachten."

Lena griff nach ihrer Jacke. Ihre Hand zitterte leicht. „Wir müssen sofort zur Werft."

Jan hielt sie zurück. „Lena – was, wenn es eine Falle ist?"

Sie erwiderte seinen Blick, ihre Stimme fest.

„Dann bleibt uns keine andere Wahl, als ihm einen Schritt voraus zu sein."

Kapitel 58

Lena trat aus der schweren Glastür des Präsidiums. Die kühle Nachtluft schlug ihr entgegen, scharf wie eine Klinge. Normalerweise mochte sie diesen Moment – wenn die Last des Tages für einen Augenblick von ihr abfiel. Doch heute war es anders. Eine unsichtbare Schwere lag in der Luft, als würde die Dunkelheit der Stadt mehr verbergen als nur Schatten.

Sie brauchte eine Pause. Nur ein paar Minuten, um ihre Gedanken zu ordnen, um einen Bissen zu essen. Auf der anderen Seite des Bahnhofsplatzes war ein kleiner Imbiss, kaum mehr als ein Fenster mit einer dampfenden Fritteuse dahinter. Die Idee, sich eine Kleinigkeit zu holen, fühlte sich an wie ein letzter Anker in einer Welt, die zunehmend aus den Fugen geriet.

Dann: Ein Knall.

Nicht das Rauschen der Stadt, nicht das Zischen eines Busses oder das dumpfe Poltern eines Koffers auf Kopfsteinpflaster.

Ein Schuss.

Lena reagierte instinktiv. Noch bevor ihr Verstand den Impuls verarbeiten konnte, war sie in Deckung, ihr Körper gegen die raue Kante eines Betonpfeilers gepresst. Ihr Atem stockte, ihr Puls raste. Ihr Blick flog über den Platz, suchte nach der Quelle des Schusses.

Da – ein dunkler Wagen, die Scheibe nur einen Spalt geöffnet. Ein Schatten bewegte sich dahinter. Dann röhrte der Motor auf. Das Auto verschwand. Scheiße.

Eine Warnung. Oder ein ernst gemeinter Versuch, sie auszuschalten. Die Botschaft war eindeutig: Sie hatten zu tief gegraben.

Ihre Finger zitterten leicht, als sie das Handy aus der Tasche zog. Bevor sie eine Nummer wählen konnte, vibrierte der Bildschirm. Lars.

„Bist du verletzt?"

„Nein. Ich bin... okay."

„Das war Sorokin. Sie wollen uns eliminieren. Ich habe Aniko bereits in ein anderes Safe House verlegen lassen. Robin steht unter 24-Stunden-Überwachung."

Lenas Kiefer verspannte sich. Kein Spielraum mehr. Keine Grauzone. Sie standen auf einer Todesliste.

Ein Schatten aus dem Augenwinkel. Rico.

Er trat aus der Dunkelheit, als wäre er schon die ganze Zeit da gewesen. Die abgewetzte Lederjacke hing locker an seinen Schultern, die Hände tief in den Taschen. Doch seine Augen funkelten – nicht aus Freude.

Sondern aus einer Unruhe, die von wertvollen Informationen und einem beschissenen Gewissen herrührte.

„Lena", flüsterte er, kaum hörbar über das Summen der Straßenlaternen hinweg. „Timofej Fedorov plant was. Großes. Er will Bargeld in den alten Lagerhallen am Außenhafen bunkern. Ich kann dich hinbringen." Ihr Verstand arbeitete blitzschnell. Informationen wie diese kamen nie ohne Preis.

„Was willst du?"

Rico zuckte mit den Schultern. „Straffreiheit. Schutz." Lena starrte ihn an. Worte reichten hier nicht.

Die Frage war: Konnte sie es halten?

Ihr Blick wanderte in die Dunkelheit. Zu den flackernden Lichtern. Zu dem Schatten in ihrem Kopf, der ihr leise zuflüsterte: Tu es. Was hast du noch zu verlieren?

Sie atmete tief durch, als hätte sie eine Wahl. Hatte sie nicht.

„Wir fahren." Rico nickte. „Aber wenn du mich verarschst, wirst du es bereuen."

„Das gilt für uns beide."

Die Nacht schloss sich um sie – kühl und drückend, als würde sie jeden Ausweg verschlucken.

Das Hafenviertel wartete. Und mit ihm das Spiel um Leben und Tod.

Die Dunkelheit der Stadt lag wie eine trügerische Decke über den Straßen, während Lena neben Rico im Wagen saß. Der Motor summte leise, ein mechanisches Herzschlagen inmitten der gespenstischen Stille. Die Straßenlichter huschten über das Armaturenbrett, warfen verzerrte Muster auf ihre Gesichter, bevor sie in der Schwärze verschwanden.

Es gab kein Zurück mehr.

Ein Schuss, ein Wimpernschlag – und plötzlich war nichts mehr, wie es war. Die Nacht hatte sich verdichtet, als hätte sie sich mit den dunklen Strömungen ihrer Angst vermischt. Lena blickte hinaus auf die vorbeiziehenden Fassaden, kalte Betonflächen, die zugleich schutzlos und bedrohlich wirkten. Jeder Schatten schien zu lauern, jede Nebengasse ein Abgrund, in dem das Unheil lauerte.

„Denkst du, er weiß, was er tut?" Ihre Stimme war leise, ein Hauch in der Dämmerung des Wagens. Vielleicht war die Frage an Rico gerichtet, vielleicht aber auch an sich selbst.

Rico sah sie im Rückspiegel an. Seine Augen, dunkel wie die Nacht, hielten ihren Blick für einen Moment fest, ehe er sich wieder der Straße widmete. „Wer zögert, verliert. Und das können wir uns nicht leisten."

Die Stadt wich langsam den äußeren Bezirken, wo das geordnete Chaos urbanen Lebens in ein Meer aus rostigen Containerstapeln, stillgelegten Werften und verwaisten Parkplätzen überging.

Hier, wo der Wind salzige Luft durch die Gassen trieb, wirkte selbst die Dunkelheit kälter.

Lena spürte den stetigen Druck in ihrer Brust. Es war nicht nur Angst, nicht nur der Adrenalinstoß der letzten Stunden – es war der Schatten, den sie seit Jahren mit sich trug. Eine leise, beharrliche Stimme, die immer dann lauter wurde, wenn es kein Zurück mehr gab. Ein Echo vergangener Entscheidungen, das in den Tiefen ihres Bewusstseins widerhallte, raue Flüstertöne aus Erinnerungen, die sie längst verdrängt geglaubt hatte. War es Schicksal oder die Summe ihrer Fehler, die sie an diesen Punkt geführt hatte?

„Wir haben noch eine halbe Stunde bis zum Außenhafen." Ricos Stimme war ruhig, aber scharf wie ein Skalpell. „Da wartet nicht nur Fedorov – es sind alle Fäden verstrickt. Du musst entscheiden, wie weit du gehen willst."

Lena lehnte den Kopf gegen die Scheibe. Die Kälte des Glases war ein kurzer, schneidender Kontrast zur Hitze, die in ihr aufstieg. „Ich weiß," sagte sie schließlich, ihre Stimme fester als ihr Inneres. „Aber wenn wir jetzt stehen bleiben, endet es für uns beide."

Der Wagen bog in eine Seitenstraße ein. Das Licht der Laternen warf lange Schatten auf das Pflaster, ließ die Ruinen alter Lagerhallen zu lautlosen Wächtern werden. Die Geräusche der Stadt waren fern, nur das sanfte Dröhnen des Motors und das Rauschen des Windes blieben.

Dann vibrierte ihr Handy. Ein einziger Impuls, der sich wie ein Vorbote durch ihre Fingerspitzen zog. Sie hob das Display, sah den Namen aufleuchten. Lars.

Kurze Worte, nicht mehr als ein Signal: Die Lage verschärfte sich.

Lena schluckte, spürte, wie sich ihr Herzschlag beschleunigte. Es war keine Überraschung – und doch ein kalter Schnitt durch ihre ohnehin dünn gespannte Kontrolle. Sie ließ den Blick zu Rico wandern, sah die Reflexion seines Gesichts im Fenster. Stumm, unbeirrbar.

„Bereit?" fragte er leise, während die Scheinwerfer die nassen Pflastersteine der Hafenzufahrt erfassten.

Lena nickte. Kein Zögern mehr. Keine Zweifel.

Die Schatten der Stadt verblassten hinter ihnen – vor ihnen breitete sich die dunkle Leere des Hafens aus, tief und endlos, als würde sie sie verschlingen wollen. Ein Ort ohne Wiederkehr.

Kapitel 59

Der Wind trieb die feuchte Herbstluft über den Außenhafen, ließ die Hafenlaternen in den Pfützen flackern und warf leere Plastikbehälter über den Asphalt. Der Geruch von Diesel, salzigem Wasser und Rost hing schwer in der Luft. Die Nacht war mondlos, das Wasser pechschwarz. Zwischen den Lagerhallen bewegten sich Schatten – lautlos, entschlossen.

Lars Lammerts hatte alles präzise geplant. Wochenlange Ermittlungen führten zu dieser Nacht. Die Kripo Emden, unterstützt vom SEK, hatte sich strategisch rund um die Lagerhallen verteilt. Gedeckt von Containern und leeren LKWs lagen die Beamten in Position. Kein Flüstern, kein Funk. Nur gespannte Stille, elektrisiert vom nahenden Zugriff.

Bodo und Lena pressten sich an eine Betonwand, ihr Atem dampfte in der Kälte. Vor ihnen die Hafenarbeiter – scheinbar routiniert, doch dazwischen mischten sich Männer, die nicht dorthin gehörten. Die Männer, die sie suchten.

Ein dunkler Van rollte ans Ende der Pier. Die Schiebetür glitt lautlos auf. Timofej Fedorov stieg aus, flankiert von zwei breitschultrigen Männern. Sein Gang war ruhig, fast beiläufig – doch Lena wusste es besser. Hinter dieser Fassade lauerte ein Raubtier.

Fedorov trat an einen der Container. Er öffnete ihn und ließ seinen Blick über den Inhalt gleiten – Geldbündel, sorgfältig verpackt. Eine kleinere Kiste, versiegelt. Lenas Puls beschleunigte sich. War das der Beweis, den sie brauchten?

Dann – eine plötzliche Störung.

Ein schwarzer SUV rollte heran. Lautlos, geschmeidig wie ein Raubtier. Das Licht der Hafenlaternen spiegelte sich in den getönten Scheiben. Die Art, wie der Wagen sich bewegte, ließ keinen Zweifel zu.

Sorokin.

Fedorov erstarrte. Sorokin hatte ihm klare Anweisungen gegeben: Kein Aufsehen. Kein Risiko. Und doch war er hier.

Die Tür öffnete sich langsam. Sorokin stieg aus. Der Mantelkragen hochgeschlagen, die Augen kalt wie Nordseewellen. Er stand reglos da, musterte Fedorov aus der Ferne – eine kurze, tödliche Stille. Dann sprach er. Ein einziges Wort auf Russisch.

Bodo spürte, wie sich seine Finger um den Griff seiner Waffe verkrampften. Ein ungutes Gefühl kroch in seinen Magen, kalt und schwer.

„Das läuft schief…"

Fedorov zögerte. Nur eine Sekunde. Dann – eine Bewegung.

Eine Waffe blitzte auf.

Lenas Herz setzte aus.

„Zugriff!"

Die Nacht explodierte.

Schüsse peitschten durch die Dunkelheit. Der Knall hallte von den Lagerhallen wider. SEK-Beamte schossen aus den Deckungen, ihre Befehle gingen im Chaos unter. Schreie. Splitterndes Glas. Der metallische Geruch von Schießpulver lag in der Luft.

Sorokin wich zurück, glitt hinter seinen Wagen. Fedorovs Männer rissen ihre Waffen hoch, Deckung suchend. Ein dumpfer Schlag – einer von ihnen brach getroffen zusammen.

Fedorov sah, wie sein Plan in sich zusammenfiel. Sein Blick huschte hektisch über das Schlachtfeld. Dann wirbelte er herum – seine Waffe auf Sorokin gerichtet.

Sorokin rührte sich nicht. Kein Zucken, keine Emotion. Eisig. Berechnend.

Eine Sekunde. Zwei.

Dann – ohne jede Eile – drehte er sich um. Und lief los.

„Verdammt!"

Lena sprang vor, sprintete ihm hinterher. Ihr Herz raste, Adrenalin brannte in ihren Muskeln.

Ein Motor heulte auf. Kreischende Reifen fraßen sich in den Asphalt. Der Wagen raste auf die Pier, eine Staub- und Rauchwolke hinter sich herziehend.

Fedorov nutzte das Chaos. Er rannte.

„Er entkommt!"

Bodo wirbelte herum. Nichts. Nur Schatten. Das entfernte Dröhnen von Motoren. Und das nagende Gefühl, dass sie ihn verloren hatten.

Aber ihr eigentlicher Gegner war nicht Fedorov.

Es war Sorokin.

Und er war bereits auf dem Weg ins Ungewisse.

Kapitel 60

Der Hafen stand in Flammen. Schwarzer Rauch wälzte sich über das Wasser, zog träge wie ein lebendiges Wesen, das alles zu ersticken versuchte. Das Feuer spiegelte sich auf der glatten Oberfläche, zerschnitten vom blitzenden Blau der Sirenen. Schreie, Funksprüche, das Dröhnen von Stiefeln auf Metall – ein Inferno aus Licht, Lärm und Chaos.

Der Zugriff war geglückt. Doch der Kampf war nicht vorbei.

Zwei Schatten lösten sich aus dem Gewirr von Menschen und Maschinen.

Sorokin und Timofej Fedorov.

Raubtiere auf der Flucht. Sorokin war der Kopf, aber Fedorov hatte die Beweise.

Lena spürte die Entscheidung wie ein elektrisches Zucken in ihren Muskeln. „Fedorov! Er hat die Daten!"

Sie riss die Waffe hoch und setzte sich in Bewegung.

Hinter ihr reagierte das SEK. Bodo jagte Sorokin durch ein Labyrinth aus Containern, Treppen und Lagerhallen. Der Russe kannte das Gelände, bewegte sich mit einer be-unruhigenden Präzision. Ein Schuss peitschte durch die Nacht. Dann Stille.

Lena zwang sich, nicht hinzusehen. Fedorov war ihr Ziel.

Er sprintete über rostige Schienen, wich Maschinen-wracks aus. Sein Atem ging stoßweise. Aber sie war schneller. Unaufhaltsam.

Dann – ein Fehler. Ein Stolpern.

Er fing sich, setzte erneut an. Doch es war zu spät.

Er riss eine Tür auf, verschwand in einer verfallenen Werkshalle. Metall schlug krachend zu.

Lena warf sich dagegen. Das rostige Stahlgerüst knirschte, gab nach. Kälte schlug ihr entgegen. Der Geruch von Öl, Rost und altem Metall lag schwer in der Luft. Schatten krochen über die Wände, verzerrt vom flackernden Feuer draußen.

Er war hier. Versteckt. Lauernd.

Ihr Funk knackte. „Lena? Keiner kommt hier raus. Wir haben alles abgeriegelt."

Dann – ein Geräusch. Ein dumpfer Schlag. Ein unter-drückter Fluch.

Lena drehte sich. Zu spät.

Fedorov hatte Jan

Er presste ihn gegen eine Werkbank, die Waffe an dessen Schläfe. In der anderen Hand hielt er eine dicke Akten-mappe. Sein Gesicht blieb reglos, nur die Augen funkel-ten.

„Das ist euer Problem, Kommissarin." Seine Stimme war sanft, fast bedauernd. **„Ihr jagt Männer wie mich. Aber ihr versteht nicht, wer wirklich die Fäden zieht."**

Lena hielt ihm die Waffe entgegen. Ihre Hände blieben ruhig. Doch ihr Herz hämmerte gegen die Rippen.

„Lass die Mappe fallen, Fedorov. Jetzt."

Ein Lächeln huschte über sein Gesicht. Kein Angstzucken, kein Zittern. Nur kalte Belustigung.

„Sorokin ist längst weg. Ihr werdet ihn nie kriegen."

Ein Zucken.

Ein Muskel, kaum sichtbar.

Lena reagierte instinktiv.

Ihr Schuss zerriss die Stille.

Fedorov schrie auf. Die Waffe klapperte zu Boden. Die Mappe rutschte aus seinen Fingern.

Er taumelte zurück. Blut sickerte aus seinem Handgelenk, tropfte in dicken Tropfen auf den staubigen Beton.

Lena packte ihn, drehte seinen Arm in einen sicheren Griff.

Jan keuchte, rieb sich die Schläfe. „Verdammte Scheiße… das war knapp."

Lena ignorierte ihn. Die Mappe.

Ihre Finger zitterten leicht, als sie die Papiere aufhob. Ihr Blick flog über die Seiten.

Namen. Kontodaten. Transaktionen.

Der ganze verdammte Sumpf.

Ihr Funkgerät knackte. Eine Sekunde Stille.

Dann – Lars' Stimme. „Lena?"

Seine Stimme klang rau, angespannt. „Wo bleibt ihr?"

Lena holte tief Luft. „Wir haben Fedorov. Und wir haben die Beweise."

Stille.

Dann – ein Hauch von Erleichterung.

„Verdammt gut. Aber Sorokin…"

Schweigen.

Lena trat aus der Halle. Kalte Nachtluft traf ihre schweißbedeckte Haut. Blaulichter tanzten über das Hafengelände. Polizisten rannten, sicherten die letzten Verdächtigen.

Der Hafen gehörte ihnen.

Aber der Ozean?

Er gehörte Sorokin.

Und er war fort.

Kapitel 61

Lena stand am Fenster des Kommissariats und blickte hinaus auf den grauen Himmel über Emden. Der Regen hatte nachgelassen, doch eine schwere Wolkendecke hing weiterhin über der Stadt. Ein passender Abschluss – der Fall war gelöst, aber die Schatten der Vergangenheit hielten sich hartnäckig, als wollten sie niemals weichen.

Der Durchbruch kam mit Timofej Fedorovs Kartendatei. Sie enthielt alles: Namen, Orte, Bankverbindungen – fein säuberlich dokumentiert. Innerhalb weniger Stunden nach der Entdeckung liefen in mehreren Städten Razzien. Hochrangige Mitglieder des Netzwerks wurden in Handschellen abgeführt, Lagerhallen gestürmt, geheime Konten eingefroren.

Die Nachrichten zeigten schwer bewaffnete Polizeieinheiten, die luxuriöse Villen durchsuchten und Bürokomplexe versiegelten. Ein kriminelles Imperium, das jahrelang im Schatten operiert hatte, fiel in sich zusammen.

Lars Lammerts kam mit einem dicken Stapel Akten in den Raum, legte sie mit einem hörbaren Plumps auf den Tisch. „Wir haben inzwischen 37 Festnahmen bundesweit, sechs allein in Ostfriesland. Das BKA hat sich um Sorokins Hauptkontakte in Berlin gekümmert. Sein Netzwerk ist praktisch zerschlagen."

Lena drehte sich um. **„Und Sorokin selbst?"**

Lars schüttelte den Kopf. „Verschwunden. Die Spuren führen nach Südamerika, aber nichts Konkretes."

„Also bleibt er ein Geist."

Lars nickte. „Ein sehr reicher und gefährlicher Geist. Aber ohne sein Netzwerk wird es schwer für ihn. Er ist auf der Flucht – und irgendwann macht jeder einen Fehler."

Bodo, der mit verschränkten Armen an der Wand lehnte, seufzte. „Das bedeutet, dass wir das Ding hier nicht endgültig abschließen können. Das gefällt mir gar nicht."

Lena lächelte schief. „Willkommen in der Realität, Zimmermann."

Während Sorokins Reich zerfiel, zog sich ein anderes Netz um die Broder-Familie zusammen.

„Was denkst du, wie es ausgeht?" fragte Jan, als er Lenas Büro betrat.

Lena lehnte sich zurück. „Es kommt darauf an, wie gut ihr Anwalt ist. Aber mit den Beweisen, die wir haben, wird sie für lange Zeit hinter Gittern verschwinden."

Jan nickte langsam. „Und Alexei? Was ist mit ihm?"

Lena seufzte. „Der wird untertauchen. Aber Männer wie er verschwinden nicht einfach. Sie warten."

Lena trat aus dem Kommissariat. Der Regen hatte endgültig aufgehört, doch die Luft war schwer von der Feuchtigkeit des Tages. Sie zog ihre Jacke enger um sich und atmete tief durch. Der Fall war gelöst – zumindest offiziell. Doch das nagende Gefühl, dass sie etwas übersehen hatten, ließ sie nicht los.

Sie ging langsam zum Parkplatz. Ein Kribbeln zog sich ihren Nacken hinauf – dieses instinktive Gefühl, das sie über die Jahre nie getäuscht hatte.

Sie blieb stehen. Sah sich um.

Die Straße lag ruhig da. Ein paar Laternen flackerten im Wind, ihr Licht spiegelte sich auf dem nassen Asphalt.

Nichts Verdächtiges.

Dann – eine Bewegung.

Auf der gegenüberliegenden Straßenseite, halb verborgen im Schatten einer Hauswand, stand eine Gestalt. Zu weit entfernt, um Details zu erkennen, aber lange genug, um klarzumachen, dass sie beobachtet wurde.

Die Person machte keine Anstalten, sich zu verstecken. Aber auch keine, auf sie zuzugehen.

Ein stiller Beobachter.

Lena hielt den Blick. Sekunden verstrichen.

Dann fuhr ein Taxi zwischen ihnen hindurch. Als es weiterrollte, war die Gestalt verschwunden.

Ihr Magen zog sich zusammen.

Sie ballte unbewusst die Hände zu Fäusten. Wer immer es war, wusste genau, wie man sich ungesehen bewegte.

Vielleicht war der Fall offiziell abgeschlossen. Aber ihr Gefühl sagte ihr etwas anderes.

Mit einem letzten Blick in die Dunkelheit stieg sie in ihr Auto. Sie zog die Tür zu, ließ den Motor anrollen – und stockte.

Irgendwas war anders.

Ihre Finger zitterten leicht, als sie über das Lenkrad strichen.

Dann entdeckte sie es. Ein feuchter Abdruck auf der Windschutzscheibe. Keine Spur von Regen – nur ein einzelner, verschwommener Abdruck, als hätte jemand mit der Hand darübergewischt.

Sie sog scharf die Luft ein.

Es war vorbei.

Oder doch nicht?

Kapitel 62

Am Abend traf sich das gesamte Team im Grandcafé in der Innenstadt. Eigentlich hatte niemand geplant, heute auszugehen, aber nach den letzten Wochen voller Angst, Ermittlungen und Gefahr brauchten sie genau das – einen Moment des Durchatmens. Irgendjemand hatte die Idee geäußert, und niemand hatte widersprochen. Nun saßen sie hier, müde, aber mit einer leisen Zufriedenheit, die sich langsam in ihren Körpern ausbreitete.

Bodo lehnte sich zurück, ließ sein Bierglas kreisen und warf Lena einen Seitenblick zu. „Du siehst aus, als könntest du eine Woche Schlaf gebrauchen."

Lena schnaubte und nahm einen Schluck Rotwein. „Danke für die charmante Analyse, Zimmermann."

Er grinste. „Gerne. Aber mal ernsthaft – was jetzt?"

Lena sah sich in der Runde um, ihre Kollegen wirkten genauso erschöpft wie sie. Doch in ihren Gesichtern lag etwas anderes als reine Erschöpfung – Erleichterung, vielleicht sogar ein Hauch von Stolz. „Erstmal genießen, dass wir gewonnen haben. Und dann?" Sie zuckte mit den Schultern. „Sehen, was die Zukunft bringt."

Aniko saß neben Robin, ihre Finger um eine dampfende Teetasse geschlossen. Ihr Blick wanderte immer wieder zu ihm, als wollte sie sich vergewissern, dass er wirklich hier war – lebendig, auf dem Weg der Besserung.

Robin fuhr mit dem Daumen über das Etikett seiner Bierflasche. „Ich hab drüber nachgedacht …"

Aniko sah ihn an, eine Braue leicht hochgezogen. „Ja?"

„Na ja …" Er räusperte sich. „Ob du vielleicht mal Lust hast, irgendwo anders als im Büro Kaffee zu trinken. Ohne Leichenakten und Ermittlungsberichte."

Ein Schmunzeln huschte über Anikos Lippen. „Ist das eine Einladung zu einem Date, Robin Ahlers?"

Er wurde knallrot. „Also … äh … vielleicht?"

Aniko lachte leise. „Ich denke, das kann ich mir überlegen."

Jan beobachtete die Szene grinsend und stieß Bodo an. „Und du? Was machst du jetzt?"

Bodo nahm einen tiefen Schluck aus seinem Glas. „Überlegen, ob ich nicht doch irgendwo ein ruhiges Leben am Wasser anfangen sollte."

Lars, der bis dahin entspannt zugehört hatte, lehnte sich vor. „Du? Ein stilles Leben? Das hältst du genau zwei Wochen aus. Dann findest du irgendein Rätsel, das gelöst werden muss."

Bodo grinste. „Wahrscheinlich hast du recht."

Corinna, die ihre zweite Weinschorle schwenkte, seufzte. „Ich glaube, ich bin die Einzige, die sich auf einen ganz normalen Arbeitstag freut. Endlich mal wieder berechenbare Chemie anstatt unberechenbarer Krimineller."

Jan lachte. „Ja, ja, red dir das nur ein. In zwei Wochen langweilst du dich ohne das Chaos."

Lars schmunzelte. „Was glaubt ihr, wann kommt Julia? Sie ist doch sonst nie zu spät, wenn es was zu trinken gibt."

Fast als hätte sie ihn gehört, schob sich in diesem Moment die Glastür auf, und Julia betrat das Café, leicht außer Atem. „Entschuldigt, Leute. Ich musste noch einen Fall abschließen. Aber jetzt brauche ich dringend ein Glas Wein!"

Ein Stuhl wurde freigemacht, und sie ließ sich mit einem erleichterten Seufzen nieder. „Worüber habe ich was verpasst?"

Lena grinste. „Robin hat Aniko gerade ein Date vorgeschlagen."

Julia hob eine Augenbraue und sah zu Robin, der sich tief in seinen Stuhl drückte. „Endlich! Das wurde aber auch Zeit!"

Allgemeines Lachen brach aus, und die Gespräche ebbten und flossen weiter – mal ausgelassen, mal nachdenklich. Irgendwann wurden die Stühle näher zusammengeschoben, Gläser klirrten beim Anstoßen.

Für einen Moment vergaß jeder, wie nah sie dem Abgrund gewesen waren.

Draußen lag ein feiner Nieselregen in der Luft, wie ein sanfter Schleier über der Stadt. Das warme Licht der Laternen brach sich auf dem Kopfsteinpflaster, ließ die Nacht still und friedlich wirken – als hätte sie beschlossen, für einen Moment nicht bedrohlich zu sein.

Nach und nach löste sich die Runde auf. Einer nach dem anderen verabschiedete sich – kein Abschied für immer, aber ein Moment des Innehaltens.

Robin und Aniko verließen als Letzte das Café. Robin zog sich seine Jacke über, zögerte einen Moment, als würde er noch etwas sagen wollen. Dann drehte er sich um. Sein Blick traf Lenas – dankbar, irgendwie entschlossen.

„Danke ... für alles."

Lena musterte ihn kurz, ein kaum merkliches Lächeln auf den Lippen. „Pass auf dich auf. Ihr beide."

Sie gingen hinaus in die Nacht, Hand in Hand.

Ihre Silhouetten verschwanden im trüben Licht der Laternen.

Einige Tage später

Lena und Bodo standen am Pier. Der Wind trug den salzigen Geruch der Nordsee herüber, zerrte an ihren Jacken und wirbelte ihr Haar durcheinander.

Möwen kreisten über ihnen, ihr schrilles Rufen vermischte sich mit dem tiefen Brummen der Fähre, die am Kai lag. Die untergehende Sonne tauchte den Himmel in ein glühendes Gold und blutrotes Licht, während das Wasser die Farben spiegelte.

Die Fähre war bereit. Bereit, Robin und Aniko für eine Weile fortzubringen.

Bodo steckte die Hände in die Taschen, sein Blick auf das Schiff gerichtet. „Wirst du ihn vermissen?"

Lena ließ den Blick über die sanft wogenden Wellen schweifen. Ein schwaches Lächeln huschte über ihre Lippen – eine Mischung aus Wehmut und Akzeptanz.

„Ja. Aber es ist sein Weg. Und er kommt wieder. Irgendwann."

Die Gangway wurde eingezogen, das dumpfe Signalhorn der Fähre durchschnitt die Stille. Langsam setzte sich das Schiff in Bewegung, entfernte sich träge vom Kai.

Robin und Aniko standen an der Reling, Seite an Seite, den Wind in den Haaren. Robin hob die Hand zum Abschied.

Lena erwiderte die Geste, spürte einen Stich in der Brust. Wehmut mischte sich mit Erleichterung – ein seltsames Gleichgewicht zwischen Loslassen und Zuversicht.

Bodo schwieg. Statt Worten legte er eine Hand auf ihre Schulter – eine ruhige, wortlose Geste, die mehr sagte als tausend Sätze.

Die Fähre wurde kleiner am Horizont, bis sie schließlich nur noch ein Punkt in der Weite des Meeres war.

Lena atmete tief ein.

Morgen war ein neuer Tag.

Später am Abend

Der Regen war vergangen, und die Stadt lag still unter einem klaren Himmel. Die nassen Straßen reflektierten das Licht der Laternen, tauchten Emden in einen silbrigen Schimmer.

Lena und Bodo kehrten heim. Im Wohnzimmer flackerte das Feuer im Kamin, seine Wärme legte sich wie eine beruhigende Decke um sie.

Bodo streckte sich auf dem Sofa aus, ein Glas Rotwein in der Hand. „Das hier wäre wirklich ein ruhiges Leben."

Lena lehnte sich zurück, ließ den Blick durch den Raum schweifen. „Ja, vielleicht."

Aber stimmte das?

Die Erinnerungen an die letzten Tage klebten noch an ihr wie Schatten, die sich nicht abschütteln ließen.

Der Moment, als Robin verschwunden war. Das beklemmende Gefühl, ihn vielleicht nie wiederzusehen. Das Zittern in ihren Fingern, als die Nachricht kam, dass er gefunden wurde – lebend, aber gezeichnet.

Plötzlich spürte sie, wie müde sie war. Erschöpft bis ins Mark.

Bodo legte einen Arm um sie. Sie kuschelte sich an ihn, suchte Halt in seiner Nähe, in der Wärme des Feuers, im leisen Knistern des Holzes.

Ein Atemzug. Zwei. Für einen Moment ließ sie sich in diese trügerische Geborgenheit fallen.

Für den Bruchteil eines Augenblicks war die Welt in Ordnung.

Irgendwann stellte sie ihr Glas beiseite, sank tiefer in die Kissen. Ihre Lider wurden schwer, ihr Atem ruhiger, bis sie schließlich in seinen Armen einschlief.

Doch anderswo erwachte etwas.

Im Präsidium war die Nacht hereingebrochen. Das Großraumbüro lag in Dunkelheit.

Nur das leise Summen eines Computers störte die Stille.

Ein Bildschirm flackerte.

Ein System wurde aktiv.

Eine Nachricht erschien.

Groß. Unübersehbar.

„Du hast gedacht, es sei vorbei. Aber wir haben gerade erst angefangen, Lena. "

Der Prozess gegen Karin Broder

Während Lena versuchte, zur Normalität zurückzufinden, rückte der Prozess gegen Karin Broder immer näher.

Der Gerichtssaal war bis auf den letzten Platz gefüllt, als der Vorsitzende Richter das Verfahren eröffnete. Die Anklagepunkte umfassten Geldwäsche, Beihilfe zum Waffenhandel und Beteiligung an einer kriminellen Vereinigung.

Während der Staatsanwalt die erdrückenden Beweise präsentierte – darunter die Tagebücher ihres Vaters Heinrich Broder – blieb die Angeklagte emotionslos.

Zeugen aus ihrem kriminellen Umfeld sagten gegen sie aus. Ihre Versuche, die Schuld auf Sorokin zu schieben, scheiterten an der klaren Beweisführung.

Nach wochenlangen intensiven Verhandlungen fiel das Urteil:

Langjährige Haftstrafe.

Der Schuldspruch wurde von den Anwesenden mit gemischten Reaktionen aufgenommen, während Karin regungslos auf ihrem Platz verharrte.

Ein Reporter fragte sie nach ihrer Reaktion. Sie hob langsam den Kopf, ihre Lippen formten ein fast spöttisches Lächeln.

„Sorokin ist nicht so leicht zu fassen."

10.12.2025 – Emder Zeitung

„Kripo zerschlägt internationales Netzwerk aus Geldwäsche und Waffenhandel"

Emden – Die ostfriesische Hafenstadt war Schauplatz eines spektakulären Kriminalfalls, der nicht nur die Region, sondern bundesweit für Aufsehen sorgte. Wie nun bekannt wurde, hat die Kriminalpolizei Emden in Zusammenarbeit mit internationalen Behörden ein Netzwerk zerschlagen, das sich über mehrere europäische Länder erstreckte.

Im Mittelpunkt der Ermittlungen stand Karin Broder, Tochter des ehemaligen Werftleiters Heinrich Broder, die nun wegen ihrer Beteiligung an Geldwäsche und illegalem Waffenhandel verurteilt wurde.

Der Fall begann mit der Entdeckung einer Leiche im Keller einer alten Werfthalle. Schnell führten die Ermittlungen zum Umfeld der Familie Broder. Die Tagebücher des Opfers enthüllten nicht nur dunkle Geheimnisse aus der Vergangenheit, sondern auch Verstrickungen in ein kriminelles Netzwerk.

In akribischer Kleinarbeit sammelte die Kripo Emden Beweise, die schließlich zu mehreren Verhaftungen führten. Besonders brisant: Die Ermittlungen brachten internationale Verbindungen ans Licht.

„Dieser Fall zeigt, wie global organisierte Kriminalität selbst in kleinen Städten ihre Spuren hinterlässt", erklärte der leitende Ermittler Lars Lammerts.

Nicht nur die Emder Zeitung, sondern auch überregionale Medien wie *Der Spiegel, Die Welt* und die *Tagesschau* berichteten ausführlich über den spektakulären Prozess.

Experten bewerten den Schlag gegen das Netzwerk als einen wichtigen Erfolg im Kampf gegen die organisierte Kriminalität. „Der Fall Emden wird als Beispiel für erfolgreiche Ermittlungsarbeit in die Polizeigeschichte eingehen", kommentierte ein Kriminalexperte gegenüber dem NDR.

Doch mit dem Urteil gegen Karin Broder war das Verfahren noch nicht abgeschlossen. **Ihr mutmaßlicher Komplize, der russische Geschäftsmann Sorokin, war weiterhin auf der Flucht.** Und die internationalen Fahndungsmaßnahmen liefen auf Hochtouren.

Die feuchte Morgenluft haftete an Lenas Mantel, als sie den Wagen verließ und zum alten Hafengelände hinübersah. Der Wind blies in kräftigen Stößen vom Meer heran, trug das salzige Aroma der Nordsee mit sich und ließ die Wellen im diffusen Licht der grauen Wolkendecke aufschäumen. In der Ferne zeichneten sich die rostigen Kräne der ungenutzten Docks wie drohende Skelette vor dem schwachen Schein der Morgendämmerung ab. Die Stadt Emden lag in einem Dunstschleier, doch Lenas Gedanken waren messerscharf: Sie spürte die Nachwirkung des vergangenen Falls in jeder Faser.

Gerade erst hatten sie das letzte Kapitel offiziell geschlossen. Sorokin, noch immer auf der Flucht, lauerte in Lenas Hinterkopf wie ein Phantom. Die unvollständigen Spuren beunruhigten sie mehr, als sie zugeben mochte. Selbst jetzt beschlich sie das Gefühl, dass Sorokins Schatten noch immer über Emden hing – wie eine tickende Zeitbombe, die jederzeit hochgehen konnte.

Bodo Zimmermann hatte heute früher Dienst angetreten, alarmiert von einem Anruf über einen Leichenfund am Hafen. Aufgeschreckt von der vagen Meldung und seinen eigenen dunklen Ahnungen wartete er in Sichtweite des Absperrbandes. Kaum sah er Lena, nickte er ihr ernst zu.

„Hätte dir gern noch ein paar Minuten Schlaf gegönnt", sagte er leise, und sein Blick verriet, dass dies kein Routinefall war.

„Schlaf wird ohnehin überschätzt", antwortete Lena und zog die Kapuze fester. „Was wissen wir?"

Bodo wies mit dem Kinn auf eine Containerreihe, zwischen deren Stahlwänden der Schein der Blaulichter geisterhaft tanzte. „Noch nicht viel. Aber es spricht vieles dagegen, dass das hier ein Unfall ist. Und wenn ich an Sorokin denke ..."

Lenas Nackenhaare stellten sich auf. Sie konnte die Bürde der Erinnerung nicht abschütteln: das letzte Aufeinandertreffen, die bedrohlichen Hinweise, die sich in ihr Gedächtnis gebrannt hatten. Doch nun blieb keine Zeit für Zögern. Mit einem kurzen Atemzug folgte sie Bodo in Richtung des Tatorts – entschlossen, der neuen Spur zu folgen und diesen Fall zu lösen, bevor die Schatten der Vergangenheit erneut überhandnahmen.

Danksagung

Liebe Leserinnen und Leser,

von ganzem Herzen danke ich Ihnen dafür, dass Sie sich für meinen zweiten Band der Ostfriesenkrimireihe,

"Echo des Verborgenen" entschieden haben. Es ist mir eine große Freude, meine Geschichten mit Ihnen zu teilen. Ich hoffe, dass auch dieser Krimi Ihnen spannende Stunden bereitet hat.

Bitte bedenken Sie, dass alle Handlungen und Charaktere in diesem Buch frei erfunden sind. Ähnlichkeiten mit realen Personen oder Ereignissen sind rein zufällig.

Ihre Unterstützung ist für mich als Autor unerlässlich. Erzählen Sie anderen von diesem Buch und hinterlassen Sie, wenn Ihnen die Lektüre gefallen hat, eine Rezension auf den entsprechenden Portalen. Ihr Feedback ist nicht nur eine Motivation für mich, sondern hilft auch anderen, meine Arbeit zu entdecken.

Für weitere Informationen über meine Bücher oder mich selbst, besuchen Sie gerne meine Webseite:

www.bodo-lehwald.de.

Dort finden Sie auch aktuelle Neuigkeiten und vielleicht bald auch Informationen zu anstehenden Veranstaltungen. Vielen Dank für Ihre Treue und Ihr Interesse. Ich freue mich darauf, Sie im nächsten Band erneut auf eine fesselnde Reise durch die Geheimnisse Ostfrieslands mitzunehmen.

Mit den besten Grüßen,

Ihr Bodo Lehwald

*„Die Wahrheit bleibt nicht für immer verborgen. Sie wartet
nur auf den richtigen Moment, um ans Licht zu kommen.“*

Der erste Fall von Lena Berg

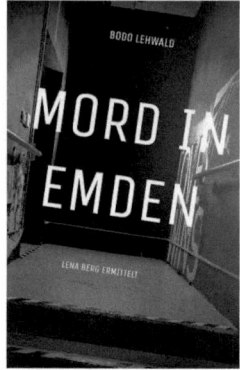

Bodo Lehwald
Mord in Emden
Kriminalroman
368 Seiten
ISBN 9783759779120

Die frischgebackene Kriminalkommissarin Lena Berg tritt ihren
Dienst in der verschlafenen Stadt Emden an, als sie sogleich in einen
schockierenden Mordfall verwickelt wird. Der angesehene Geschäftsmann Friedrich Albers wird in einer   verlassenen Villa tot aufgefun-
den. Was zunächst wie ein einfacher Fall aussieht, entpuppt sich
schnell als ein komplexes   Gewebe aus Lügen, Verrat und tief in der
Stadtgeschichte verwurzelten dunklen Geheimnissen. Lena muss
nicht nur den Täter finden, sondern auch gegen die Schatten ihrer
eigenen Vergangenheit ankämpfen. Mit jeder Spur, die sie verfolgt,
enthüllt sich ein weiteres Stück des Puzzles, das Emden in seinen Bann
gezogen hat. 'Mord in Emden' ist nicht nur ein Kriminalroman,
sondern auch eine tiefgründige Exploration der menschlichen Psyche
und der Auswirkungen von Verbrechen auf eine Gemeinschaft.
Dieses Buch bietet eine meisterhafte Vermischung aus Spannung,
psychologischer Einsicht und detektivischer Präzision. Die Leser
werden durch unerwartete Wendungen und eine Atmosphäre voller
Spannung und Geheimnisse gefesselt, während sie zusammen mit
Lena die dunkelsten Ecken von Emden erkunden. Erleben Sie einen
packenden Ostfriesenkrimi, der Sie bis zur letzten Seite nicht loslassen
wird.